Enrico Ferraris

I PROMESSI SPOSI...
PRONTI E VIA!

iSalvavita

SE TI E' PIACIUTO QUESTO LIBRO

LASCIA UNA RECENSIONE SU AMAZON.IT!

★ ★ ★ ★ ★

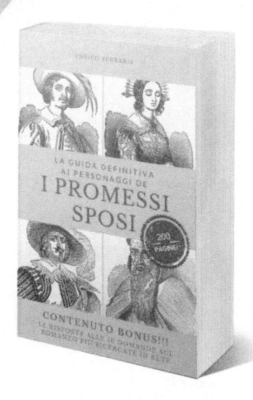

FA' UN REGALO
SICURAMENTE GRADITO!

TI E' PIACIUTA QUESTA GUIDA? DILLO AI TUOI AMICI!

Dello stesso autore:

Dello stesso autore:

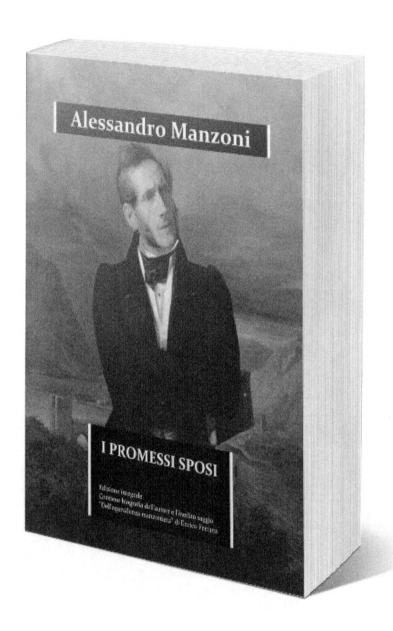

Alessandro Manzoni

I PROMESSI SPOSI

Edizione integrale
Contiene biografia dell'autore e l'inedito saggio
"Dell'equivalenza manzoniana" di Enrico Ferrara

Sommario

Bisogna fare l'Italiano!

'Fatta l'Italia, bisogna fare gl'italiani'.

L'affermazione attribuita a Massimo Taparelli, marchese d'Azeglio, meglio noto come **Massimo d'Azeglio**, venne pronunciata all'alba della **riunificazione d'Italia nel 1861** ed esprimeva la necessità urgente di creare un **unico popolo** nel nuovo regno. Se l'unità nazionale era il coronamento di un sogno da parte del re Vittorio Emanuele II e della maggior parte della classe politica ed imprenditoriale - quella della nascente borghesia italiana -, non altrettanto entusiasticamente era avvertita dagli strati popolari meno colti ed abbienti che erano la stragrande maggioranza della popolazione. Costoro la **percepirono come l'annessione del sud** della penisola da parte di un sovrano straniero.

Lo stesso d'Azeglio, che fu **Presidente del Consiglio dei Ministri** del Regno di Sardegna dal 1849 al 1852, scriveva che *"ci vogliono e sembra che ciò non basti, per contenere il Regno, sessanta battaglioni [...] al di qua del Tronto non sono necessari battaglioni e che al di là sono necessari. [...] Capisco che gli italiani hanno il diritto di fare la guerra a coloro che volessero mantenere i tedeschi in Italia, ma agli italiani che, restando italiani, non volessero unirsi a noi, credo che non abbiamo il diritto di dare archibugiate".*

Pertanto fatta la nazione, per mantenere coeso il regno, **occorreva fare un popolo**. Un popolo unito ha comunione di intenti e cultura condivisa, ma prima ancora **un'unica lingua**.

Chi aveva compreso questa **necessità prima di Massimo d'Azeglio** - e prima ancora che il regno si facesse - era stato **Alessandro Manzoni** (che, per inciso, era anche suo suocero: il ministro era stato sposato alla primogenita dello scrittore Giulia dal 1831 al 1834, anno della di lei prematura dipartita).
Egli con la sua opera per eccellenza, *I promessi sposi*, aveva scritto il primo romanzo storico italiano, stigmatizzato la dominazione straniera in Italia,

condannato la prevaricazione dei potenti a danno degli umili, celebrato il ruolo della Provvidenza nelle vicende umane, ma soprattutto aveva voluto scrivere **un romanzo** che fosse **comprensibile a chiunque**, indipendentemente dalla condizione sociale e culturale a cui apparteneva e dalla parte d'Italia da cui proveniva.

A tal fine aveva incaricato a sue spese il pittore Francesco Gonin di realizzare **numerose illustrazioni a fine didascalico**, ma soprattutto aveva cercato di **ripulire il romanzo**, già edito nel 1827, da tutti i francesismi, i latinismi e i termini dialettali. Aveva soggiornato a Firenze per attingere dal dialetto locale i termini della lingua che lui riteneva essere il vero italiano. Non a caso il romanzo ebbe **un successo senza eguali** tra i suoi contemporanei e nei secoli successivi; divenne oggetto di studio dei critici e di tutti gli studenti della scuola italiana fino ai giorni nostri.
La **questione della lingua** venne affrontata dal Manzoni anche nel saggio *Dell'unità della lingua e dei mezzi per diffonderla* a dimostrazione dell'importanza da lui attribuita alla materia.

I promessi sposi è quindi il **primo romanzo scritto in lingua italiana moderna**.
Tuttavia l'evoluzione della lingua stessa e il mutamento della nostra società hanno reso l'Opera non più di immediata comprensione e fruizione. Oggi occorrono il dizionario e qualche ricerca, oppure la mediazione del professore tra i banchi di scuola.

Il romanzo della moderna lingua italiana non è più moderno, cionondimeno non ha perso la sua forza. È pur sempre il romanzo per eccellenza. È il cardine su cui ruota l'insegnamento dell'italiano a scuola, è argomento dell'esame di maturità.

C'è bisogno di un aiuto per la sua piena comprensione. Pertanto ho redatto la presente guida alla lettura e allo studio, con approfondimenti e chiarimenti.

Per ogni singolo capitolo ho realizzato la **sintesi** e l'**analisi critica**. Ho evidenziato le **digressioni storiche**, i momenti di **ironia manzoniana** e **le parole e i modi di dire** utilizzati dall'Autore e ancora in voga oggi.
Completano il presente volume la **biografia dell'Autore**, il **saggio** *Dell'equivalenza manzoniana*, il **riassunto breve** del romanzo intero, l'**elencazione dei capitoli** con la puntualizzazione degli eventi principali, i personaggi, le date e i luoghi di svolgimento degli avvenimenti, la **scheda di tutti personaggi** (anche quelli secondari) per ordine

alfabetico e di apparizione.

Insomma, una **panoramica esaustiva e approfondita del romanzo completa di ausili per lo studio.**

La presente guida, inserita nella collana *iSalvavita*, ha lo **scopo dichiarato di far risparmiare tempo e fatica**, agevolando la comprensione dell'Opera e fornendo spunti per la realizzazione di tesine.

Sempre nella collana *iSalvavita* ho pubblicato anche **'il Ferraris'**, una breve guida 'tascabile' intitolata *I promessi sposi in pillole*. Si tratta di una **versione ridotta** del presente libro: un volumetto nato per il ripasso veloce.

Tutte le pubblicazioni della collana *iSalvavita* sono disponibili in due formati differenti:
- in **ebook**, per essere sempre a disposizione quando occorre
- nel tradizionale **formato cartaceo**, per essere comodamente letto a scuola o a casa, seduti alla scrivania

Pertanto se desideri la anche versione digitale, la puoi trovare nello store Amazon.

I promessi sposi... pronti e via! è pensato e studiato per rendere nuovamente attuale la lettura di un romanzo che non ha mai perso in attualità.
Il tutto creato per **aiutare gli studenti** ad affrontare con facilità un romanzo immortale.

Buona lettura e buono studio!

Enrico Ferraris

P.S.:

Solo 3 cose prima di lasciarci:
1) Se ti è piaciuto il libro lascia una **recensione positiva** su Amazon.it: mi faresti un grosso favore
2) Parla di questo libro con gli **amici**: sarà per loro un grande regalo

3) Iscriviti su www.enricoferraris.org e ricevi **gratis** *"La guida DEFINITIVA ai personaggi de* I Promessi Sposi*"* di ben 200 pagine!

Ancora **buono studio!**

Dell'equivalenza manzoniana

Che Alessandro Manzoni sia l'autore del più importante romanzo storico italiano, è fuor di dubbio. Che egli abbia rappresentato e rappresenti tuttora il maggior esponente del Romanticismo e del Risorgimento nella letteratura italiana, è altrettanto innegabile.

Si può dire, pertanto, che si tratta di una equivalenza che ha forza pari a quelle matematiche.

Alessandro Manzoni = *I promessi sposi* = il romanzo storico romantico e risorgimentale italiano.

Per comprendere come si arrivi alla dimostrazione di tale equivalenza, occorre procedere tramite lo svolgimento di numerosi passaggi.

Alessandro Manzoni nacque poeta. Poeta classico, per la precisione. Egli aveva ricevuta una educazione in istituti religiosi sin da tenera età, ma, nel contempo, proveniva da un ambiente familiare poco incline alla rigida osservanza della dottrina cattolica. Ricordiamo che il matrimonio dei coniugi Manzoni fu solo civile (sebbene il fratello di don Pietro fosse monsignore), che la madre proveniva da ambienti illuministi e che intrattenne varie relazioni extraconiugali alla luce del sole. Forse anche la nascita di Alessandro stesso fu frutto di una di queste. Il Nostro si comunicò la prima volta nel 1810, a 35 anni.

I metodi educativi impartitegli e le cattive relazioni con i compagni di collegio lo fecero rifugiare nella letteratura che a quel tempo era assai imbevuta dei canoni neoclassici. I Maestri a cui volle inizialmente rifarsi furono l'Alfieri e il Parini. Tuttavia la sua produzione letteraria, sin da subito, non fu una servile imitazione, bensì una ispirazione alla cui grandezza egli voleva tendere.

Esempio ne fu *Il trionfo della libertà*, componimento in quattro canti con cui il Nostro si scagliava contro Chiesa e imperatori, colpevoli di soggiogare gli Italiani. Tale poema, ripudiato successivamente dall'Autore e pubblicato dal Romussi solo dopo la morte, pagava tributo agli ideali libertari illuministi per quanto riguarda i concetti, alla mitologia e ai latinismi e alle frasi prese da Dante, Petrarca e Monti per quanto riguarda la forma, alla giovine età per quanto riguarda lo stile incerto.

Il ritratto di me stesso fu scritto nel 1801 e ricalcava la moda letteraria del tempo, di cui l'Alfieri e il Parini furono i massimi esponenti, di raccontare di sé stessi con un sonetto.

L'anno successivo venne pubblicato un sonetto inviato a Francesco Lomonaco con tema la vita di Dante.

Il tema classico fu prepotentemente presente nell'*Adda*, un'ode in cui il Fiume chiamava il Monti a recarsi presso la villa del poeta.

I *Sermoni*, del 1803 e 1804, invece furono esempio della volontà di Manzoni di dedicarsi alla poesia satirica. Il più importante fu il terzo con cui palesava il suo desiderio di adempiere al suo compito di compositore scrivendo non più di Greci e Romani, bensì di rappresentare la vita del popolo fino ad allora negletta: la strada del Romanticismo del Poeta era intrapresa.

La prima opera che ebbe dignità di pubblicazione e un certo riscontro di pubblico fu il carme *In morte di Carlo Imbonati,* in memoria del compagno della madre e dedicato alla stessa. Egli immaginava di parlare col fantasma del defunto e di manifestargli il rammarico di non averlo conosciuto in vita (l'Imbonati morì qualche giorno prima del loro primo incontro). L'uomo, nel componimento, esprimeva sentimenti affettuosi nei confronti della sua compagna e la affidava al poeta. Inoltre aveva parole di lode nei confronti del Manzoni e di sdegno nei confronti di certi altri scrittori. Il componimento era ancora classico, ma seguiva il tracciato della poesia educativa pariniana e rivelava come il segreto della poesia risiedesse nell'espressione sincera dei sentimenti e nell'armonia della mente e del cuore.

L'*Urania*, cominciato nel 1806 e concluso nel 1809, fu un poemetto in cui la mitologia classica e le metafore erano ancora lo strumento attraverso il quale il Manzoni intendeva esprimere la sua poetica. Questo componimento, come il precedente, egli ripudiò successivamente definendoli errori giovanili.

L'anno 1815 segnò il ritorno in Italia della dominazione austriaca e dei regimi assoluti. La letteratura di quel periodo cercò di instillare nel popolo i sentimenti rivoluzionari e libertari, l'amor di patria e il desiderio di indipendenza e unità nazionale. Per adempiere a questo compito, la letteratura neoclassica si rivelava insufficiente e incapace in quanto non riusciva, nel suo tono aulico, a raggiungere tutti gli strati della popolazione. Prendendo ispirazione dai princìpi della letteratura tedesca e inglese, il movimento letterario italiano in generale, e lombardo in particolare, decise di abbandonare gli stilemi sino ad allora in voga e a incominciare a rappresentare la vita moderna, con i bisogni, le aspirazioni e la vita comune del popolo. Tale corrente fu detta Romanticismo ed ebbe come iniziale punto di riferimento il giornale *Il conciliatore* di cui fu ispiratore, ma mai contributore, il Manzoni stesso.

Egli, nel 1823, nella celeberrima *Lettera sul Romanticismo al marchese Cesare D'Azeglio,* riassunse i punti cardine del Romanticismo e ne aggiunse di nuovi. In primo luogo intendeva eliminare la mitologia, in quanto era sbagliato parlare del falso riconosciuto come si parlava del vero. La mitologia era fredda perché non richiamava cose vere, non creava nessun sentimento. Se nel passato era stata utilizzata, non necessariamente si doveva usare ancora. Lo studio dei classici era corretto, ma non era il tipo universale di invenzione poetica. Inoltre, per il Manzoni, la parte morale dei classici era falsa. Per il Romanticismo dichiarava che "la poesia o la letteratura in genere debba proporsi l'utile per iscopo, il vero per soggetto, e l'interessante per mezzo."

Dopo la conversione del 1810, Alessandro Manzoni decise di scrivere gli *Inni sacri.* Incominciò nel 1812 e terminò nel 1819. In origine dovevano essere dodici, ma ne terminò solo cinque. Nei componimenti si può ben capire quale sentimento religioso animasse il Poeta. Non si trattava di una forma di cattolicesimo ascetica, slegata dalla quotidianità del mondo, bensì di un sentimento religioso che ben si sposava con gli ideali di libertà, uguaglianza e fraternità a cui tutti i popoli, dopo la Rivoluzione Francese, aspiravano. La poesia scendeva tra la gente, la ascoltava, la compiangeva, la consolava e le donava la speranza del trionfo della giustizia. Anche la forma si discostava dall'asettico classicismo e, eccettuate alcune solennità e immagini bibliche della prima parte, il linguaggio diventava semplice e popolare. Gli Inni erano ancora lungi dall'aver raggiunto la perfezione stilistica e l'intento divulgativo propugnato dal Romanticismo, tuttavia la strada intrapresa era segnata.

Per rispondere al capitolo CXXVII della *Storia delle Repubbliche Italiane nel Medio Evo* con cui Gian Leonardo Sismondo de' Sismondi asseriva che la morale della Chiesa Cattolica fu causa di corruzione e superstizione, nel 1819 Manzoni pubblicò la prima parte delle *Osservazioni sulla Morale Cattolica*. Egli confutò punto per punto la tesi dell'autore ginevrino e dimostrò come non la Morale Cattolica fosse fonte di corruttela, ma bensì lo fosse il trasgredirla. La Morale Cattolica era foriera invece di benefici alla società perché portava guerra alle passioni e faceva trionfare la virtù operosa. L'Opera non si accontentava di rispondere alla *Storia* del Sismondi, ma traeva spunto da essa per enunciare verità generali e assolute. Manzoni dimostrava così che la propria conversione era completa e consolidata, esprimeva grande fede e forte convinzione personale supportate da approfonditi studi della dottrina di teologi e dei Padri della Chiesa.

Lo spirito patriottico del Romanticismo italiano, che era espressione della letteratura del Risorgimento, trovò una delle sua maggiori espressioni in *Marzo 1821*, scritto di getto dopo i moti carbonari piemontesi. La speranza che il nuovo sovrano sabaudo adottasse provvedimenti maggiormente libertari e muovesse militarmente in Lombardia contro gli Austriaci ispirò il Poeta, ma la delusione di Carlo Alberto e il pericolo per aver scritto quei versi lo indussero a distruggere il componimento che, però, rivide la luce nel 1848, dopo le cinque giornate di Milano.

L'ultima ode del Manzoni, e suo vero capolavoro, fu *Cinque maggio*. Scritto anch'esso in pochi giorni, con la moglie che suonava il pianoforte ininterrottamente giorno e notte per tenerlo sveglio, celebrava, dopo la morte, la vita e le azioni di Napoleone Bonaparte. Il concetto dell'opera era religioso e, nel contempo, umano. L'agìto umano del condottiero francese non era frutto della sua volontà, bensì parte di un Grande Disegno Divino il cui vero scopo era ignoto all'uomo. "Fu vera grandezza?" si chiede il Poeta. Altresì era profondo il sentimento umano di commozione destato della scomparsa di un cotal grande personaggio. Manzoni paragonava la grande gloria terrena trascorsa da Napoleone con la sua fine infelice, lontana e in esilio. La sintesi tra pensiero cristiano e pensiero mondano si ritrovava nella considerazione che tutti gli uomini sono uguali di fronte alla morte.

Un altro passaggio importante per la soluzione dell'equivalenza iniziale è la stesura delle tragedie. Egli riscrisse le regole del Dramma, modificandone radicalmente gli stilemi. In primo luogo intese conciliare l'ideale poetico del dramma con la rigorosa verità storica. Lo scrittore non avrebbe dovuto estrapolare dalla Storia solo quei fatti e quelle circostanze a lui utili per la stesura dell'opera, ma invece doveva utilizzare integralmente il fatto e le circostanze così come erano realmente accaduti, lasciando, oltre che il vero, la verosimiglianza completa di tutte le virtù e i difetti. Lo scopo era di correggere e calmare le passioni, mostrando le grandezze e le miserie delle cose umane, e rivelare l'ordine provvidenziale che regola il vivere comune. Anche il linguaggio aulico e declamatorio doveva lasciare il passo a dialoghi spontanei, veri, familiari.

Altro fondamentale cambiamento risiedette nell'abolizione dell'unità di luogo e di tempo, ovvero la regola immutabile per cui la tragedia doveva svolgersi in un solo luogo e in un solo tempo (solitamente un giorno). Manzoni fu estremamente chiaro nella spiegazione fornita dapprima nella prefazione a *Il Conte di Carmagnola*, e ancor più diffusamente nella *Lettera a Monsieur Chauvet sull'unità di tempo e di luogo nella tragedia* (in francese). Le regole non erano connaturate nell'indole del poeta drammatico, ma derivavano da una autorità non ben definita, più precisamente da una tradizione rinveniente dalle tragedie greche (che si svolgevano in un solo luogo) e da un passo di Aristotele (da cui la consuetudine per l'unità di tempo). La motivazione di tali unità risiedeva, forse, nella necessità che lo spettatore, considerato nella tragedia greca come parte integrante dell'azione, non perdesse tale illusione con spostamenti di luogo e tempo.

Tuttavia tali regole non venivano rispettate neanche da coloro che le difendevano strenuamente, in quanto troppo artificiosamente limitative. Tedeschi, Inglesi (tra cui lo stesso Shakespeare) e Spagnoli non le rispettavano affatto, producendo tragedie mirabili senza che l'illusione dello spettatore venisse infranta. Il Manzoni volle reintrodurre il coro, pari alle tragedie greche, ma con una funzione di moderatore di emozioni, con lo scopo di raddolcire quelle forti e rimandarle alla platea. Se nella tragedia classica il coro rappresentava lo spettatore, in quella manzoniana era la voce del poeta che si riservava un cantuccio da cui intervenire per dire la propria, evitando così che egli, per esprimere il proprio pensiero, si introducesse nell'azione e prestasse ai personaggi pensieri e sentimenti.

La prima delle tragedie composte dal Nostro fu il già citato *Il Conte di Carmagnola*, pubblicata nel 1820 e dedicata all'amico della vita Fauriel. Il tema era storico e Manzoni si informò e si erudì sulla vicenda e sui costumi dei tempi in cui si svolgeva. Per esigenze narrative divise esplicitamente tra personaggi reali e personaggi ideali. La vicenda cominciava con l'esposizione del Doge Francesco Foscari al Senato Veneziano sulla richiesta di alleanza dei Fiorentini contro il Duca di Milano, Filippo Visconti, il quale, a sua volta, domandava invece la pace. Il conte di Carmagnola, chiamato a esporre il suo parere, si dichiarava a favore della guerra e per la stessa veniva nominato duce supremo. Durante lo svolgimento del conflitto, il conte vinceva a Maclodio, ma poiché lasciava liberi molti dei lombardi fatti prigionieri e avendo molti nemici in patria, veniva tacciato di tradimento e tratto prigioniero. Il conte cercava di discolparsi, ma veniva condannato a morte e quindi giustiziato. Il protagonista non era un eroe senza macchia e senza paura, bensì un uomo di grandi virtù, ma anche di pesanti difetti. Quindi non era personaggio ideale o idealizzato, perfetto, ma persona reale, verosimigliante. Il quadro storico in cui agiva era vivo, vero e completo. I dialoghi, poi, erano semplici, scaturiti dal carattere dei personaggi e dalla situazione che stavano vivendo. Le scene erano grandiose e drammatiche, il linguaggio chiaro, semplice e forte. Ai grandi pregi dell'Opera si accompagnarono anche molti difetti, dettati principalmente dal desiderio di raccontare compiutamente un'epoca storica, quali il numero eccessivo di personaggi, episodi e descrizioni. Le scene, bellissime prese singolarmente, risultavano dunque slegate tra loro e il ritmo della tragedia risultava lento e poco efficace scenicamente. Ecco perché le tragedie del Manzoni ben si adattano alla lettura, ma poco alla rappresentazione teatrale. *Il Conte di Carmagnola* ebbe freddi sostenitori e fieri detrattori, sia italiani che stranieri, in special modo a causa delle novità introdotte. Chi invece, fuori dal coro, lodò l'Opera e l'Autore, fu Goethe che scrisse del *Conte* un lungo elogio.

La seconda tragedia fu l'*Adelchi*, questa volta dedicata alla prima moglie Enrichetta Blondel, pubblicata nel 1822, insieme a un lungo studio storico: *Discorso sopra alcuni punti della storia Longobardica*. Con tale studio Manzoni si interrogava se al tempo dell'invasione di Carlo Magno i Longobardi e gli Italiani fossero un sol popolo e quale parte ebbero i Papi nella sconfitta dei Longobardi.

Sulla prima questione rispondeva negativamente: la mancanza di possedimenti fuori d'Italia, i matrimoni misti, la conversione al Cristianesimo non furono sufficienti a fondere i due popoli in uno. Anzi: gli Italiani odiavano i Longobardi che consideravano loro oppressori. Sulla seconda questione ragionava che, in Italia, i luoghi in cui non dominavano direttamente i Longobardi venivano comunque saccheggiati e minacciati continuamente. L'unico baluardo degli Italiani, temuto e venerato, era la figura del Papa che, a loro difesa, chiamò i Greci, i duchi ribelli e infine i Franchi. Quindi Manzoni difendeva Papa Adriano dall'avere chiamato gli stranieri in Italia, in quanto furono gli Italiani stessi a invocare il loro aiuto. In questo contesto storico si muovevano i personaggi della tragedia: la caduta del regno dei Longobardi ad opera dei Franchi. Protagonista era Adelchi, figlio del re longobardo Desiderio e fratello di Ermengarda, moglie ripudiata di Carlo Magno, che combatteva seguendo gli ordini del padre e a causa di ciò avrebbe perso la vita. Nell'*Adelchi,* rispetto al *Conte*, l'azione era più rapida, incalzante, drammatica. Non vi era più distinzione tra personaggi storici e personaggi ideali. L'eroe eponimo, ancorché storico, era una figura ideale in quanto, pur essendo un barbaro del VIII secolo, aveva idee elevate, religiosità profonda e grande raffinatezza. In realtà Adelchi era la voce del poeta. Forte, schietto, nobile, deplorava la violenza del padre, commiserava gli oppressi e si addolorava per il trionfo della prepotenza, proclamava invano i principi della giustizia. Nel contempo, pur sapendo che il suo inesorabile destino si doveva compiere, ubbidiva comunque al padre e cadeva morente, perdonando e implorando la pietà del vincitore e del vinto. La sua figura era forte, sovrastava tutte le altre, rendeva persino meno simpatici Carlo Magno e il Papato, sebbene venissero a liberare l'Italia dagli oppressori. Anche l'*Adelchi* si rese poco adatto alla scena, ma molto godibile alla lettura. Il Fauriel curò la traduzione delle due tragedie in francese.

Una terza tragedia, *Spartaco*, fu nell'idea del Manzoni, che intendeva così completare la trilogia affondando ancora più lontano nel tempo, ma non venne mai portata a compimento.

Nel 1821 i tempi erano maturi per *I promessi sposi*. Il Manzoni, leggendo nella villa di Brusuglio le opere del Ripamonti che narravano dell'innominato e della peste milanese, ebbe l'idea di creare un romanzo storico sul modello di quelli di sir Walter Scott. La trama è semplice e arcinota, per cui non staremo qui a ripercorrerla.

Gli elementi storici principali erano le grida contro i bravi, il tumulto dei Milanesi per il rincaro del pane nel 1628, la carestia, la guerra per la successione di Mantova del 1629, la peste dell'anno successivo. Anche parte dei personaggi erano storici: il cardinale Federigo Borromeo, l'innominato, Suor Gertrude, Fra Felice, ecc.

Tuttavia i protagonisti della storia, i 'promessi sposi' appunto, erano due persone semplici, umili, che con la Storia non avevano nulla a che vedere. Eppure intorno al loro mancato matrimonio ruotò tutta la vita di un secolo e consentì all'autore di affrontare temi e questioni di importanza massima, quali la peste, la guerra, la fame.

Con questa semplice trama, il Nostro intese mettere in scena l'eterno conflitto tra oppressori e oppressi, tra padroni e servi, tra virtuosi e viziosi, dimostrando come la Morale Cristiana debba essere posta in atto, che le virtù della carità universale, della devozione, della pazienza, dell'umiltà sono sempre necessarie, specie quando i tempi sono peggiori. Non si trattava di concetti nuovi, ma nuova era invece la forma. Lo spirito cristiano era visto sotto un aspetto più umano, più semplice, ma non banalizzato. Vennero abbandonati l'antico dommatismo e simbolismo in favore di una umanizzazione posta in essere nella storia da cui, naturalmente, scaturiva.

Il Manzoni dipinse un mondo corrotto in ogni suo aspetto e ambito, dove nobili, borghesi ed ecclesiastici erano degenerati. Ovunque regnavano la violenza, l'inganno, l'astuzia, il servilismo. Le leggi non erano a favore di chi dovevano proteggere, la virtù era ipocrisia, la cultura superstizione. Di contro vi erano poche anime elevate che si prodigavano di fare quel poco di bene che potevano, sacrificandosi a favore degli oppressi.

Nel Romanzo la parte storica e quella fantastica si fondevano, rendendo al lettore indistinguibile l'una all'altra. Il Manzoni accentuò tale feconda confusione proclamando nella introduzione che l'Opera fosse in realtà una rivisitazione di una cronaca del tempo.

I personaggi potevano essere considerati come divisi in due campi avversi, con estremi don Rodrigo da un lato, Fra Cristoforo e il cardinale Borromeo dall'altro. Tutti gli altri, con diverse gradazioni, in base ai loro pensieri e alle loro azioni, si discostavano o si avvicinavano più a uno dei due estremi, o all'altro.

Nel perfetto centro tra i due poli risiedeva Lucia. Ella era una ragazza comune, non aveva nulla di straordinario: buona, pura, onesta, senza alcuna malizia, ma anche senza nessuna iniziativa. Era, insomma, una creatura innocente e debole che quasi non aveva coscienza dei pericoli che la minacciavano. La sua unica arma era l'onesta. Il sentimento religioso della ragazza era quello delle ragazze comuni, non particolarmente elevato, forgiato dalla madre Agnese e dal padre confessore. Non una fede scelta e convinta, quanto una fede derivata da una consuetudine della vita quotidiana. Questa debole fanciulla senza qualità trovava nella propria inerme innocenza la più valida difesa, una semplice parola profferita dal suo labbro puro, scaturita dal suo animo semplice, aveva avuto l'effetto dirompente sull'innominato, salvandola dal cadere nelle grinfie di don Rodrigo e predisponendo il suo aguzzino innominato alla conversione.

A fare da contraltare a questo personaggio, forse troppo ideale nella sua passiva ingenuità e santità, ci erano Renzo e Agnese. Il primo era un contadino sincero e onesto, simpatico e di buon senso, pieno di energia e calore, inesperto e ignorante, ma perspicace abbastanza da comprendere che il suo mondo era sbagliato e che la prepotenza degli oppressori doveva essere contrastata. Egli aveva avuto anche momenti di rabbia e aveva avuto intenzione di vendicarsi, ma la sua bontà e la sua profonda religiosità gli avevano imposto il perdono.

Agnese, come ben la definì il De Sanctis, era una Lucia in reminiscenza. Ella era buona e generosa, credente e operosa, aveva tutte le qualità della figlia. Tuttavia l'esperienza della vita l'avevano spogliata del candore virginale di Lucia e quindi era anche larga di maniche, senza tanti scrupoli, un po' maliziosa e un po' ciarlona.

Fra Cristoforo e il cardinale Borromeo erano invece uno degli estremi. Il primo poteva essere considerato un martire, il secondo un apostolo. Fra Cristoforo era un uomo che aveva vissuto la sua giovinezza in un ambiente che aveva corrotto la sua anima buona, finché non assassinò un uomo per futili motivi. Da allora il cavaliere orgoglioso visse per espiare il suo delitto e sarebbe diventato l'umile frate che si sacrificava per aiutare i suoi simili, che sosteneva gli oppressi e accudiva i moribondi. Egli ambiva di morire nel nome di Cristo per aiutare il prossimo.

Il Cardinale Borromeo, invece, aveva una alta missione religiosa che esercitava in una sfera sociale più elevata. In lui vi era una potente esaltazione e ardore di carità. La sua santità si esplicava non unicamente nella predicazione, ma anche nell'azione. Era anche un uomo intelligente e colto, che conosceva della società del suo tempo e sapeva trovare la strada per arrivare al cuore degli uomini. La sua funzione nel Romanzo si estrinsecava nella apparizione nel mezzo della vicenda, nel momento di maggior complessità della trama, e aveva l'unico importantissimo scopo di contribuire, insieme con Lucia, alla conversione dell'innominato. Con il suo intervento il trionfo morale ideale e religioso si compiva sul perverso animo di un uomo corrotto e malvagio. Grazie ad esso un farabutto diventava santo.

Don Rodrigo, l'altro polo di attrazione, invece era il nobile del villaggio, prepotente da generazioni, violento e corrotto. Egli intendeva rovinare la felicità dei due giovani per vincere una futile scommessa col cugino Attilio. Il Manzoni, però, non ci volle far odiare cotanto farabutto, bensì desiderò suscitare nel lettore un sentimento di commiserazione e compassione quando il castigo di Dio della peste si abbatté sul signorotto, descrivendocene l'agonia.

Don Abbondio era un carattere ben definito. Egli era buono e pacifico, ma tra il bene e il male sceglieva la paura. Il suo ideale pavido era di vivere in pace, senza *problemi,* evitando ogni sorta di pericolo e fastidio. Il suo contrasto interiore tra dovere e paura generò le pagine più divertenti.

Il Manzoni utilizzò lo strumento dell'ironia in tutto il romanzo. Dalle pieghe della storia balzavano fuori continuamente ora una esclamazione, ora un pensiero, ora invece un commento a una azione di un personaggio. Si trattava di un umorismo sagace e positivo, arguto, ma mai maligno o scettico. Scaturiva dalle contraddizioni della vita, dalle discrepanze tra la teoria e la pratica, tra il dire e il fare. Esempi ne sono il tono sottile con cui fa la descrizione delle grida, il commento della serva dell'Azzeccagarbugli quando rende i polli a Renzo, il nome dell'Azzeccagarbugli stesso. E questi per rimanere nei primissimi capitoli del romanzo.

I promessi sposi non fu, tuttavia, esente da difetti. Il principale fu l'esagerazione del principio storico. Le digressioni, inserite anche per convincere maggiormente il lettore della veridicità della vicenda, erano numerose e corpose. La loro lunghezza le rendeva corpi estranei al romanzo, non perfettamente inseriti nel fluire del corso della storia. Anche l'esagerazione dell'ideale morale rendeva eccessiva l'enfasi declamatrice e da predicatore nelle parole di Fra Cristoforo a don Rodrigo, di Borromeo all'innominato e a don Abbondio e nella predica di Fra Felice. Altro difetto fu, talvolta, l'eccesso di analisi e di descrizione non necessari all'economia del Romanzo.

Una prima versione del romanzo venne intitolata *Fermo e Lucia,* ma era molto lunga (circa il doppio della stesura finale), ricca di digressioni storiche e con linguaggio infarcito di termini dialettali lombardi, latinismi e francesismi.

I promessi sposi in quanto tali videro la luce nel 1827 e le 2000 copie stampate andarono immediatamente esaurite. Il successo e le lodi soverchiarono le critiche. Tuttavia l'Autore non fu soddisfatto: riteneva che il linguaggio non fosse consono, che per raggiungere il popolo dovesse essere scritto in italiano. Pertanto si trasferì per un periodo a Firenze dove riteneva si parlasse il vero italiano. La versione definitiva dell'opera uscì a dispense dal 1840 al 1842. Al Romanzo si accompagnò la *Storia della colonna infame,* la narrazione di un fatto storico che Manzoni intendeva originariamente includere ne *I Promessi sposi,* ma, essendo cresciuto in dimensione, assunse dignità di esistenza propria.

I promessi sposi ebbero un successo senza pari, furono letti da tutti gli strati sociali della popolazione, ebbero traduzione nelle principali lingue del mondo. Sir Walter Scott, padre del romanzo storico, venne a rendere personalmente omaggio al Manzoni a Milano e a complimentarsi per l'Opera. Si dice che il Nostro, nella sua infinita modestia, dichiarò che, stante l'ispirazione ricevuta dallo scrittore scoto, la paternità del romanzo non era propria, ma di Sir Scott stesso. Il baronetto scozzese ribatté a sua volta che, se davvero così fosse stato, allora trattavasi della sua opera migliore.

Il successo editoriale, che dura ininterrotto dal 1827, non portò benefici economici all'autore. Infatti molte furono le edizioni non autorizzate (si trattò di un caso di pirateria editoriale senza pari) e quella del 1840, a causa delle illustrazioni del Gonin volute dal Manzoni, fu particolarmente costosa e venne pubblicata a sue spese.

Molti furono gli emuli dell'opera, ma mai nessuno riuscì a lambire la qualità e il successo dell'originale.

Nel 1845, nonostante il grande successo del Romanzo, il Nostro scrisse *Del romanzo storico e in generale dei componimenti misti di storia e d'invenzione*, con cui criticò il genere letterario che l'aveva portato al successo.

Dal 1845 scrisse inoltre alcune lettere con cui disquisiva della lingua italiana, sulla necessità che questa fosse unica in tutto il Regno e che venisse insegnata nelle scuole.

I passaggi dell'equivalenza ora ci sono tutti e sono chiari.

Alessandro Manzoni realizzò l'opera che cambiò la letteratura italiana per sempre. Egli, abbracciando i principi del Romanticismo, scrisse un romanzo che aveva al centro due oscuri contadini come protagonisti che non rappresentavano nessun ideale supremo, ma unicamente gente semplice e umile, esponenti del popolo. La vicenda era essa stessa insignificante, un fatto che nulla aveva a spartire con la Storia. Anche il linguaggio utilizzato era del popolo, privo di ogni forbitezza, e per ottenerlo Manzoni non aveva esitato a trasferirsi per un periodo a Firenze.

Egli creò le basi della moderna lingua italiana. Si pensi a tutte le espressioni e ai modi di dire che fanno parte tutt'oggi del nostro vocabolario. Tanto per citare a esempio, e senza voler far torto a nessuno, si ricordino i capponi di Renzo che si beccano tra loro pur condividendo un triste destino, le grida sui bravi che diventano "grida manzoniane" per antonomasia, l'espressione "meglio che un dito in un occhio a un cristiano" di Agnese o il proverbio "del senno di poi ne son pieni i fossi", oppure il modo di dire "prendere con le molle" in relazione ai panificatori in tempo di peste, o ancora la similitudine "vaso di coccio in mezzo ai vasi di ferro" associata al pavido don Abbondio, e così via.

Al fine di rendere ancora più comprensibile e fruibile l'Opera, il M. commissionò al Gonin una serie di disegni per l'edizione del 1840 che meglio illustrassero l'azione descritta dal testo.

"Democratica" e Romantica era anche la Morale Cristiana nel romanzo. La Divina Provvidenza che, come un *deus ex machina*, si manifestava attraverso la peste interessava tutti i personaggi: oppressi e oppressori, ricchi e poveri, clero e popolo. Il fulcro centrale del romanzo era la conversione dell'innominato (non a caso centrale era anche il capitolo che la riguarda), ma anche Suor Gertrude avrebbe potuto redimersi verso la fine della storia. La Divina Provvidenza salvava Lucia e consentiva ai due giovani di compiere il loro destino. Fra Cristoforo poteva adempiere al suo compito di martire e aiutare gli appestati, don Rodrigo veniva punito per le sue malefatte.

Dunque il Romanticismo di sostanza e di forma, che vedeva già i primi germi mostrarsi nelle scelte stilistiche della sua poesia e maggiormente affermarsi nello stravolgimento degli stilemi delle tragedie, ha ne *I promessi sposi* il suo perfetto compimento e il raggiungimento di vette che nessun altro riuscirà mai più a sfiorare.

Il Manzoni diventò il massimo esponente del movimento, ricusando, però, quel ruolo. Egli era schivo e riservato, frequentava pochi amici, ma mai circoli letterari o culturali (tranne che a Parigi). Non parlava mai in pubblico (forse anche a causa della sua balbuzie), non pubblicava sui giornali, affermava il proprio pensiero scrivendo poche selezionate missive ma non entrava mai in polemica con le idee altrui, ponderava ogni singolo vocabolo prima di vergarlo. Si rifiutò di collaborare con *Il conciliatore*, giornale-manifesto del movimento, e ricusò il posto di deputato di Arona, accettò solamente di divenire senatore del Regno. Egli si godette le gioie della famiglia (particolarmente tenero fu il sentimento per la prima moglie, Enrichetta), ricevette qualche visita da personaggi importanti che gli resero omaggio. Tra costoro il già citato Sir Walter Scott, Balzac, Cavour, Mazzini, Garibaldi, Thiers, l'Imperatore del Brasile.

La sua modestia era quasi proverbiale. Di cotanto capolavoro non si attribuì neanche il merito: dell'incontro con Sir Walter Scott abbiamo già visto, ma in generale dichiarava che *I promessi sposi* erano frutto dello studio assiduo del romanzo *Ivanhoe* e delle cronache del Giuseppe Ripamonti.

Come detto, *I promessi sposi* come romanzo Romantico, ma anche Risorgimentale.

Che Manzoni fosse un patriota, lo dimostrò durante tutta la sua vita. Un patriota di sentimento, non di azione. Per esempio si vergognava di essere l'unico tra i suoi amici a non essere mai stato arrestato. Quando nel 1857 l'Arciduca Massimiliano d'Austria venne a fargli visita, egli lo ricusò adducendo a un malanno. L'anno successivo rifiutò anche il Diploma Austriaco di Commendatore della Corona Ferrea dichiarando che mai una uniforme austriaca avrebbe varcato la soglia di casa sua, neppure quella di un cugino ufficiale. Nel 1848, ormai ultrasessantenne e dalla salute scarsa, con rammarico non poté prendere parte alle Cinque Giornate di Milano, ma incoraggiò i suoi tre figli maschi ad andare a combattere. In tale occasione gli venne chiesto dagli insorti di firmare una petizione con cui si richiedeva l'intervento di Carlo Alberto. La firma di tale carta, se fosse caduta in mani austriache, avrebbe potuto costargli la vita. Egli firmò frettolosamente sulla porta di casa, in condizioni di fortuna, appoggiandosi sopra il cappello a cilindro di un suo amico e pertanto il suo autografo risultò incerto. Qualche giorno dopo pretese che fosse ben chiaro che la scarsa qualità della firma fosse da attribuirsi alla malferma condizione in cui si era trovato e non alla titubanza di firmare tale atto.

Plaudì all'unità d'Italia per cui, in qualità di senatore del Regno, si recò a Torino nel 1861 per la proclamazione e, nonostante fosse cattolico credente e praticante, plaudì altresì alla presa di Roma del 1870 divenendone cittadino onorario nel 1872.

Per il suo ingegno patriottico, sia Garibaldi che Mazzini vennero a rendergli omaggio presso la sua abitazione.

Tutta la sua poesia fu impregnata di patriottismo. Se *Aprile 1814* e *Il Proclama di Rimini* ne furono un esempio, *Marzo 1821* e le tragedie ne furono uno ancora maggiore (venivano rappresentate le guerre italiane fratricide ne *Il Conte di Carmagnola* e la guerra di due oppressori stranieri per il predominio sull'Italia nell'*Adelchi*).

I promessi sposi, per la sua collocazione temporale e spaziale, si prestava anch'esso alla manifestazione di un sentimento patriottico. Infatti rappresentare Milano nel 1630, sotto il giogo spagnolo, consentì allo scrittore una facile analogia con la Milano sotto il duro dominio austriaco.

Tuttavia il vero elemento risorgimentale dell'opera non risiede nel tema o nella trama, bensì nella forma. Come già esposto, il Manzoni scelse di scrivere un romanzo con una lingua che fosse comune a tutti gli Italiani. Questa forte decisione consentì all'autore di unire gli Italiani prima ancora nella lingua che nella patria e nella politica. Gettò le basi culturali dell'Italia moderna, quelle che ancora oggi condividiamo. Con e dopo Dante rivoluzionò e modernizzò la lingua italiana, stabilendone i nuovi canoni, donandole dignità di lingua madre e, nel contempo, figlia di un popolo ancora diviso politicamente, riuscendo nell'intento di diffonderla fra gli Italiani tutti, indipendentemente dal sovrano a cui erano soggiogati e dallo stato sociale a cui appartenevano.

E un popolo con lingua e cultura comuni non poté che ambire ancor di più a una unità nazionale.

Biografia dell'autore

Alessandro Francesco Tommaso Manzoni ebbe i natali il 7 marzo 1785 nella famiglia di don Pietro Manzoni nella casa di Via San Damiano 20 in Milano.

La madre fu Giulia Beccaria, figlia di quel Cesare autore del trattato *Dei delitti e delle pene* e di Teresa Blasco, figlia di un colonnello spagnolo.

Una diceria assai diffusa, seppure mai confermata, ipotizzava che il vero padre dell'Alessandro fosse in realtà Giovanni Verri, fratello cadetto di Alessandro e Pietro Verri, noti esponenti del movimento illuminista. Giulia conobbe il giovane, quando la ragazza era appena diciottenne, di ritorno dal collegio. Giovanni Verri era un avvenente trentacinquenne con trascorsi di cavaliere del *Sovrano Ordine di Malta* e di impenitente libertino.

Le critiche finanze della famiglia Beccaria costrinsero la giovane Giulia, un paio d'anni dopo, a sposare il vedovo e più ricco don Pietro Manzoni, di ventisei anni più grande.

Il matrimonio non interruppe la relazione extraconiugale dei due giovani che, assai probabilmente, generò il piccolo Alessandro. Don Pietro, comunque, per evitare lo scandalo, riconobbe senza indugio la paternità del bambino.

La famiglia Manzoni era originaria del lecchese dove un antenato mercante e imprenditore siderurgico, lo spregiudicato Giacomo Maria, aveva creato la fortuna della stirpe, proprio negli anni e nei luoghi in cui il pronipote ambientò *I promessi sposi*. Egli era il signore di Montecucco e, a seguito della concessione del feudo alla famiglia da parte di Vittorio Emanuele I di Savoia, era anche conte. Tuttavia il titolo non era riconosciuto dall'amministrazione austriaca perché concesso da sovrano straniero. Il titolo fu definitivamente confermato alla famiglia nella persona di Alessandro dopo l'unità d'Italia.

Pur appartenendo a nobiltà decaduta, don Pietro poteva contare su una rendita di trentamila lire.

Il piccolo Alessandro trascorse i primi anni di vita a balia presso la Cascina Costa a Galbiate, non molto distante dalla storica residenza estiva della famiglia a Caleotto. A seguito della relazione sentimentale che Giulia Beccaria aveva intrapreso con Carlo Imbonati nel 1790, che portò alla separazione dei coniugi Manzoni nel 1792 e alla convivenza della donna con il suo nuovo compagno nel 1795, Alessandro andò, a partire dall'età di sei anni, a collegio in Merate, tenuto dai Padri Somaschi, fino al 1796. Di là passò, sempre presso altro collegio tenuto dallo stesso ordine, a Lugano dove conobbe il famoso precettore letterato Padre Francesco Soave, di cui Manzoni serbò sempre un'ottima memoria. Del collegio, invece, i ricordi furono assai meno piacevoli a seguito dei difficili rapporti con i compagni e delle punizioni dei precettori. In quel periodo trovò conforto nella letteratura, in particolar modo nella poesia. Successivamente entrò nel Collegio dei Nobili di Milano (poi Longoni) gestito dai Padri Barnabiti. Tra i suoi condiscepoli vi furono Federico Confalonieri, Giulio Visconti, Giovan Battista Pagani, Giovan Battista Cristofori e altri che gli furono amici nella vita. Ivi vi conobbe e ammirò il poeta e scrittore Vincenzo Monti, le cui lezioni andò ad udire negli anni a venire presso l'università di Pavia.

L'impronta culturale degli studi condotti diede luogo alla prima produzione letteraria del giovane Alessandro Manzoni. Egli, si rifaceva ai classici Virgilio e Orazio e ai neoclassici Parini e Monti, pur facendo intravedere le sue prime idee rivoluzionarie. Il *Del trionfo della libertà*, con intenti ostili alla tirannia straniera, *Il ritratto di sé stesso*, sul modello classico già utilizzato da Vittorio Alfieri, il *Sonetto a Francesco Lomonaco*, dedicato a un rivoluzionario lucano della prima ora, l'*Adda*, anch'esso con valenze patriottiche, *I quattro sermoni* e l'ode *Qual su le Cinzie cime*, dedicata al giovanile amore per Luigina Visconti, sorella di Ermes, riflettevano l'ispirazione del tutto classica dell'educazione ricevuta. Ci sono pervenute, altresì, alcune traduzioni da Virgilio e Orazio. Dal 1801 al 1805 visse prevalentemente col padre a Milano, dedicandosi a divertimenti e al gioco d'azzardo, attività che interruppe a seguito di un rimprovero del Monti di cui il Manzoni diventò frequentatore fino alla sua morte.

Nel 1805 venne invitato in Francia dalla madre e dal compagno di lei Carlo Imbonati. Tuttavia non fece in tempo a raggiungerli a Parigi che il 15 marzo l'Imbonati morì, lasciando Giulia Beccaria erede universale dell'ingente patrimonio. Ormai sola, la madre di Alessandro si riavvicinò definitivamente al figlio con cui visse fino al giorno della sua morte. Il poeta, ora trentenne, scrisse il carme *In morte di Carlo Imbonati*, celebrando la persona che stette così a lungo accanto a sua madre. Causa questo componimento, qualcuno ipotizzò che l'Imbonati fosse il vero padre del Nostro, ma egli stesso smentì l'illazione. Il carme fu pubblicato con un discreto successo in Francia e successivamente in Milano.

Madre e figlio soggiornarono un paio di anni a Parigi e nei dintorni, frequentando circoli letterari e imbevendosi di idee illuministe, così di moda all'epoca. Complice della loro introduzione in società fu sicuramente il trattato del nonno di Alessandro, Cesare Beccaria, intitolato *Dei delitti e delle pene* che nel passato aveva avuto molto successo negli ambienti filosofici della capitale francese. Ivi vi conobbe in particolare, e ne divenne sincero amico, Charles Claude Fauriel, storico e letterato d'oltralpe.

Nel 1807 morì don Pietro Manzoni in Milano. Il vecchio conte lasciò Alessandro erede universale.

Sempre quell'anno Giulia Beccaria si adoperò di trovare una sposa per il suo figliolo e, dopo alcuni tentativi falliti, la scelta cadde sulla sedicenne Henriette (italianizzato in Enrichetta) Blondel, figlia del banchiere svizzero calvinista Francois Louis Blondel che risiedeva proprio in Milano nel palazzo Imbonati, che il conte gli aveva venduto qualche anno prima. L'incontro dei due giovani fu fecondo e gli stessi si unirono in matrimonio, prima con rito civile, successivamente con rito calvinista, nel 1808.

La coppia, con la di lui madre, andò a vivere a Parigi. Il matrimonio fu felice e non mancarono i figli, ben dieci, a cui però mancò la salute: molti premorirono al padre.

La prima ad avere i natali lo stesso anno del matrimonio fu Giulia Claudia, che divenne moglie di Massimo d'Azeglio e che venne a mancare all'affetto dei suoi cari nel 1834, dopo soli tre anni di coniugio. Costei fu battezzata prima del compimento del primo anno di vita con rito cattolico. La scelta del rito fu probabilmente da ascriversi ad alcune conoscenze che la coppia fece nel 1809. Louis Ager, presidente della Corte d'appello parigina, Giambattista Somis, consigliere della Corte d'appello di Torino, ma soprattutto Eustacchio Degola, abate genovese, facevano parte di un circolo giansenista e cattolico tradizionalista che entrò in contatto con la coppia. Quell'anno gli sposi indirizzarono a Papa Pio VII una supplica affinché si potesse officiare nuovamente la cerimonia del matrimonio, questa volta secondo il rito cattolico, cosa che avvenne nel 1810. La frequentazione con l'abate seguace della dottrina di Sant'Agostino portò prima alla abiura del calvinismo da parte di

Enrichetta, poi a un forte riavvicinamento di Alessandro e della madre alla religione cattolica.

Sempre nel 1810 la famiglia si trasferì a Brusuglio, residenza ereditata dall'Imbonati, e, su raccomandazione del Degola, si affidarono spiritualmente a don Luigi Tosi, che nel 1823 divenne vescovo di Pavia. Lo stesso anno Enrichetta, Alessandro e Giulia si avvicinarono per la prima volta alla Confessione e, successivamente, al sacramento dell'Eucarestia.

Alessandro aveva così definitivamente abbracciato la fede cattolica che incominciò a divulgare con le sue opere. La prima di queste furono gli *Inni Sacri*. Di dodici che dovevano essere, ne portò a compimento solo cinque e si impegnò altresì a redigere un trattato intitolato *Osservazioni sulla morale cattolica*. Gli *Inni sacri* non ebbero il successo sperato dall'autore, ma chiarirono la direzione che aveva intrapreso.

Nel 1814 prese definitivamente casa in Milano in Via dei Modrone 1171, dove visse fino alla sua morte con la sua numerosa famiglia. La casa fu fecondamene frequentata da amici letterati tra cui Federico Gonfalonieri, Ermes Visconti, Giuseppe Arconti Visconti, Giovanni Berchet, Giovanni Torti, Tommaso Grossi (a cui Manzoni aveva affittato due camere di casa sua), Cesare Cantù e Nicolò Tommaseo.

La vita gli riservò molte gioie, tra cui la nascita di dieci figli, ma anche molte tragedie, come la morte di sua moglie Enrichetta, della sua seconda moglie Teresa Borri, di sua madre e di ben otto dei suoi figli. La prima a lasciare questo mondo fu la secondogenita Luigia Maria Vittoria, morta subito dopo la nascita nel 1811. Pietro Luigi nacque nel 1813, Cristina nel 1815, Sofia nel 1817 e due anni più tardi Enrico.

Nell'aprile 1814, a seguito dei tumulti popolari a Milano causati dalla caduta di Napoleone in cui venne linciato il ministro Giuseppe Prina a colpi di ombrello, il Nostro si schierò a favore dei rivoltosi, stigmatizzando, però, l'esecrabile episodio di violenza in una missiva al Fauriel. Il ritorno al potere degli Austriaci e il fallimento del tentativo di riunificazione nazionale portò Manzoni a iniziare due componimenti in versi, *Aprile 1814* e *Il proclama di Rimini*, mai portati a compimento.

Una svolta importante nella produzione letteraria fu la scelta di realizzare due componimenti teatrali, due tragedie. Si tratta de *Il conte di Carmagnola*, scritto dal 1816 al 1819 e rappresentato unicamente una volta a Firenze nel 1828 con scarso successo, e della *Adelchi*, pubblicato nel 1822, dedicato alla moglie Enrichetta.

Con la forma letteraria della tragedia Manzoni tentò di avvicinarsi a un pubblico più vasto, volendo rendere la tragedia un mezzo non atto a convogliare emozioni e passioni, bensì a indurre nello spettatore un sentimento di riflessione rispetto alle scene rappresentate sul palco. Ruppe, quindi, lo schema con cui lo spettatore si identificava con il protagonista, ma lo rese esterno all'azione e affinché potesse ragionare sugli eventi rappresentati dagli attori. Altro schema che decise di rompere furono le unità di tempo e luogo in cui si svolgeva la tragedia, tanto care al teatro classico. La serie di innovazioni introdotte attirò sul Nostro una serie di forti critiche a causa delle quali, e anche a seguito dello scarso successo della messa in scena del *Conte* nel 1828, le opere furono destinate dall'autore alla sola lettura. Giudizi entusiastici giunsero, invece, da Goethe.

Nel 1819 si trasferì per un mese a Parigi dove conobbe lo storico Augustin Thierry, che sicuramente influì sulla scelta successiva di scrivere un romanzo storico, il filosofo Victor Cousin, esponente del sensismo, e Francois Guizot, storico ed economista. Il soggiorno parigino diede la stura al periodo più fecondo, sia in termini di quantità che di qualità.

Il sentimento patriottico di Manzoni fece scrivere al Nostro l'ode *Marzo 1821*, che però distrusse subito dopo il fallimento dei moti carbonari piemontesi per riscriverla nel 1848.

La notizia della morte di Napoleone Bonaparte a Sant'Elena ispirò invece il celeberrimo *Cinque maggio*.

Sempre quell'anno incominciò la stesura di *Fermo e Lucia*, romanzo prodromico de *I promessi sposi* la cui prima edizione venne alla luce nel 1827.

Insoddisfatto della linguistica del romanzo, lo stesso anno si trasferì a Firenze per apprendere il toscano degli intellettuali, ovvero quella che riteneva essere la vera lingua italiana, con cui avrebbe riscritto l'Opera. Tra il 1840 e il 1842 *I promessi sposi* uscì a dispense in versione definitiva, con, in appendice, la *Storia della colonna infame*, un episodio storico che originariamente doveva fare parte del *corpus* del romanzo, ma, causa la sua lunghezza, aveva assunto dignità di esistenza propria.

Numerosi lutti, nel mentre, funestarono casa Manzoni: nel 1833 mancò la moglie Enrichetta, nel 1834, già detto, la primogenita Giulia, nel 1839 la figlia Cristina, nel 1841 la adorata madre e tre anni dopo l'amico fraterno Fauriel. Le figlie Sofia e Matilde scomparvero rispettivamente nel 1845 e nel 1856. Financo la seconda moglie, Teresa Borri, già vedova del conte Stefano Decio Stampa e maritata nel 1837, morì nel 1861. Dal nuovo rapporto nacquero due gemelline nel 1845 che morirono dopo un solo giorno di vita. Nella di lei residenza di Lesa il Manzoni conobbe, e ne divenne amico, il filosofo Antonio Rosmini che aveva aperto a Stresa il suo Istituto di carità.

Nel 1860 venne nominato senatore del Regno d'Italia e nel 1864 si recò a Torino a votare lo spostamento della capitale da Torino a Firenze. Nel 1872, dopo la liberazione di Roma, ne divenne cittadino onorario.

Il sei gennaio 1873, uscendo dalla chiesa di San Fedele di Milano, scivolò e batté la testa su uno scalino. La sua agonia si protrasse fino al 22 maggio. Nel mentre gli premorì il figlio maschio maggiore, Pietro Luigi: il 27 aprile.

Fu sepolto nel Cimitero Monumentale di Milano e Giuseppe Verdi, in occasione del primo anniversario della morte, compose e diresse personalmente una *Messa di Requiem*.

Nel 1883 la sua salma venne traslata nel Famedio dello stesso cimitero.

Riassunto

Villa Manzoni a Brusuglio, vicino a Milano. Primi anni del XIX secolo.

Alessandro Manzoni, poeta e scrittore, nella sua residenza estiva incomincia a ricopiare un vecchio volume scritto da un anonimo autore del XVII secolo. Dopo alcune pagine si interrompe perché ritiene il linguaggio dello scartafaccio troppo antico e complicato per essere compreso e apprezzato dai suoi contemporanei. Tuttavia, invece di rinunciare completamente al progetto, decide di riscrivere il romanzo in forma moderna perché considera la trama interessante e meritevole di pubblicazione, facendosi garante della fedeltà alla vicenda storica.

La storia si svolge lungo il ramo meridionale del lago di Como, quello della zona di Lecco. In tal luogo risiedeva anche una guarnigione spagnola perché il Ducato di Milano era sotto il giogo del Re di Spagna. Lungo una viottola che si distendeva sui monti intorno al lago stava passeggiando un sessantenne curato di campagna di nome don Abbondio. Egli si era fatto prete perché non aveva qualità personali né ricchezze e quindi aveva cercato protezione e una vita tranquilla nel sacerdozio. Si comportava da debole con i forti e da forte con i deboli, evitava sempre lo scontro, era egoista e si poneva al servizio unicamente della propria paura.

Nei pressi di un crocicchio erano in attesa due loschi figuri.
I *bravi* erano uomini d'arme agli ordini dei potenti che facevano valere le proprie ragioni in assoluto dispregio delle autorità. Numerose erano state nel tempo le *gride*, cioè le leggi dell'epoca, che ne proibivano l'esistenza con pene sempre più severe, ma venivano ampiamente disattese.
I due sgherri erano al soldo di don Rodrigo, il potente e crudele signorotto del paese. Costoro imposero a don Abbondio di non celebrare il matrimonio previsto per il giorno successivo fra due suoi parrocchiani, Lorenzo Tramaglino e Lucia Mondella, pena la morte. Il sacerdote, terrorizzato, rispose che avrebbe ubbidito e corse a casa dalla propria serva, Perpetua, una donna semplice ma coraggiosa. Costei si fece raccontare l'accaduto e dispensò qualche buon consiglio. Don Abbondio rigettò ogni proposta, intimò il silenzio alla serva e si coricò in preda al terrore. Fu una notte tormentata dalla paura dell'incontro e dalla ricerca della scusa da opporre al matrimonio.

Il mattino seguente Lorenzo Tramaglino, detto Renzo, un giovane operaio presso una filanda di seta, orfano da tanti anni di entrambi i genitori, si recò presso il curato per conoscere i dettagli della cerimonia che si sarebbe dovuta svolgere quel giorno. In occasione dell'incontro don Abbondio tergiversò e, facendosi forza della propria esperienza e superiorità culturale (recitando frasi in latino senza senso per giustificare i presunti impedimenti), riuscì a rimandare il matrimonio di qualche giorno. Ciò sarebbe stato sufficiente ad arrivare al periodo dell'Avvento in cui era vietato celebrare sposalizi.
Il giovane Renzo non era convinto di quanto raccontato dal parroco, quindi, appena gliene capitò l'opportunità, parlò in privato a Perpetua. La donna non rivelò nulla, ma le mezze

parole pronunciate confermarono a Renzo che don Abbondio aveva mentito. Il giovane tornò in canonica e mise alle strette il curato il quale confessò.

Renzo, in preda a sanguinosi propositi di vendetta nei confronti di don Rodrigo, si diresse alla casa della sua promessa Lucia. Si trattava di una giovane assennata, anch'essa lavorante nella filanda, che traeva gran parte della propria bellezza dalla purezza e dalla modestia.

Grazie all'aiuto di una bambina loro conoscente, Bettina, il giovane trasse in disparte Lucia dalle amiche che partecipavano ai preparativi e le raccontò quanto stava accadendo. La fanciulla diede segno di sapere molto di più di quanto si immaginasse, quindi mandò via le amiche con la scusa che il matrimonio era stato rimandato a causa di un febbrone del curato.

Quando furono soli, la giovane raccontò a Renzo e a sua madre Agnese di quando, pochi giorni prima, don Rodrigo aveva scommesso contro suo cugino il conte Attilio, suo ospite al castello, che lei sarebbe diventata sua. Di questo avvenimento era stato messo a conoscenza solo fra Cristoforo, il padre cappuccino confessore della giovane, perché aveva sperato che i due nobili l'avrebbero lasciata in pace dopo il matrimonio e per evitare pettegolezzi di paese. Dopo aver vagliato qualche idea senza trovare soluzione, Renzo si recò a cercare consiglio in città da un avvocato che tutti chiamavano Azzeccagarbugli portando in dono alcuni capponi che erano stati originariamente destinati al banchetto nuziale.

Il dottore in legge scambiò Renzo non per la parte offesa, ma per un *bravo* e gli fornì i consigli giusti per scampare la giustizia e non quelli per fermare don Rodrigo. Una volta compreso l'errore e appreso il nome del signorotto, scacciò sdegnato il giovane restituendo i capponi.

Nel mentre si presentò all'uscio delle due donne un frate cappuccino di nome Galdino che raccoglieva, a fatica per via della carestia, noci per il convento. Il padre raccontò loro una storia, sotto la forma di parabola, nella quale il figlio di un uomo generoso aveva rinnegato le promesse del padre defunto nei confronti di un convento di cappuccini e per questo era stato punito dalla Provvidenza. Lucia, tenendolo all'oscuro dei loro problemi, gli regalò una elemosina assai abbondante e lo spedì di corsa a chiamare al convento quel fra Cristoforo che le avrebbe potute aiutare. Il rientro di Renzo dalla città fu abbastanza conflittuale, specie con Agnese che era stata colei che aveva consigliato l'Azzeccagarbugli, ma Lucia spense gli animi e Renzo tornò a casa sua.

La mattina seguente fra Cristoforo uscì di buon'ora dal convento e si diresse verso la casa delle due donne. Lungo la via notò la grande carestia che affliggeva uomini e bestie. Questo sant'uomo, che era sulla sessantina, non era stato sempre un frate. In gioventù era stato Lodovico, l'unico figlio di un mercante che, divenuto particolarmente ricco, cercò invano di assumere costumi e comportamenti aristocratici e, nel contempo, di cancellare il suo passato plebeo. Dopo la morte di costui, il giovane veniva rifiutato dai nobili che lui credeva essere suoi pari e provava dentro di sé una fame di giustizia a cui doveva dare soddisfazione. Un giorno, per strada, incontrò un arrogante signorotto in compagnia dei suoi sgherri. I due cominciarono a discutere per un futile diritto di passaggio e la lite sfociò in rissa. Durante la colluttazione il signorotto colpì a morte un servitore di Lodovico, tal Cristoforo. Il giovane, accecato dalla rabbia, trafisse a sua volta l'assassino. Per il rimorso di quanto accaduto, Lodovico decise di devolvere il suo patrimonio alla famiglia del suo servitore e volle farsi frate cappuccino assumendone il nome, Cristoforo appunto. Prima di entrare in convento chiese e ottenne la grazia di potersi scusare con la famiglia del nobile ucciso. Venne ricevuto nella casa del defunto dove una gran folla di parenti era in attesa della riparazione per il torto subito. La sincera contrizione e l'umiltà di Lodovico colpirono gli astanti che perdonarono di cuore il frate. Egli, come dono di addio, volle solo un pane. Tale pane lo serbò a imperitura memoria di quanto accaduto.

Nel mentre fra Cristoforo era giunto a casa delle donne che lo misero al corrente degli ultimi avvenimenti. Il padre cappuccino, dopo aver rimproverato Renzo per le sue intemperanze nei confronti di don Rodrigo, decise di agire in prima persona recandosi dal signorotto per un colloquio. In poco tempo giunse al palazzo che si trovava sulle alture sovrastanti il paese. L'uomo stava pranzando in compagnia del cugino conte Attilio (colui con cui aveva scommesso su Lucia), del podestà e del dottor Azzeccagarbugli. Gli uomini di potere erano a tavola insieme con gli uomini di malaffare. La discussione verteva allegra su vari argomenti. Si partì da una questione di etichetta cavalleresca per passare alla guerra franco-spagnola in corso, per terminare con la carestia che affliggeva il Ducato. Don Rodrigo cercò di coinvolgere fra Cristoforo nella discussione, ma il padre cappuccino attese in paziente silenzio il momento di conferire da solo col padrone di casa.
Dopo qualche ora di attesa don Rodrigo decise di ricevere a quattr'occhi il padre cappuccino. Fra Cristoforo tentò di esporre con buone maniere le sue richieste, ma il signorotto si inalberò cercando di far prevalere il proprio potere. Il carattere battagliero del religioso prese il sopravvento e il frate ammonì don Rodrigo che lo scacciò sdegnosamente. Mentre il frate si accingeva a lasciare il palazzotto gli si avvicinò un vecchio servitore che intendeva rivelare i segreti del suo padrone. Si diedero appuntamento per il giorno seguente al convento.

Intanto Agnese suggerì ai due giovani di procedere con un matrimonio a sorpresa. Si trattava di sorprendere il curato in presenza di due testimoni e di dichiararsi marito e moglie. Il matrimonio sarebbe stato valido a prescindere dalla volontà di don Abbondio. Renzo si trovò subito d'accordo, Lucia era invece contraria e acconsentì con riluttanza.
Renzo si recò da un certo Tonio, nella sua povera dimora, e lo invitò a mangiare all'osteria. Il giovane montanaro propose all'amico di fargli da testimone nel matrimonio a sorpresa il giorno successivo, in cambio gli avrebbe saldato un debito di venticinque lire che aveva proprio con don Abbondio. L'uomo accettò. Il secondo testimone sarebbe stato Gervaso, il fratello tonto di Tonio.
Renzo tornò trionfante dalle due donne e riferì gli accordi presi in osteria. Poco dopo giunse fra Cristoforo a cui il terzetto tenne nascosto il progetto del matrimonio a sorpresa. Il padre cappuccino raccontò dello spiacevole colloquio avuto con don Rodrigo, ma confidava nell'incontro segreto col vecchio servitore per il giorno seguente. Prima di andarsene fra Cristoforo rabbonì il giovane Renzo in preda a desideri di vendetta violenta e salutò le due donne dando appuntamento al giorno successivo per le nuove notizie.

Il mattino seguente Agnese mandò un ragazzino sveglio, tal Menico, al convento di fra Cristoforo a raccogliere le notizie che il padre avrebbe avuto per loro.
Durante la giornata numerosi *bravi*, tra cui il Griso stesso, effettuarono un sopralluogo del villaggio travestiti da mendicanti: Don Rodrigo aveva organizzato il rapimento di Lucia per quella notte stessa. Gli sgherri avevano posto la loro base all'interno di una casetta abbandonata poco fuori dell'abitato. Altri tre erano stati posti a sorvegliare l'osteria del paese dove quella sera si recarono a cena Renzo, Tonio e Gervaso prima di compiere la loro missione. Nonostante le domande del giovane, l'oste non rivelò l'identità dei tre forestieri, al contrario fu molto loquace con i *bravi* sul montanaro e i suoi accompagnatori. Terminata la cena i tre si allontanarono e gli sgherri di guardia furono tentati di dare una lezione a Renzo, ma preferirono restare all'osteria per non far fallire il piano del rapimento di Lucia.

Nel frattempo la ragazza e Agnese si erano riunite al terzetto proveniente dall'osteria e si avviarono verso la casa del curato, quindi si separarono nuovamente per mettere in atto il piano del matrimonio a sorpresa: Tonio e Gervaso bussarono alla porta della canonica di don Abbondio, gli altri si nascosero. Dalla finestra si affacciò Perpetua per vedere chi fosse. Tonio gridò che aveva quei denari che doveva al curato per saldare il debito e che si era fatto accompagnare da suo fratello. La serva non voleva che il suo padrone perdesse l'occasione di incassare quel denaro atteso da tanto tempo e lo corse ad avvisare, quindi scese ad aprire. I due entrarono e salirono nello studiolo del parroco che li attendeva in veste da camera. Nel frattempo Agnese finse di incrociare quasi per caso Perpetua e la coinvolse in una conversazione che la riguardava. Renzo e Lucia entrarono di soppiatto dalla porta lasciata aperta dalla domestica distratta e si presentarono a sorpresa davanti a don Abbondio. Costui ebbe un guizzo lanciando una coperta in testa ai due giovani che non riuscirono a pronunciare le frasi di rito. Il curato chiamò in aiuto Ambrogio, il sagrestano, che corse a suonare le campane.

I *bravi* nel mentre si erano introdotti nella casa delle due donne per rapire Lucia, ma l'abitazione risultò completamente deserta. Catturarono invece il piccolo Menico di ritorno dal convento di Pescarenico che venne salvato dallo scampanio del sagrestano: gli uomini del Griso vennero messi in fuga.

Renzo, Lucia e Agnese ripararono al convento dove fra Cristoforo aveva organizzato la loro fuga. Dopo una preghiera in comune, il terzetto si imbarcò per un viaggio che li avrebbe portati lontano e al sicuro. Lucia, durante la traversata notturna del lago, pronunciò una invocazione con cui diede un accorato addio alla sua terra e ai suoi monti.

I tre, una volta sbarcati, si diressero a Monza da dove Renzo proseguì per Milano. Le due donne si recarono al convento dei cappuccini del luogo. Il padre guardiano accolse con piacere Agnese e Lucia e la lettera che le accompagnava. Il religioso le condusse presso un convento femminile dove incontrarono la Signora, una monaca di età di circa venticinque anni di nome Gertrude, la quale, attraverso la grata, indagò sulla condizione di Lucia e sulle sue disavventure.

Costei era l'ultima figlia di una famiglia assai nobile e ricca di Monza che era stata avviata, come i suoi fratelli cadetti, alla vita monastica sin da bambina per non depauperare con una dote il seppur abbondantissimo patrimonio familiare. Bambole vestite da suora e santini erano stati i suoi unici giochi. A sei anni venne rinchiusa presso un convento per diventarne novizia. A lei fu sempre riservato un trattamento di riguardo adeguato al suo lignaggio. All'inizio la bambina sembrò accettare il suo destino con piacere, non immaginando potesse esistere un tipo di vita diversa, ma nel corso degli anni maturò il desiderio di non prendere i voti.
Cercò di fare breccia nel cuore di suo padre nel tentativo di convincerlo a cambiare idea, ma costui fu irremovibile. I tentativi di mutare la sua condizione vennero tutti stroncati sul nascere. Anche la casta simpatia per un paggetto di famiglia fu occasione di ira da parte del padre nei suoi confronti. Quindi non ebbe scelta che di farsi monaca, nell'odio reciproco con le altre novizie.
Un giorno ebbe la sventura di conoscere un giovane scellerato di nome Egidio, che abitava nella casa accanto al convento, con cui intraprese una relazione clandestina. L'anno precedente l'incontro con Lucia, un'educanda scoprì i due amanti e minacciò di rivelare il loro segreto. Costei venne uccisa da Egidio e il corpo fatto sparire, con il tacito consenso di Gertrude. La monaca fu legata a quel giovane anche a causa del terribile delitto.

La Signora interrogò Lucia riguardo la sua situazione e i suoi rapporti con Renzo e don Rodrigo. Convinta dell'innocenza della ragazza, fece alloggiare le due donne al sicuro presso la fattoressa del convento.

Nel mentre don Rodrigo aspettava con trepidazione il ritorno del Griso e dei suoi uomini dalla missione di rapimento di Lucia. Quando comprese che il piano era fallito, organizzò una serie contromosse tra cui l'invio del conte Attilio dal conte zio a chiedere aiuto contro fra Cristoforo e la ricerca di informazioni su Lucia.

Renzo arrivò a Milano dove si imbatté in cose strane: strisce di farina per terra, pani sul selciato, persone che trasportavano derrate alimentari. Non erano sintomi di eccessiva abbondanza, ma, al contrario, il risultato del saccheggio di alcuni forni.
Renzo raccolse tre pagnotte e si recò al convento dove il padre guardiano comunicò che padre Bonaventura, il referente di fra Cristoforo, era in quel momento assente. Il giovane, invece di seguire il consiglio del padre guardiano di attendere in chiesa, preferì seguire la folla che si spostava in massa lungo le vie della città: si stava per compiere il cosiddetto tumulto di San Martino.
La causa dei disordini era attribuibile al secondo anno di carestia consecutivo a seguito della guerra per il Ducato di Mantova e per il Monferrato e alle scellerate politiche messe in atto dalla amministrazione cittadina. Una politica dei prezzi calmierati aveva mitigato gli effetti della penuria, ma aveva anche gettato le basi per una crisi ancora più profonda e duratura. Il popolo era indotto a credere che mugnai e fornai nascondessero pane e farina per farne salire il prezzo. Per questo motivo la folla a cui si era unito Renzo diede l'assalto a un forno saccheggiando la merce e le attrezzature da lavoro nonostante la difesa imbastita dal capitano di giustizia. La folla quindi si diresse verso la casa del Vicario di provvisione considerato una delle cause della scarsità del pane.
Il Vicario cenava tranquillo nella propria abitazione quando la ressa arrivò e la mise sotto assedio. Un manipolo di soldati spagnoli accorse, ma, non avendo avuto istruzioni su come comportarsi, si mise in disparte. Renzo disapprovava quella espressione di violenza e provò ad opporsi, a rischio di essere linciato. Quando tutto sembrava perduto, la carrozza del Gran Cancelliere Ferrer apparve nella piazza. Il funzionario spagnolo, senza l'aiuto di una scorta, spese la sua popolarità presso la cittadinanza per avere abbassato in precedenza il prezzo del pane. Grazie all'aiuto di alcuni volenterosi, tra cui Renzo, il Ferrer giunse fino all'abitazione, fece salire sulla carrozza il Vicario, fingendo di arrestarlo e salvandolo dal linciaggio, e si allontanò elargendo promesse di abbondanza.

Terminato il tumulto, la folla si disperse. Alcuni crocchi di persone erano ancora per la città quella sera e con uno di essi Renzo intervenne nella discussione. Fece un breve discorso con cui criticava i soprusi dei potenti. Alla arringa assistette una spia che si offrì di accompagnare Renzo alla ricerca di una locanda dove mangiare e dormire, giacché era ormai troppo tardi per tornare al convento. In realtà l'uomo intendeva trarlo in arresto. Incrociata l'osteria della Luna piena, Renzo decise di fermarsi e invitò il suo nuovo amico a bere con lui. Il giovane montanaro ordinò da mangiare, da dormire e da bere. L'oste riconobbe la spia e si adoperò per agevolarla: chiese ripetutamente le generalità a Renzo. Il giovane, anche se ubriaco per i numerosi bicchieri di vino che il suo nuovo amico gli aveva fatto bere, si rifiutò ignorando che la spia stessa glieli aveva già carpiti qualche ora prima. Alla fine Renzo, completamente in preda all'alcool, diventò lo zimbello dell'osteria ma difese il nome di Lucia dai frizzi e dai lazzi degli avventori.

L'oste a fatica accompagnò Renzo a letto. Cercò ancora di estorcergli delle informazioni senza riuscirci. Alla fine si fece pagare vitto e alloggio, quindi uscì nella notte per presentare denuncia. Il magistrato che la raccolse si presentò il mattino successivo nella camera di Renzo accompagnato da due guardie mentre il giovane dormiva ancora. I tre lo svegliarono e lo fecero rivestire per condurlo in prigione. Tuttavia il magistrato temeva che i tafferugli del giorno precedente potessero suscitare un sentimento di simpatia da parte della folla nei confronti delle persone arrestate, pertanto cercò la collaborazione del giovane prospettandogli una cosa breve che si sarebbe risolta nel giro di poco tempo. Renzo si finse accondiscendente, ma quando fu per strada in compagnia dei tre ufficiali di giustizia, chiese aiuto ad alcuni passanti che lo aiutarono a fuggire.

Il giovane cercò informazioni per uscire dalla città e poi per dirigersi nel bergamasco che era parte della Repubblica di Venezia. Nel chiedere indicazioni si faceva sempre più prudente fino a chiedere la strada non più per espatriare, ma per un paese limitrofo al confine ma ancora nel milanesato, Gorgonzola.
Lungo il tragitto si fermò in due osterie. Nella prima trovò di che rifocillarsi per il pranzo e si tenne alla lontana dal vino, nella seconda si recò per cenare. Si trovava appunto a Gorgonzola. Gli sfaccendati avventori gli chiesero notizie sui tumulti milanesi. Renzo ricusò le domande asserendo di provenire da Liscate, un altro paese, e non da Milano. La curiosità venne loro soddisfatta da un mercante di passaggio giunto in quel momento che raccontò gli avvenimenti, soffermandosi in particolar modo su alcuni dei promotori della rivolta. Renzo, che si era seduto in fondo all'osteria, si sentì chiamato in causa e friggeva. Terminò la cena e si lasciò sfuggire una domanda all'oste su quanto distasse l'Adda che era il confine tra i due stati. Comprese subito l'errore, saldò il conto e si dileguò nella notte.

Nel buio del bosco Renzo inveì contro il racconto della rivolta e della rappresentazione che era stata fatta di lui. Vagò alla ricerca del fiume e, una volta trovato, riparò per il resto della notte in una capanna dove pregò prima di addormentarsi. Il mattino successivo trovò un barcaiolo compiacente che gli fece attraversare l'Adda. Quindi entrò in un'osteria, mangiò e donò tutti i suoi ultimi averi a una famiglia povera e mendicante. Dopo poco rintracciò il cugino Bortolo che era diventato il factotum del padrone di una filanda e che lo accolse come un fratello. Gli procurò subito un lavoro e un alloggio.

Renzo nel mentre era ricercato nel lecchese. Venne perquisita la sua abitazione e interrogati vicini e parenti. Don Rodrigo preparò un piano alternativo al fallito rapimento a Lucia e chiese aiuto al cugino Attilio per far allontanare fra Cristoforo. Attilio si rivolse al conte zio, un loro potente e influente parente, facendo leva sulla difesa del buon nome della famiglia. Il politico si impegnò col nipote e organizzò un incontro col padre provinciale dei cappuccini che, compresa la situazione, fece trasferire immediatamente il frate a Rimini, senza dargli il tempo di avvisare nessuno.
Agnese aveva lasciato il convento di Monza per recarsi a quello di Pescarenico per incontrare fra Cristoforo di cui, appunto, non aveva più avuto notizie. Ad aprire il portone fu fra Galdino che riconobbe la donna e le diede la notizia del trasferimento del padre confessore di Lucia. Le offrì l'aiuto di altri frati predicatori del convento, ma Agnese se ne andò sconsolata al suo paese.

Don Rodrigo, messi fuori gioco il frate e Renzo, non riusciva comunque a raggiungere Lucia perché protetta dal convento. Decise di rivolgersi suo malgrado a un noto malvivente la cui potenza sfidava abitualmente e apertamente la legge. Costui, che Alessandro Manzoni chiama l'innominato, garantì la riuscita della missione. Infatti era amico di Egidio, l'amante di Gertrude.

L'innominato era un malfattore di professione. Egli svolgeva i suoi affari per tornaconto personale, ma anche per il gusto di esercitare il suo potere e la sopraffazione sugli altri. Quando tempo prima era stato esiliato, egli andò via da Milano in pompa magna e continuò a comandare dall'estero tiranneggiando anche i signorotti del luogo in cui era stato esiliato. Quando la legge riguardante il suo esilio venne ritirata, l'innominato si stabilì con i suoi *bravi* dentro un castellaccio inaccessibile.

Egidio, su istruzioni dell'innominato, costrinse Gertrude a tendere una trappola a Lucia. La giovane venne fatta uscire nottetempo dal convento con l'inganno e il Nibbio, braccio destro dell'innominato, la catturò trascinandola dentro una carrozza. Durante il viaggio verso il castello, all'interno della vettura, Lucia pianse e si disperò.

Giunta a destinazione venne affidata dall'innominato stesso alle cure di una vecchia servitrice invece di consegnarla immediatamente a don Rodrigo. L'uomo, infatti, incominciava a mostrare segni di pentimento e rimorso per la scelleratezza della propria vita. L'incontro con la giovane toccò il suo cuore e passò la notte a tormentarsi, diviso tra mantenere l'impegno con don Rodrigo, suicidarsi o liberare Lucia. La mattina le campane a festa del paese per la visita del cardinale Borromeo posero fine ai suoi dubbi e gli fecero comprendere quale fosse la cosa giusta da fare.

Lucia, durante la notte, si era consacrata con un voto alla Vergine Maria in cambio della propria salvezza.

L'innominato scese da solo in paese per incontrare il cardinale. Federigo Borromeo, nonostante le perplessità del cappellano crucifero, accolse a braccia aperte l'innominato. Il cardinale era infatti un uomo santo che aveva dedicato la propria vita alla sacra missione del sacerdozio espressa con azioni agite e rivolte soprattutto verso i più poveri e disagiati. Era anche un uomo di grande cultura che aveva fondato l'Accademia Ambrosiana con lo scopo di studiare e insegnare le arti gratuitamente. Creò a sue spese una biblioteca con libero accesso gratuito composta da decine di migliaia di volumi.

La gioia espressa dal cardinale e le scuse profferite per non essere lui stesso andato a trovare prima il signorotto sciolsero ogni perplessità nell'innominato che, come primo atto di misericordia riparatrice, decise di liberare personalmente Lucia. Per la missione il cardinale fece rintracciare il curato di Lucia, don Abbondio, e procurò una buona donna per le prime cure. Il terzetto si inerpicò lungo la china verso la prigione della giovane. Il parroco era terrorizzato dalla presenza dell'innominato nonostante le rassicurazioni del cardinale. Giunti al castellaccio Lucia venne liberata e affidata alle cure della buona donna. Lungo il ritorno i timori di don Abbondio non diminuirono anche a causa del sentiero impervio e della paura di una possibile vendetta da parte di don Rodrigo. La buona donna era la moglie del sarto del paese, un uomo umile e colto, e Lucia venne accolta e accudita come meglio si poté. Nel mentre don Abbondio, di ritorno al proprio paese, incontrò Agnese che era stata mandata a chiamare e le chiese di tacere al cardinale il suo rifiuto al matrimonio. La donna non promise nulla e proseguì il viaggio.

L'innominato, invece, tenne un discorso ai suoi bravacci con cui chiese loro di cambiare vita come lui aveva fatto oppure di lasciare il castello. Il cardinale Borromeo fece visita alla casa del sarto, parlò con le due donne da cui apprese l'intera loro vicenda. Quindi si occupò della situazione economica del sarto saldando tutti i suoi crediti e ordinando a sue spese abiti per i più bisognosi.

Don Rodrigo, appreso il fallimento della missione dell'innominato, lasciò il castello alla volta di Milano per non essere costretto ad incontrare il cardinale che era ancora in visita pastorale in zona. Federigo Borromeo infatti veniva accolto dagli abitanti festanti dei paesi del lecchese. Arrivò anche in quello di Agnese e Lucia. L'alto prelato incontrò nuovamente don Abbondio e fece venire le due donne. Nel mentre una nobildonna, tale donna Prassede maritata a don Ferrante, di famiglia nobile milanese in villeggiatura in quei luoghi, si era messa in testa di aiutare Lucia e propose di prenderla sotto di sé. Al cardinale e alle due donne piacque l'idea e Lucia preparò il trasferimento per il giorno successivo. Agnese si sarebbe fermata in paese.

Federigo Borromeo interrogò don Abbondio riguardo l'intera vicenda che riguardava i due promessi sposi e lo mise di fronte alle sue responsabilità di sacerdote. Il curato, pur dando segno di pentimento, non comprese fino in fondo le sue mancanze.
La mattina seguente il parroco del paese dell'innominato recò una missiva di costui che conteneva un regalo in denaro per Lucia: ben cento scudi come dote. Agnese ritirò il dono e andò da Lucia per comunicarle la notizia. In quel frangente la giovane confessò a sua madre del voto. Agnese comprese e approvò il sacrificio della figlia. La donna tornò a casa, trattenne cinquanta scudi per sua figlia e cercò di rintracciare Renzo per fargli pervenire l'altra metà e per raccontargli del voto. Tuttavia il giovane montanaro era irreperibile. Egli era attivamente ricercato dal Ducato di Milano e, poiché la Repubblica di Venezia era sempre bisognosa di abili filatori di seta, suo cugino Bortolo venne avvertito del pericolo. Egli fece scappare Renzo, gli trovò un lavoro sotto falso nome in un altro paese e mise in giro voci che lo davano per scomparso, morto o in guerra.

La guerra di successione per il Ducato di Mantova e del Monferrato vedeva contrapposti i Francesi al comando del cardinale Richelieu, che supportavano Carlo di Nevers appartenente a un ramo cadetto dei Gonzaga, e gli Spagnoli che appoggiavano invece Ferrante Gonzaga per Mantova e i Savoia per il Monferrato. Alleati non belligeranti della Francia erano Venezia e il Papa.
Don Gonzalo, governatore di Milano, scese personalmente in guerra ponendo l'assedio a Casale, ma, a causa della scarsità delle forze a sua disposizione e per sua incapacità, presto si trovò in difficoltà. La guerra aveva causato l'inizio della carestia.

Nel frattempo Renzo ricevette gli scudi e le notizie da Agnese e smaniava di partire per rintracciare Lucia, che non sapeva dove fosse, e farle cambiare idea sul voto. La ragazza si trovava presso donna Prassede la quale cercava di farle dimenticare il promesso sposo perché lo riteneva un poco di buono. La nobildonna era infatti nota per essere una grande impicciona che si intrometteva nelle faccende delle sue cinque figlie già fuori di casa, sia che fossero sposate o in convento. Il marito, don Ferrante, era invece un uomo colto che sfuggiva alla moglie rinchiudendosi nella sua ricca biblioteca. Era un aristotelico appassionato ed esperto di magia, astronomia e scienza cavalleresca, tutte materie inutili.

Il tumulto di Milano aveva generato delle conseguenze. Le autorità fissarono il prezzo del pane e acquistarono grandi quantità di farina da distribuire. La popolazione fu indotta a un consumo smodato, il che aggravò la penuria causata dalla carestia. La popolazione di ogni ceto sociale ne subì le conseguenze e le vie di Milano si riempirono di mendicanti. A causa della povertà e delle precarie condizioni igieniche e di salute gli accattoni vennero raccolti nel lazzaretto aumentando, di fatto, le probabilità di contagio.

L'imperatore del Sacro Romano Impero aveva nel mentre assoldato mercenari tedeschi, i lanzichenecchi. Si trattava di 35.000 soldati che, passando per il cantone dei Grigioni e la Valtellina, entrarono nel Ducato di Milano per dirigersi verso il mantovano. Durante il loro passaggio saccheggiarono le campagne e gli abitanti tentarono la fuga sui monti. Con la morte e la distruzione portarono anche il morbo della peste, ma sia don Gonzalo che il suo successore Ambrogio Spinola, sebbene messi in guardia, sottovalutarono il rischio.

Tra i fuggitivi vi erano anche Agnese, Perpetua e don Abbondio. Il curato era terrorizzato dalla discesa dei lanzichenecchi e la sua paura era incentrata unicamente sulla sua persona. Perpetua nascose in casa e in giardino, sotto il fico, i pochi beni che il curato possedeva, Agnese portò con sé la metà degli scudi rimasti. Il terzetto si diresse verso il castello dell'innominato che era ben protetto e il cui padrone li avrebbe ben accolti, anche se il parroco non era convinto fosse una buona idea. Dopo una breve sosta a casa del sarto, giunsero al castello. L'innominato li accolse con amicizia e calore e offrì loro ospitalità come a tante altre persone. Egli cercava con la sua attività di redimersi dalla vita precedente.
Quando il pericolo fu passato, dopo un mese di permanenza, il terzetto si accomiatò e partì per tornare a casa. L'innominato regalò altri scudi e un corredo ad Agnese. Il paese era stato saccheggiato, le abitazioni distrutte, i beni nascosti rubati, anche quelli di Perpetua. Alcuni pezzi di mobilio del curato erano stati asportati da altri abitanti del paese, ma don Abbondio, per paura, non li reclamò nonostante le proteste della sua serva.

Il temuto morbo della peste era arrivato al seguito della soldataglia tedesca. Il primo caso si manifestò a Chiuso. I medici denunciarono il pericolo, ma il governatore Ambrogio Spinola li ignorò, impegnato com'era nella guerra e nelle celebrazioni per la nascita dell'infante di Spagna. Anche la popolazione negava il contagio, non volendo accettare la realtà. L'autorità pubblica, con i suoi interventi tardivi e frammentari, fu lenta e inefficace e quando fu troppo tardi dispose il confinamento dei malati nel lazzaretto, una struttura che non era in grado di gestire. I frati cappuccini, sotto il comando di padre Felice Casati, ne assunsero la direzione e fornirono assistenza ai contagiati con grande spirito di servizio e sacrificio.
La cittadinanza, quando non poté più negare l'esistenza della malattia, irrazionalmente attribuì il contagio all'opera di agenti al soldo di Venezia, di Richelieu o del deposto don Gonzalo che andavano a ungere parti della città per diffondere la malattia. Si registrarono numerosi casi di aggressione e arresto nei confronti di incolpevoli cittadini che, per il loro comportamento considerato sospetto, venivano additati come 'untori'.
Il consiglio dei decurioni, non potendo fare più fronte alle ingenti spese e alle difficoltà, si rivolse al governatore richiedendo le stesse misure eccezionali che erano state adottate durante la precedente epidemia, ma Ambrogio Spinola era completamente assorbito dalla guerra. Si rivolsero allora al cardinale Federigo Borromeo richiedendo aiuto e una processione per le vie della città. L'alto prelato concesse immediatamente l'aiuto richiesto, ma dapprima rifiutò di ordinare la processione con la reliquia del corpo di suo zio San Carlo per timore di aumentare le occasioni di contagio, poi si piegò alla volontà popolare.
La peste dilagante suscitò episodi di follia, criminalità e grandi esempi di carità. La città e le campagne erano ormai preda della più assoluta anarchia.

Tra i contagiati vi fu don Rodrigo che si era trasferito stabilmente in Milano. Al ritorno da una serata di stravizi in compagnia del Griso, avvertì i sintomi della malattia e mandò il suo fido *bravo* a chiamare il medico. Costui tornò invece con due monatti, che erano coloro che portavano i malati al lazzaretto, e ne approfittò per derubare il suo padrone. Nella foga toccò gli abiti di don Rodrigo e il giorno dopo si ammalò a sua volta e morì.

Renzo intanto, scampato il pericolo di essere catturato, tornò a lavorare da suo cugino Bortolo, ma contrasse la malattia. Dopo alcuni mesi ne guarì, ed essendone diventato immune, decise di partire alla volta di casa per cercare Lucia. Salutò il cugino e dopo alcuni giorni arrivò al paese natio. Ritrovò Tonio che, colpito dal morbo, ne era rimasto instupidito e don Abbondio che si era ammalato anch'egli ed era guarito. Non altrettanto bene era andata a Perpetua. Renzo apprese dal curato che Agnese era riparata a Pasturo da parenti e che Lucia si trovava a Milano presso donna Prassede e don Ferrante.

Renzo si fece ospitare da un vecchio amico del paese, quindi partì alla volta della città meneghina.

Il giovane montanaro entrò in Milano senza troppe difficoltà e vide la città in preda alla follia e alla disperazione. Dapprima venne scambiato per untore da un passante che fuggì terrorizzato. Quindi regalò alcuni pani che aveva comprato a Monza a una donna e ai suoi figli che erano stati murati nella loro casa perché il marito era stato portato via dai monatti. Vide poi la straziante scena in cui una madre consegnava ai monatti la figlioletta di nome Cecilia morta di peste. L'aveva vestita a festa e l'aveva salutata con un bacio e un appuntamento al giorno successivo. Infatti la madre aveva un'altra figlia che manifestava i sintomi della malattia allo stadio terminale.

Grazie ad alcune indicazioni ricevute, Renzo trovò l'abitazione di donna Prassede e don Ferrante. Bussò al battacchio della porta e una vicina sbrigativamente gli disse che tutti gli abitanti della casa erano stati portati al lazzaretto, quindi si ritirò. Renzo bussò nuovamente e con maggior foga al battacchio per avere ulteriori informazioni e per questo venne creduto essere un untore una seconda volta. Per sfuggire alla folla che lo voleva linciare, il giovane saltò su un carro di monatti carico di cadaveri diretto, appunto, al lazzaretto.

Nel lazzaretto a Renzo si presentò una situazione persino peggiore di quella che aveva visto in città. Malati ovunque, urla, strepiti, persone abbandonate a loro stesse, orfani allattati da balie e dalle capre. Nella disperazione generale riconobbe fra Cristoforo tra i numerosi religiosi che fornivano assistenza. Egli aveva ricevuto l'autorizzazione di allontanarsi da Rimini per venire ad aiutare i malati nel lazzaretto. Dopo i primi convenevoli, Renzo spiegò la ragione della sua presenza in quel luogo di dolore e manifestò nuovamente propositi di vendetta nei confronti di don Rodrigo. Il frate lo rimproverò e, visto il sincero pentimento del giovane, lo accompagnò al capezzale di un moribondo. Si trattava proprio di don Rodrigo a cui Renzo accordò il proprio perdono.

Su indicazione del frate, il giovane andò nel settore femminile dove trovò Lucia. La ragazza oppose a Renzo il voto alla Madonna, ma fra Cristoforo lo sciolse perché la promessa coinvolgeva non solo Lucia, ma anche Renzo.

I due giovani si accomiatarono dal frate. Renzo si accinse a partire, Lucia rimase nel lazzaretto per assistere una donna, una mercantessa, che si era ammalata e come lei stava guarendo.

Renzo abbandonò quel luogo di dolore e venne sorpreso da un tremendo acquazzone. Quella pioggia forte e dilavante purificò la città e il morbo perse vigore. La peste era finita. Renzo recuperò la futura suocera da Pasturo e tornò al paese per organizzare le nozze. Quindi partì per il bergamasco dove si sarebbe trasferito con Lucia e Agnese. Prese casa e la preparò. Bortolo, che nel mentre si era ammalato ed era guarito, lo accolse nuovamente a braccia aperte.

Lucia, in compagnia della donna che aveva assistito, tornò al paese portando notizie di Gertrude, che si era pentita e stava espiando tutte le sue colpe, e di fra Cristoforo che era morto di peste mentre esercitava il suo uffizio.

Don Abbondio, però, mostrava ancora resistenze al matrimonio. Non avendo certezza assoluta della morte di don Rodrigo non voleva correre il rischio di essere punito in futuro dal signorotto. Tuttavia una notizia lo convinse, alla fine. Un marchese era venuto per reclamare il castello di don Rodrigo in qualità di suo erede. Il curato si compiacque della morte del suo persecutore e conosciuto il marchese procedette con il matrimonio. L'erede di don Rodrigo era di tutta altra pasta rispetto al suo predecessore e si offrì di riparare i torti di costui. Fece revocare il mandato di cattura su Renzo e pagò le nozze ai due giovani.

Renzo e Lucia coronarono finalmente il loro sogno d'amore e si trasferirono nel bergamasco con Agnese. Renzo acquistò in società con Bortolo una filanda. I due sposi ebbero dei figli e una vita felice.

Schema riassuntivo dei capitoli

INTRODUZIONE
Data: 1840
Luoghi: residenza di Brusuglio
Personaggi: Alessandro Manzoni
Eventi: Il manoscritto dell'anonimo seicentista

CAPITOLO I
Data: 7 novembre 1628
Luoghi: il paesaggio lecchese del lago di Como, una stradicciola vicino al paese dei protagonisti (non menzionato), la canonica di don Abbondio
Personaggi: don Abbondio, i bravi, Perpetua
Eventi: Descrizione dei luoghi – Incontro di don Abbondio con i bravi – Discussione di don Abbondio con Perpetua

CAPITOLO II
Data: 8 novembre 1628
Luoghi: la canonica di don Abbondio, la casa di Lucia e Agnese
Personaggi: don Abbondio, Renzo, Perpetua, Lucia, Bettina, Agnese
Eventi: La notte tormentata di don Abbondio – L'incontro tra Renzo e don Abbondio – La chiacchierata tra Renzo e Perpetua – Don Abbondio messo alle strette – L'incontro con Lucia e Agnese

CAPITOLO III
Data: 8 novembre 1628
Luoghi: casa di Lucia e Agnese, abitazione dell'Azzeccagarbugli, Lecco, casa di Lucia e Agnese
Personaggi: Renzo, Lucia, Agnese, Azzeccagarbugli, fra Galdino
Eventi: Il racconto di Lucia – La visita dall'Azzeccagarbugli – La questua di fra Galdino e il racconto del miracolo delle noci - Il ritorno di Renzo

CAPITOLO IV
Data: 9 novembre 1628
Luoghi: il paesaggio dal convento di Pescarenico alla casa di Lucia e Agnese
Personaggi: fra Cristoforo (Lodovico), Cristoforo, il nobile arrogante, il fratello del nobile

ucciso

Eventi: Il cammino di fra Cristoforo dal convento alla casa di Lucia e Agnese – La storia di fra Cristoforo: le origini - La storia di fra Cristoforo: lo scontro - La storia di fra Cristoforo: la conversione e il pentimento - L'arrivo alla casa delle donne

CAPITOLO V

Data: 9 novembre 1628

Luoghi: la casa di Lucia e Agnese, il fortilizio di don Rodrigo

Personaggi: fra Cristoforo, Lucia, Agnese, Renzo, don Rodrigo, il conte Attilio, il podestà, Azzeccagarbugli

Eventi: Fra Cristoforo prende una decisione – Il palazzo di don Rodrigo – Il banchetto

CAPITOLO VI

Data: 9 novembre 1628

Luoghi: il castello di don Rodrigo, la casa di Lucia e Agnese

Personaggi: fra Cristoforo, don Rodrigo, il vecchio servitore, Renzo, Lucia, Agnese, Tonio

Eventi: Il colloquio tra fra Cristoforo e don Rodrigo – Il vecchio servitore – L'idea di Agnese – L'accordo tra Renzo e Tonio - La riluttanza di Lucia

CAPITOLO VII

Data: 9-10 novembre 1628

Luoghi: la casa di Lucia e Agnese, il palazzotto di don Rodrigo, l'osteria del paese (non menzionato), la canonica di don Abbondio

Personaggi: fra Cristoforo, Renzo, Lucia, Agnese, don Rodrigo, il conte Attilio, il Griso, il vecchio servitore, Tonio, Gervaso, Perpetua

Eventi: Il racconto di fra Cristoforo – La preparazione del matrimonio a sorpresa – Il piano di don Rodrigo – Renzo all'osteria del paese – In cammino verso la canonica di don Abbondio

CAPITOLO VIII

Data: 10 novembre 1628

Luoghi: la canonica di don Abbondio, il paese, la casa di Lucia e Agnese, il convento di fra Cristoforo, la riva del lago di Como

Personaggi: don Abbondio, Perpetua, Tonio, Gervaso, Renzo, Lucia, Agnese, Ambrogio, i bravi, il Griso, Menico, fra Cristoforo, fra Fazio

Eventi: Il tentato matrimonio a sorpresa – Il tentato rapimento di Lucia – La fuga al convento di Pescarenico

CAPITOLO IX

Data: 11 novembre 1628

Luoghi: la strada per Monza, il convento dei cappuccini a Monza, il convento delle monache a Monza, il palazzo del padre di Gertrude

Personaggi: Renzo, Lucia, Agnese, il traghettatore, il barocciaio, il padre guardiano, Gertrude, il padre di Gertrude

Eventi: L'arrivo a Monza – L'incontro con la monaca di Monza – La triste storia di Gertrude

CAPITOLO X
Data: 11 novembre 1628
Luoghi: il convento delle monache a Monza
Personaggi: Gertrude, Lucia, Agnese
Eventi: Gertrude diventa monaca – L'incontro con Egidio – Il colloquio con Lucia

CAPITOLO XI
Data: 10-12 novembre 1628
Luoghi: il palazzo di don Rodrigo, Milano
Personaggi: don Rodrigo, il Griso, conte Attilio, Renzo
Eventi: Don Rodrigo attende il ritorno del Griso – Le contromosse di don Rodrigo – Renzo arriva a Milano

CAPITOLO XII
Data: 11 novembre 1628
Luoghi: Milano: dal *forno delle grucce* alla casa del Vicario di provvisione
Personaggi: Renzo, la folla, il capitano di giustizia
Eventi: Cause della carestia e del tumulto – Saccheggio del *forno delle grucce*

CAPITOLO XIII
Data: 11 novembre 1628
Luoghi: Milano: la casa del Vicario di provvisione
Personaggi: Renzo, la folla, il Vicario di provvisione, il Gran Cancelliere Ferrer
Eventi: L'assedio alla casa del Vicario di provvisione – L'arrivo del Gran Cancelliere Ferrer – Il salvataggio del Vicario di provvisione

CAPITOLO XIV
Data: 11 novembre 1628
Luoghi: Milano, l'osteria della *Luna Piena*
Personaggi: Renzo, la spia, l'oste dell'osteria della *Luna Piena*
Eventi: Renzo arringa la folla – Renzo arriva all'osteria della *Luna Piena* in compagnia di uno sconosciuto – Renzo discute con l'oste a cui rifiuta di dare le proprie generalità

CAPITOLO XV
Data: 11-12 novembre 1628
Luoghi: La camera di Renzo all'osteria della *Luna Piena*, il palazzo di giustizia, le strade di Milano.
Personaggi: Renzo, il notaio criminale, due sbirri
Eventi: Renzo viene messo a letto – L'oste denuncia Renzo – Il risveglio di Renzo e il suo arresto – La folla salva Renzo

CAPITOLO XVI

Data: 12 novembre 1628
Luoghi: Milano, la strada per Bergamo, l'osteria della frasca, l'osteria a Gorgonzola
Personaggi: Renzo, la proprietaria dell'osteria della frasca, gli avventori dell'osteria di Gorgonzola, l'oste dell'osteria di Gorgonzola, il mercante
Eventi: Renzo scappa da Milano - Il viaggio verso Bergamo – L'osteria di Gorgonzola – Il racconto del mercante milanese

CAPITOLO XVII

Data: 12-13 novembre 1628
Luoghi: l'Adda, la strada verso Bergamo, la filanda
Personaggi: Renzo, Bortolo
Eventi: La strada verso l'Adda – Il passaggio del confine – L'incontro con Bortolo

CAPITOLO XVIII

Data: 13 novembre 1628 e le settimane successive
Luoghi: il castello di don Rodrigo, il convento di Monza, il convento di Pescarenico, la dimora del conte zio
Personaggi: don Rodrigo, il conte Attilio, Agnese e Lucia, fra Galdino, il conte zio
Eventi: Il mandato di cattura per Renzo – I piani di don Rodrigo – Agnese lascia il convento e torna a casa – Il conte Attilio incontra il conte zio

CAPITOLO XIX

Data: mese di novembre 1628
Luoghi: la dimora del conte zio, il palazzotto di don Rodrigo
Personaggi: il conte zio, il padre provinciale dei cappuccini, don Rodrigo
Eventi: L'incontro tra il conte zio e il padre provinciale dei cappuccini – Don Rodrigo parte per andare dall'innominato – La storia dell'innominato

CAPITOLO XX

Data: mese di novembre 1628
Luoghi: il castello dell'innominato, il convento di Monza
Personaggi: don Rodrigo, il Griso, l'innominato, Gertrude, il Nibbio, la vecchiaccia
Eventi: Don Rodrigo espone la propria richiesta all'innominato – Il rapimento di Lucia – L'innominato attende Lucia

CAPITOLO XXI

Data: mese di novembre 1628
Luoghi: il castello dell'innominato
Personaggi: la vecchiaccia, l'innominato, il Nibbio, Lucia
Eventi: La vecchia si occupa di Lucia – L'innominato incontra Lucia – Il tormento di Lucia – Il

tormento dell'innominato

CAPITOLO XXII
Data: mese di novembre 1628
Luoghi: il castello dell'innominato, la casa del curato del paese visitato dal cardinale
Personaggi: l'innominato, la vecchiaccia, Lucia, il capitano crocifero, il cardinale Federigo Borromeo
Eventi: L'innominato scende in paese per incontrare il cardinale – Vita del cardinale Federigo Borromeo

CAPITOLO XXIII
Data: mese di novembre 1628
Luoghi: la casa del curato del paese visitato dal cardinale, la strada per il castello dell'innominato
Personaggi: l'innominato, il capitano crocifero, il cardinale Federigo Borromeo, don Abbondio
Eventi: La conversione dell'innominato – Il cardinale si adopera per liberare Lucia – Don Abbondio è spaventato

CAPITOLO XXIV
Data: mese di novembre 1628
Luoghi: il castello dell'innominato, la strada per il castello dell'innominato, la casa del sarto, la strada tra il paese dove si trova il cardinale e quello di Agnese
Personaggi: Lucia, la vecchiaccia, l'innominato, don Abbondio, il sarto e la sua famiglia, Agnese, il cardinale Federigo Borromeo,
Eventi: Lucia viene liberata – Lucia viene ospitata in casa del sarto – Agnese incontra don Abbondio lungo la via e si ricongiunge con la figlia - L'innominato parla ai suoi bravi

CAPITOLO XXV
Data: mesi di novembre e dicembre 1628
Luoghi: il castello di don Rodrigo, il paese di Lucia e Agnese, la canonica di don Abbondio, la casa di donna Prassede e don Ferrante
Personaggi: don Abbondio, il cardinale Federigo Borromeo, donna Prassede, don Ferrante, il sarto, Lucia, Agnese
Eventi: Don Rodrigo lascia il castello – Il cardinale Federigo Borromeo arriva nel paese di Lucia e Agnese – Donna Prassede si offre di ospitare Lucia – Il cardinale rimprovera don Abbondio

CAPITOLO XXVI
Data: mese di dicembre 1628 e settimane seguenti
Luoghi: la canonica di don Abbondio, la casa di donna Prassede e don Ferrante, la provincia di Bergamo
Personaggi: don Abbondio, il cardinale Federigo Borromeo, Lucia, Agnese, Bortolo

Eventi: Il cardinale finisce di rimproverare don Abbondio – Lucia racconta ad Agnese del voto – Renzo viene attivamente ricercato

CAPITOLO XXVII
Data: mese di dicembre 1628 e mesi successivi
Luoghi: casa di donna Prassede e don Ferrante, paese del bergamasco in cui è rifugiato Renzo, paese di Lucia e Agnese
Personaggi: don Gonzalo, Agnese, Renzo, Lucia, donna Prassede, don Ferrante
Eventi: Descrizione della guerra tra Spagnoli e Francesi – Corrispondenza epistolare tra Agnese e Renzo – Donna Prassede si prende cura di Lucia – Gli studi di don Ferrante

CAPITOLO XXVIII
Data: dall'11 novembre 1628 all'autunno 1629
Luoghi: il Ducato di Milano
Personaggi: don Gonzalo, i Lanzichenecchi
Eventi: La situazione di Milano dopo il tumulto – La discesa dei Lanzichenecchi

CAPITOLO XXIX
Data: autunno 1629
Luoghi: il paesaggio di Agnese, Perpetua e don Abbondio, la casa del sarto
Personaggi: don Abbondio, Perpetua, Agnese, il sarto
Eventi: Il terrore di don Abbondio – La vita dell'innominato dopo la conversione

CAPITOLO XXX
Data: autunno 1629
Luoghi: il castello dell'innominato, la canonica di don Abbondio
Personaggi: l'innominato, Agnese, don Abbondio, Perpetua
Eventi: L'innominato accoglie il terzetto - Il soggiorno al castello – Il rientro al paese

CAPITOLO XXXI
Data: dall'autunno del 1629 al mese di maggio 1630
Luoghi: il Ducato di Milano
Personaggi: la peste
Eventi: La peste arriva a Milano – L'indifferenza delle autorità – La carità dei frati cappuccini - Gli untori

CAPITOLO XXXII
Data: dal mese di maggio al mese di agosto del 1630
Luoghi: il Ducato di Milano
Personaggi: la peste
Riassunto: Il consiglio dei decurioni chiede l'intervento del governatore e del cardinale – L'intervento degli ecclesiastici – La diffusa credenza negli untori

CAPITOLO XXXIII

Data: mese di agosto 1630
Luoghi: la casa milanese di don Rodrigo, il paese nel bergamasco in cui è riparato Renzo, il paese natio di Renzo
Personaggi: don Rodrigo, il Griso, Renzo, Bortolo, Tonio, don Abbondio, un vecchio amico di Renzo
Eventi: Don Rodrigo è colpito dalla peste – Renzo torna al paese

CAPITOLO XXXIV

Data: mese di agosto 1630
Luoghi: la città di Milano
Personaggi: Renzo, il passante spaventato, la donna imprigionata nella propria casa, la madre della bambina Cecilia, la vicina di casa di don Ferrante, i monatti
Eventi: Renzo entra in Milano – Renzo viene scambiato per un untore - Renzo regala i suoi pani a una donna imprigionata in casa sua – Una donna posa il corpo della sua figliola Cecilia sul carro dei monatti – La vicina di don Ferrante accusa Renzo di essere un untore – Renzo arriva al lazzaretto sul carro dei monatti

CAPITOLO XXXV

Data: mese di agosto 1630
Luoghi: il lazzaretto
Personaggi: Renzo, fra Cristoforo, don Rodrigo
Eventi: La desolazione nel lazzaretto – Renzo incontra fra Cristoforo – Fra Cristoforo e Renzo al capezzale di Don Rodrigo

CAPITOLO XXXVI

Data: mese di agosto 1630
Luoghi: il lazzaretto
Personaggi: Renzo, fra Felice, Lucia, fra Cristoforo
Eventi: Renzo incontra i malati guariti – Renzo trova Lucia – Fra Cristoforo scioglie il voto

CAPITOLO XXXVII

Data: mesi di agosto e settembre 1630
Luoghi: la strada per il paese, il paese natale di Renzo e Lucia, Pasturo, il paese del bergamasco
Personaggi: Renzo, Agnese, don Abbondio, Bortolo
Eventi: La pioggia purificatrice – Renzo fa avanti e indietro da Pasturo con Agnese – Lucia esce dal lazzaretto

CAPITOLO XXXVIII

Data: dall'autunno del 1630 fino a qualche anno dopo
Luoghi: il paese di Renzo e Lucia, la canonica, il castello di don Rodrigo, il paese del bergamasco
Personaggi: Renzo, Lucia, Agnese, la mercantessa, don Abbondio, il marchese, Bortolo
Eventi: Don Abbondio continua a rifiutare il matrimonio – Arriva il marchese – Il matrimonio si fa – Il sugo di tutta la storia

I PROMESSI SPOSI

Introduzione

Data: 1840

Luoghi: residenza estiva di Alessandro Manzoni a Brusuglio, nei pressi di Cormano, vicino a Milano

Personaggi: Alessandro Manzoni

-- *** --

Riassunto:

Il manoscritto dell'anonimo seicentista

Il manoscritto dell'anonimo seicentista

Alessandro Manzoni cominciò *I promessi sposi* con una introduzione. Adottò la finzione letteraria che la storia, in realtà, fosse stata scritta da un anonimo coevo e testimone dei fatti narrati all'inizio del 1600.

L'inizio era la (falsa) trascrizione delle prime pagine del manoscritto ritrovato da Manzoni, il quale, però si fermò quasi subito nel lavoro dopo i complimenti, i ringraziamenti e gli atti di sottomissione di rito dell'anonimo che i romanzieri del XVII secolo erano soliti scrivere.

Egli ravvisava nello stile una povertà di linguaggio e una scarsa qualità della forma e della lingua tali da indurlo a interrompere il lavoro. Il manoscritto riusciva ad essere rozzo ed affettato allo stesso tempo, addirittura all'interno della stessa frase. Tuttavia la storia era talmente bella che gli sarebbe spiaciuto se non fosse stato possibile raccontarla. Dopo aver ragionato sull'opportunità, Alessandro Manzoni si risolse, dunque, di riscriverla con linguaggio nuovo, semplice e moderno, non prima di averne verificato, attraverso altre fonti, la veridicità.

-- *** --

Analisi critica:

Alessandro Manzoni incomincia il romanzo con una finzione. Egli si inventa che il romanzo che i suoi lettori si accingono a leggere sia in realtà una riscrittura di un manoscritto realizzato 200 anni prima. La lingua utilizzata sarà nuova, non quella degli scrittori suoi contemporanei, bensì un italiano ripulito da termini classici e aulici, da latinismi, da espressioni dialettali (in particolar modo termini lombardi), nonché da parole straniere (francesismi). Per ottenere una lingua più pura possibile, e nel contempo più comprensibile alla maggioranza degli Italiani (o futuri tali), egli trascorre un periodo della sua vita a Firenze, laddove la lingua italiana era nata nel '300, per *'sciacquare i panni in Arno'*.

Alessandro Manzoni, grazie all'espediente letterario del libro ritrovato, cerca di attribuire un'aura di maggiore verosimiglianza al romanzo. Non solo. Crea un legame stretto con il lettore, suggella il patto di finzione sin dalla prima pagina. Scarica sul presunto autore dello scartafaccio le omissioni e tutto quanto non vuole raccontare all'interno romanzo. Non si tratta di un espediente originale: già Ludovico Ariosto con *'Orlando furioso'* e Miguel de Cervantes con *'Don Chisciotte' della Mancia*, per citare solo un paio di esempi, fecero lo stesso prima di lui.

Tra coloro che lo utilizzarono successivamente ricordiamo Umberto Eco con *'Il nome della rosa'*.

Capitolo I

Data: 7 novembre 1628

Luoghi: il paesaggio lecchese del lago di Como, una stradicciola vicino al paese dei protagonisti (non menzionato), la canonica di don Abbondio

Personaggi: don Abbondio, i bravi, Perpetua

-- *** --

Riassunto:

Descrizione dei luoghi – Incontro di don Abbondio con i bravi – Discussione di don Abbondio con Perpetua

Descrizione dei luoghi
La narrazione del romanzo comincia con la minuziosa descrizione dei luoghi. La vicenda prende vita lungo le rive del Lago di Como, nella parte meridionale, nelle vicinanze di Lecco, che allora era già un centro abitato di una certa importanza, giacché vi era un castello. Vi era altresì una guarnigione spagnola, con un comandante, di cui Alessandro Manzoni racconta le vessazioni che infliggeva alla popolazione contadina locale.

Incontro di don Abbondio con i bravi
Il 7 novembre 1628 don Abbondio, curato di un piccolo centro abitato della zona (lasciato anonimo da Manzoni), camminava lungo un sentiero leggendo il suo breviario. Giungendo a una biforcazione si avvedeva della presenza di due loschi figuri, due *bravi* per la precisione, che attendevano qualcuno.
La narrazione si interrompe per far posto alla descrizione minuziosa dei due e del loro ruolo nella società dell'epoca. Per fare ciò, l'Autore enumera e descrive una serie di *gride* (ovvero pronunciamenti della autorità costituita, nella fattispecie i governatori spagnoli) che avevano l'intento di estirpare la piaga dei *bravi*. I *bravi* erano infatti gli sgherri al soldo dei potenti e dei prepotenti dell'epoca che con la forza eseguivano gli ordini dei loro padroni in aperta violazione delle leggi. Le *gride* erano numerose e reiterate e ogni volta maggiormente penalizzanti per i *bravi*, ma il Manzoni non manca di sottolineare che, proprio per questi motivi, risultavano essere del tutto inefficaci.
I due uomini d'arme aspettavano proprio don Abbondio, che altri non era che un povero curato di campagna, giunto alla sessantina, a cui principalmente difettava il coraggio. Interruppero la sua passeggiata e gli imposero di non procedere al matrimonio tra Renzo

Tramaglino e Lucia Mondella che si sarebbe dovuto celebrare il giorno successivo. Don Abbondio non esitò ad obbedire alla intimazione dei due *bravi*, specie quando spiegarono di essere al servizio di don Rodrigo, il potente e crudele signorotto locale. I due, per essere certi di avere ben adempiuto al loro compito, chiesero e ottennero dal curato manifestazione di obbedienza.

Una volta che i *bravi* scomparvero alla sua vista, don Abbondio si diresse di fretta a casa sua, rimuginando sui suoi guai e sulla sua impotenza. E il Manzoni inserisce qui una nuova digressione storica per spiegare l'assenza di legalità nella società di quel tempo.

Discussione di don Abbondio con Perpetua

Alla canonica lo aspettava Perpetua, la sua domestica. Ella era una donna che aveva superato la quarantina ed era ancora zitella per scelta secondo la sua versione, perché nessuno l'aveva voluta secondo le sue amiche. La domestica cercò sia col cibo che col vino, ma soprattutto con le parole, di confortare e consigliare il suo terrorizzato padrone. Perpetua era una popolana e non brillava per cultura e discrezione, ma era di buon senso e aveva quel coraggio di cui difettava don Abbondio.

Il curato rifiutò i consigli della serva tra i quali scrivere una lettera al cardinale Federigo Borromeo: egli era il diretto superiore di don Abbondio, ma anche un sant'uomo. Quindi si coricò digiuno e in preda al terrore, raccomandando la massima discrezione a Perpetua.

-- *** --

Analisi critica:

Il primo capitolo del romanzo è eccezionalmente ricco sotto ogni punto di vista. Al suo interno ritroviamo in abbondanza tutti gli elementi distintivi e fondanti della storia. Viene ben delineata la geografia dei luoghi (seppure omettendo il nome di alcune località) e la situazione sociopolitica del tempo, sono presentati alcuni dei personaggi principali, vengono inserite due digressioni storiche e numerosi elementi linguistici che hanno influito nel nostro parlato quotidiano, compaiono i primi esempi di 'ironia manzoniana'.

Alessandro Manzoni incomincia la narrazione del romanzo con una lunga, minuziosa e apparentemente noiosa e pedante descrizione del paesaggio. Parte con la geografia fisica, spiegando la conformazione del lago di Como, dei monti alle sue spalle e delle vallate. Quindi passa alla geografia umana raccontando dei villaggi, di Lecco e della sua guarnigione spagnola la cui principale occupazione è vessare la popolazione contadina insidiando le fanciulle dei villaggi, bastonando chi si oppone e saccheggiando le vigne quando l'uva è matura. Qui incontriamo il primo esempio di ironia manzoniana di cui è pervaso il romanzo: egli descrive le vessazioni come se fossero in realtà favori che i soldati fanno ai contadini. Con la descrizione della guarnigione spagnola, e successivamente con la descrizione delle *grida*, il Manzoni intende anche fare un parallelismo tra la pesante dominazione spagnola del XVII secolo e quella non meno pesante austriaca dei suoi tempi.

La narrazione riprende con la descrizione, ancora assai minuziosa, del sentiero su cui passeggiava don Abbondio, il primo personaggio del romanzo. Egli è un curato di campagna che ha scelto la carriera ecclesiale non per vocazione, ma per necessità. Non essendo ricco né nobile, diventa prete per essere protetto dalla Chiesa e per avere qualche agio nella vita. La sue caratteristiche principali sono la pavidità e l'ignavia. Ha raggiunto e superato la sessantina schivando ogni possibile scontro e, quando questo non è stato possibile, mettendosi dalla parte del più forte senza inimicarsi la parte perdente. Per lui l'unica cosa che conta è la propria incolumità.

La codardia di don Abbondio non si ferma alla sua capacità di evitare i conflitti, ma sfocia nella vigliaccheria: se ciò non gli può causare danno alcuno, si sfoga contro i poveretti che non possono reagire.

Nel corso della storia il curato funge da elemento ironico per stemperare l'atmosfera del romanzo che talvolta diventa troppo cupa e da esempio negativo da stigmatizzare, a maggior ragione perché sacerdote. L'atteggiamento del Manzoni, col passare dei capitoli, muterà da bonario a quello di condanna assoluta.

Alla fine del romanzo scopriremo che a fronte delle innumerevoli manifestazioni di viltà, ignavia, sottomissione ai potenti, egoismo, tradimento del suo ufficio e della sua missione, per cui non mostrerà mai rimorso e nemmeno consapevolezza, risulterà essere amaramente uno dei pochi personaggi che avrà attraversato pressoché indenne l'intera vicenda.

Si noti che il santo patrono di Como è sant'Abbondio, quarto vescovo della città, pertanto la scelta del nome, come del resto quella degli altri personaggi, vedremo, non è casuale.

Il Manzoni continua la narrazione con la presentazione dei *bravi*, gli sgherri armati al soldo dei potenti. Prima li descrive in dettaglio fisicamente, quindi passa alla elencazione e alla descrizione delle *gride*, ovvero le leggi emanate dai governatori spagnoli che comandavano in Lombardia. Qui l'Autore opera la prima digressione storica del romanzo, ovvero interrompe il flusso narrativo per lasciare spazio alla descrizione di un fatto storico per meglio spiegare e contestualizzare l'epoca in cui sono immersi la vicenda e i suoi protagonisti. Nel descrivere le *gride* abbiamo anche il secondo esempio di ironia manzoniana. Infatti, oltre alla numerosità e all'inasprimento progressivo delle stesse, Manzoni sottolinea tutti i titoli nobiliari e le cariche istituzionali di chi le aveva emanate, rendendo ancora più paradossale la loro inefficacia.

La minuziosità descrittiva di Alessandro Manzoni si esplica anche nel racconto di come don Abbondio legge il breviario, ne infila il dito per mantenere il segno e così via. Anche i prodromi dell'incontro con i due sgherri sono ben dettagliati nei pensieri del curato che si chiede se aveva 'peccato' nei confronti di un potente (e qui l'ironia manzoniana assesta un nuovo colpo al sacerdote per il quale 'peccare' è dispiacere a un potente terreno, non dispiacere a Dio) e nella ricerca di una impossibile via di fuga.

Il Manzoni, grazie a tutte queste minuziose descrizioni che sembrano appesantire la parte iniziale, getta invece le basi per il primo e assai importante avvenimento del romanzo: l'incontro tra Don Abbondio e i due *bravi*. Con un crescendo abile e sottile, grazie al quale il lettore non comprende dove l'Autore voglia andare a parare e che culmina col pensiero di don Abbondio *'Ci siamo'*, si giunge all'innesco che farà deflagrare l'intera vicenda.

L'incontro mette in luce la povertà d'animo del curato che accondiscende alle richieste dei *bravi* e che si rende ancora più piccolo e sottomesso al sentire il nome del loro padrone, quel don Rodrigo noto per le sue angherie, *'per non minacciare invano'*.

I due bravi introducono un argomento che sarà importantissimo nell'economia del romanzo: la cultura. Impartiscono l'ordine al curato usando le leve della forza bruta e della prepotenza, non vogliono ascoltare quanto don Abbondio ha da dire loro. Sono consapevoli che sotto il profilo della dialettica ne uscirebbero sconfitti. Sottolineano anche come il curato conosca il latino e che questo è, nei fatti, indice di cultura in una società in cui la maggior parte della popolazione è analfabeta. La questione del latino si riproporrà nel capitolo successivo col *latinorum* di Renzo.

Dal momento dell'incontro, nella mente di don Abbondio, il vero responsabile dei suoi mali non sarà il signorotto prepotente, bensì i due promessi sposi che vogliono maritarsi senza preoccuparsi delle conseguenze che avrebbero causato a lui.

Una nuova digressione storica mette in luce la assenza di legalità dell'epoca.

Il capitolo si conclude con la chiacchierata tra il terrorizzato curato e la sua domestica, dispensatrice di buoni consigli e di coraggio. Tra lei e il curato nasce una piacevole scenetta tipica del teatro buffo e del melodramma italiano del XIX secolo, il battibecco tra il padrone inetto e la serva autoritaria. Pur essendo di livello culturale inferiore, Perpetua risulta vincitrice sul piano morale col suo padrone. Il Manzoni le attribuisce difetti (è pettegola) e virtù (bontà, senno, coraggio), ma soprattutto simpatia che dimostra attraverso l'affermazione ironica per cui è rimasta zitella oltre i quarant'anni per volontà propria secondo la sua versione, perché nessuno l'ha voluta secondo le sue ancor più pettegole amiche. Si noti che nel testo si specifica che ha superato l'età sinodale dei quarant'anni. Il riferimento è al Concilio di Trento che stabiliva quella come età minima per le serve dei curati. Anche per la governante di don Abbondio il nome non è casuale. Santa Perpetua, ironicamente, è la patrona delle donne maritate. Il successo di tale personaggio ha fatto sì che nella cultura popolare, da 'I promessi sposi' in avanti, tutte le serve dei parroci venissero chiamate *perpetue*.

-- *** --

Digressioni storiche:

Le *gride* contro i *bravi*: questi editti, emanati dalla autorità politica del tempo, ovvero dai governatori spagnoli della Lombardia, avevano il compito di estirpare questa piaga. Tuttavia, la numerosità e l'incremento progressivo delle pene, dimostravano la sostanziale impotenza delle autorità nei confronti del fenomeno. Il Manzoni sottolinea così il potere *de facto* e la capacità intimidatoria dei due sgherri nei confronti di don Abbondio.

La giustizia secentesca: il Manzoni racconta come il potere costituito non si potesse esercitare nella legalità all'epoca dei fatti del romanzo. Al di là delle leggi comandavano i nobili, i signorotti locali e i prepotenti attraverso un sistema esercitato attraverso l'uso della forza prezzolata e le connivenze con chi avrebbe dovuto far rispettare le leggi. I più deboli si organizzavano, se potevano, in corporazioni e associazioni grazie alle quali si difendevano con lo stesso mezzo, ovvero l'utilizzo di sgherri. Grazie a questa digressione diventa chiaro come una persona come don Rodrigo potesse impedire le nozze tra Renzo e Lucia e come don Abbondio avesse ubbidito prontamente alla richiesta.

-- *** --

Ironia manzoniana:

La guarnigione di Lecco: i soldati della guarnigione spagnola avevano come occupazione principale quella di insidiare le fanciulle delle campagne (*'insegnavan la modestia alle fanciulle e alle donne del paese'*), bastonare chi si fosse opposto (*'accarezzavan di tempo in tempo le spalle a qualche marito, a qualche padre'*) e spogliare di uva le vigne (*'non mancavan mai di spandersi nelle vigne, per diradar l'uve, e allegerir a' contadini le fatiche della vendemmia'*). Il Manzoni sottolinea la pesantezza del giogo straniero, facendo un parallelismo con quello austriaco suo coevo.

Le *gride* contro i *bravi*: questi editti, emanati dalla autorità politica del tempo, ovvero dai governatori spagnoli della Lombardia, avevano il compito di estirpare questa piaga. Tuttavia, la numerosità (due di quelle descritte erano state emanate dallo stesso governatore, seppure in momenti diversi) e l'incremento delle pene, dimostravano la sostanziale impotenza delle autorità nei confronti del fenomeno. Inoltre l'altisonanza dei titoli degli estensori delle stesse accentuavano ancora più la loro inutilità.

I peccati di don Abbondio: il curato, avvistati i due *bravi* e compreso che l'oggetto della loro attesa era lui stesso, faceva un esame di coscienza per capire se avesse peccato contro un potente. Quindi Don Abbondio faceva comprendere come egli rispondesse della propria coscienza ai potenti e prepotenti, piuttosto che a Dio a cui solo esteriormente aveva consacrato la propria esistenza.

I lettori del romanzo: Alessandro Manzoni si diverte a dire, nel corpo dell'Opera, che i lettori del romanzo sono solo venticinque. Si tratta di una affermazione certamente ironica (anche alla luce del successo ottenuto!), ma anche esercizio di modestia.

Il celibato di Perpetua: Manzoni tratteggia la figura della domestica di Don Abbondio come quella di una quarantenne che era rimasta zitella *'per aver rifiutati tutti i partiti che le si erano offerti, come diceva lei, o per non aver mai trovato un cane che la volesse, come dicevan le sue amiche'*. La serva rimane così simpatica al lettore e il suo buon senso, contrapposto al terrore del suo padrone, ha un valore maggiore.
Il nome di battesimo è ironico anch'esso: santa Perpetua è la protettrice delle donne sposate, un nome beffardo se attribuito a una zitella serva di un curato.

-- *** --

Proverbi e modi di dire:

'Quel ramo del lago di Como,....': pur non essendo un modo di dire, l'*incipit* del romanzo è entrato nell'immaginario comune di ogni italiano.

'questo matrimonio non s'ha da fare, né domani, né mai': anche questa frase pronunciata dal *bravo* è diventata parte del patrimonio culturale nazionale

'voler raddrizzare le gambe ai cani': significa voler fare un qualcosa che è impossibile fare

'cuor di leone': il modo di dire indica il coraggio, ciò di cui difetta don Abbondio

'vaso di terra cotta, costretto a viaggiare in compagnia di molti vasi di ferro': la condizione di Don Abbondio, pavido, privo di qualità e, per rango e censo, privo di protezione nella vita quotidiana, si paragona al vaso fragile trasportato con altri infrangibili e forti. Tale

affermazione è diventata proverbiale.

<u>Perpetua</u>: il nome della serva di Don Abbondio, causa la popolarità acquisita dal personaggio, è diventato l'appellativo comune con cui si definiscono le domestiche dei sacerdoti

'non avere mai trovato un cane che la volesse': la causa della condizione di celibato della serva di Don Abbondio è diventata anch'essa un modo di dire

'Quando mi fosse toccata una schioppettata nella schiena, [...] l'arcivescovo me la toglierebbe?': l'affermazione di Don Abbondio sta a significare l'impotenza del potente a proteggere un povero galantuomo.

Capitolo II

Data: 8 novembre 1628

Luoghi: la canonica di don Abbondio, la casa di Lucia e Agnese

Personaggi: don Abbondio, Renzo, Perpetua, Lucia, Bettina, Agnese

-- *** --

Riassunto:

La notte tormentata di don Abbondio – L'incontro tra Renzo e don Abbondio – La chiacchierata tra Renzo e Perpetua – Don Abbondio messo alle strette – L'incontro con Lucia e Agnese

La notte tormentata di don Abbondio

Il principe di Condè dormì tranquillo prima della battaglia di Rocroi perché stanco e perché aveva già impartito gli ordini per la giornata successiva. Al contrario Don Abbondio non riusciva a prendere sonno. Valutava il da farsi per rifiutare il matrimonio a Renzo e Lucia. Scartata a priori l'ipotesi di procedere alla cerimonia, dopo numerosi rigiri nel letto, decise di prendere tempo fino all'ormai prossimo periodo in cui non si sarebbero potuti celebrare matrimoni, ovvero tra l'Avvento e l'Epifania. In quei due mesi avrebbe trovato qualche altra scusa. Quando finalmente prese sonno, dormì agitatamente sognando incubi.

L'incontro tra Renzo e don Abbondio

Il mattino successivo Lorenzo Tramaglino, detto Renzo, si recò dal curato per stabilire l'ora dello sposalizio. Renzo era un ragazzo ventenne, con un buon lavoro (filatore di seta), un mestiere in declino che però gli dava da mangiare a sufficienza da definirlo 'agiato'.
Durante l'incontro tra i due, Don Abbondio prima tergiversò, poi disse di stare male, infine lamentò degli impedimenti e delle ulteriori ricerche da fare prima del matrimonio. Alle rimostranze del giovane, il curato parlò in latino per confondere Renzo e riuscì a prendere tempo, una settimana, durante la quale confidava di risolvere tutti gli impedimenti.

La chiacchierata tra Renzo e Perpetua

Il promesso sposo si allontanò dalla canonica, poco convinto delle chiacchere del parroco, quando incontrò Perpetua. La serva, interrogata dal giovane, non rivelò nulla esplicitamente, ma le mezze parole pronunciate durante il colloquio fecero comprendere che c'era ben altro dietro l'annullamento della cerimonia.

Don Abbondio messo alle strette

Renzo ritornò allora nell'abitazione di don Abbondio e lo mise minacciosamente alle strette. Il curato non ebbe altra scelta che raccontare l'incontro con gli sgherri di don Rodrigo.

Il giovane, pentito dell'aggressione, si diresse verso la casa della sua amata.

Don Abbondio attese il ritorno di Perpetua con cui ebbe una violenta discussione riguardo alla di lei discrezione, quindi, scosso dalle emozioni e dalla paura, si mise a letto colpito da un gran febbrone.

Il desiderio di violenta vendetta affollava la mente di Renzo (prima immaginava di penetrare il castello del signorotto per ucciderlo, quindi pianificava un agguato lungo la strada con il suo schioppo e la successiva fuga oltre confine), ma il pensiero di Lucia lo fece rinsavire. Tuttavia un'altra preoccupazione adombrava Renzo: se don Rodrigo era giunto a voler far annullare le nozze, qualcosa Lucia doveva ben sapere, ma di questo lui non ne era stato messo a parte.

L'incontro con Lucia e Agnese

Giunto alla casetta della giovane, sentì il brulichio delle amiche di Lucia che le stavano facendo festa e la preparavano per la cerimonia. Nel giardino Renzo incontrò una bambina, Bettina, alla quale chiese, con discrezione, di convocare Lucia. La ragazza, avvertita dall'ambasciata, scese dall'amato e, sentito il racconto di lui, rimase sconvolta. Renzo comprese che Lucia gli aveva nascosto qualcosa, ma Lucia lo rassicurò sulle sue buone motivazioni. Anche Agnese, la madre della sposa, scese per capire il motivo dell'ambasciata di Bettina e incontrò i due nel giardino.

Per parlar più liberamente, Lucia congedò le amiche che si trovavano in casa con la scusa che il curato stesse male e alcune di queste andarono a verificare la veridicità del malore di don Abbondio. Perpetua confermò il febbrone del suo padrone, il che spense tutte le voci maligne che già avevano incominciato a girare in paese.

-- *** --

Analisi critica:

Alessandro Manzoni incomincia il secondo capitolo menzionando il duca di Enghien (non ancora Duca di Condè, ma figlio dello stesso). Costui, alla vigilia della battaglia di Rocroi, cittadina delle Ardenne, del 18-19 maggio 1643, contro l'armata spagnola delle Fiandre, dormì profondamente in quanto molto stanco e perché aveva già impartito tutti gli ordini necessari per il mattino seguente. Con questa citazione, l'Autore intende contrapporre la calma del condottiero francese contro l'agitazione di don Abbondio che, di fronte a ben minore impegno e preoccupazione, non riesce a prendere sonno. Il curato è combattuto tra le diverse possibili scuse da opporre alla celebrazione delle nozze, alla fine conclude di posticipare di qualche giorno la data fissata fino a farla cadere nel periodo lungo circa due mesi, intorno al Natale, in cui i matrimoni erano proibiti. Si sarebbe fatto forza della sua età, ruolo, cultura e anche della maggiore posta in gioco, ovvero la paura di perdere la vita. Nonostante la decisione presa, il sonno successivo è comunque agitato e ricco di incubi.

Il capitolo prosegue con l'entrata in scena, e la conseguente descrizione, di Lorenzo, detto Renzo. Manzoni ce lo tratteggia come un giovane ventenne, con la testa sulle spalle, avveduto e risparmiatore, impulsivo, ignorante ma sveglio. Orfano di entrambi i genitori, era dotato di un mestiere ereditario, il filatore di seta, che, pur essendo in declino, gli garantiva un reddito sufficiente grazie al fatto che suoi compaesani che lo esercitavano erano emigrati altrove in cerca di migliori fortune, lasciando abbastanza lavoro a chi era rimasto. Un poderetto di sua proprietà gli forniva una ulteriore fonte di sostentamento. Inoltre il fidanzamento con Lucia lo aveva fatto diventare risparmiatore (*'massaio'*). La descrizione, al solito minuziosa, sottolinea l'aria di braveria tipica dell'epoca, determinata dalla spavalderia dell'età e da quel coltello che portava nei pantaloni.

Si noti che, come per tutti i nomi inventati dall'Autore, anche quello di Renzo ha un significato. Tramaglino fa probabilmente riferimento alla rete da pesca, tramaglino appunto, che richiama alla operatività laboriosa che contraddistingue il giovane. Un'altra ipotesi riguarda l'assonanza tra 'tramaglio' e 'travaglio', ovvero lavoro.

Il colloquio con il curato evidenzia la vigliaccheria di quest'ultimo. Prima fa lo gnorri, poi accusa un malanno, quindi dà la colpa a sé stesso per non aver adempiuto, per troppa bontà, a tutti quegli obblighi di controllo che il suo ufficio gli impone. A corroborare le sue motivazioni si mette a parlare in latino, la lingua dei colti, che Renzo non comprende affatto. Il giovane fa forti rimostranze ed è particolarmente scocciato dall'utilizzo di quello che definisce *latinorum*, ma accetta, suo malgrado, il rinvio di una settimana. Qui il Manzoni dà il meglio di sé nel caratterizzare la macchietta del curato e per l'invenzione del termine *latinorum*, che rimarrà nella lingua italiana.

Il successivo colloquio tra Renzo e Perpetua, che quasi rimprovera la condizione sociale del giovane (*'Mala cosa nascer povero'*), conferma i sospetti che ci sia qualcosa di losco e la natura sempliciotta e pettegola, seppure involontaria, della serva.

Lo scontro tra don Abbondio e il giovane mette in risalto la ormai nota viltà del curato (*'non si tratta di torto o di ragione, ma di forza'*), che non riesce a tacere a Renzo sull'incontro con i *bravi*, e l'animo impulsivo del giovane che non esita a minacciare il curato (poi pentendosene) portando ripetutamente la mano sul manico del coltello.

Anche i pensieri di morte nei confronti di don Rodrigo si spengono presto grazie al pensiero di Lucia, dei suoi genitori morti, di Dio della Madonna e dei santi. Qui il giudizio del Manzoni è netto. Egli attribuisce la responsabilità dei pensieri cattivi non a colui che li ha formulati, ma a chi, facendo del male, glieli ha fatti insorgere. La violenza non è la soluzione delle questioni, rimedi più pacifici, con l'aiuto indispensabile di Dio, si possono sempre trovare. Lucia, d'altro canto, seppure non ancora apparsa nel romanzo, rappresenta già l'idealizzazione della fiducia in Dio e nella sua Parola.

La descrizione di Lucia è quella di una contadina semplice e schiva, pura e retta, dotata di innata modestia. Ella viene rappresentata nello splendore tipico della fanciulla vestita a nozze poche ore prima della cerimonia, attorniata dalla madre Agnese e dalle amiche festanti. La parola all'orecchio pronunciata da Bettina rompe l'incantesimo. Scende dabbasso per incontrare il suo amato che le racconta il colloquio avvenuto con don Abbondio, Con poche parole e pochi gesti, la ragazza fa comprendere che occorre restare soli per parlare tra loro e con la madre Agnese, che nel mentre li ha raggiunti, e che ha taciuto di don Rodrigo per motivi nobili e casti.

Il nome di Lucia richiama la luce, ovvero la purezza, mentre il cognome Mondella è probabilmente legato al mestiere operoso e faticoso delle mondine oppure alla *mondizia*, ovvero pulizia e purezza. In ogni caso, per entrambe le ipotesi, l'etimo è lo stesso.

Alessandro Manzoni non manca di sottolineare che parte delle *amiche* di Lucia si precipita a verificare che il parroco sia veramente malato, ma, la tensione che costui aveva patito, ha trasformato la scusa in pura verità.

Ironia manzoniana:

<u>La notte tormentata di don Abbondio:</u> il curato combatte contro le sue paure per trovare una soluzione al problema del matrimonio dei due giovani. I pensieri del curato ricalcano ironicamente quelli che avrebbe un comandante nel preparare una battaglia.

'latinorum': uno dei punti più alti dell'ironia manzoniana. Lo sproloquio in latino del curato viene rigettato da Renzo, che non riesce a comprenderlo, attribuendogli addirittura un termine errato e inesistente.

-- *** --

Proverbi e modi di dire:

'impedimenti dirimenti': con questo gioco di parole, pronunciato da don Abbondio per giustificare il rinvio del matrimonio, si intende ancora oggi un insieme di ostacoli al momento insormontabili

'essere tra l'ancudine e il martello': come anche oggi, significa trovarsi in difficoltà tra due situazioni più forti di sé e contrapposte che possono schiacciarlo

'latinorum': con questo termine, pronunciato dall'ignorante Renzo, si intende quella terminologia che viene utilizzata da chi vuole fare della propria cultura uno strumento di prevaricazione. Con questa parola inventata, l'Autore crea un concetto che sopravvive ancora oggi nella lingua e nella cultura italiana

'brutta cosa nascer povero': modo di dire usato ancora oggi per definire la difficoltà delle classi meno agiate

'se pecca è per troppa bontà': le parole di Perpetua pronunciate per difendere il suo padrone, si citano ancora oggi per definire un atteggiamento oltremodo altruistico

'grilli in capo': idee balzane per la testa

Capitolo III

Data: 8 novembre 1628

Luoghi: casa di Lucia e Agnese, abitazione dell'Azzeccagarbugli, Lecco, casa di Lucia e Agnese

Personaggi: Renzo, Lucia, Agnese, Azzeccagarbugli, fra Galdino

-- *** --

Riassunto:

Il racconto di Lucia – La visita dall'Azzeccagarbugli – La questua di fra Galdino e il racconto del miracolo delle noci - Il ritorno di Renzo

Il racconto di Lucia

Allontanatesi le amiche, Agnese e Renzo rimangono in attesa delle spiegazioni di Lucia. In particolar modo la madre la rimprovera di essere stata lasciata totalmente all'oscuro.

La ragazza, in preda alle lacrime, racconta di come giorni addietro, per strada, mentre tornava dalla filanda, era stata importunata da don Rodrigo e da un suo amico. Inoltre aveva sentito don Rodrigo chiedere al suo amico di scommettere. Lei non aveva dato corda ai loro discorsi, ma i due si erano ripresentati il giorno seguente, tenendosi a distanza. Lucia aveva raccontato il tutto a fra Cristoforo, un padre cappuccino molto buono e importante. Agnese, lì per lì si offese di non essere lei la confidente della figlia, ma, al nome del padre confessore, si rabbonì. Lucia giustificò il suo silenzio con Renzo, perché non eran cose da raccontare al proprio promesso, e con la madre perché era una faccenda a cui lei non avrebbe potuto comunque porre rimedio e perché, ma questo lo tacque, temeva che la vicenda potesse divenire di dominio pubblico.

Il consiglio di padre Cristoforo era stato di accelerare le nozze e per questo, sfacciatamente, la giovane aveva chiesto a Renzo di anticipare la data precedentemente concordata.

Agnese intervenne nella discussione suggerendo di rivolgersi ad un avvocato, per cercare consiglio, nella persona di un tale di Lecco di cui non ricordava il vero nome, ma che tutti chiamavano (non in sua presenza!) Azzeccagarbugli. Anche Renzo lo conosceva di vista. Agnese prese i quattro capponi che sarebbero stati destinati alla festa di domenica, legò loro le zampe e le diede al giovane che partì per Lecco con quel dono per l'avvocato. Lungo la strada Renzo ripensava alla vicenda e a quello che avrebbe detto all'avvocato, agitando così involontariamente i quattro malcapitati capponi che non smisero di beccarsi tra loro.

La visita dall'Azzeccagarbugli

Giunto alla dimora dell'Azzeccagarbugli Renzo venne accolto dalla sua serva che prese le quattro bestie e le portò in cucina.

L'avvocato accolse il giovane nel suo studio abbigliato con una vecchia toga consunta che sembrava ormai una veste da camera. Il giovane espose il suo problema e l'Azzeccagarbugli estrasse una *grida* vecchia di un anno che si adattava perfettamente al caso specifico. Tuttavia l'avvocato travisò le parole di Renzo, ritenendo lui l'autore del reato e non la parte lesa. Pertanto, invece di offrirsi di far valere in giudizio la legge, gli garantì che grazie al suo intervento avrebbe girato la giustizia a suo favore, salvandolo dalla condanna. Renzo protestò spiegando di essere lui l'offeso e l'avvocato, compreso l'equivoco e sentito il nome di don Rodrigo, intimò alla serva di rendergli i capponi e lo scacciò via in malo modo.

La questua di fra Galdino e il racconto del miracolo delle noci

Nel frattempo alla porta di Agnese e Lucia si presentò fra Galdino, un frate francescano che girava di casa in casa per raccogliere le offerte per il convento sotto forma di noci. Il risultato della questua fino a quel momento era stato ben scarso, data la carestia incombente.

Fra Galdino intrattenne le sue ospiti raccontando loro il 'miracolo delle noci' e spiegando, così, l'importanza della elemosina al convento. In Romagna un frate di nome Macario, un sant'uomo, aveva incontrato per strada un benefattore del convento che stava sradicando un enorme noce perché non produceva frutto da anni. Il padre cappuccino convinse l'uomo a rimandare l'abbattimento dell'albero garantendo per l'anno corrente una produzione di noci eccezionale. Il benefattore, uomo pio, ubbidì e promise in cambio metà della raccolta al convento. Ciò che aveva previsto fra Macario si avverò e la raccolta fu molto abbondante, ma il figlio del benefattore, essendo questi nel frattempo morto, si rifiutò di consegnare la metà del raccolto promessa. Il giovane perciò venne punito: l'intera raccolta eccezionale si tramutò in foglie secche.

Lucia andò a prendere l'elemosina per il frate e si presentò con una abbondantissima quantità di noci che completò, per quel giorno, la raccolta di fra Galdino. In cambio gli chiese di far arrivare a fra Cristoforo una richiesta di colloquio urgente presso la loro casa. Andato via il frate tra mille ringraziamenti, Agnese rimproverò Lucia per l'eccessiva abbondanza dell'elemosina, specie in un anno tanto magro. La ragazza spiegò che il suo gesto avrebbe fatto andare il frate, ormai carico, direttamente al convento e che l'ambasciata a lui richiesta non sarebbe stata dimenticata. La madre mutò il rimprovero in lode, anche perché l'elemosina tanto più è abbondante, tanto più ritorna.

Il ritorno di Renzo

Renzo rientrò posando i capponi sul tavolo e rimproverando Agnese del cattivo consiglio sull'Azzeccagarbugli. Egli narrò l'incontro con dovizia di particolari e, quando Agnese stava per accusare il giovane di avere gestito male il colloquio, Lucia li interruppe affermando che l'unica soluzione ai loro problemi poteva venire da fra Cristoforo il quale sicuramente il giorno dopo sarebbe andato a far visita alle donne. Renzo minacciò che, se il frate non avesse trovato la soluzione, questa l'avrebbe procurata lui in qualche modo.

Analisi critica:

La spiegazione di Lucia, tra le lacrime, evidenzia alcuni punti importanti. La forza di questa giovane e semplice ragazza di campagna è stata in grado di gestire da sola, senza l'aiuto del suo promesso sposo né di sua madre, un episodio tanto grave. La persona a cui si affida è fra Cristoforo che rappresenta la Provvidenza e che fornisce l'unico consiglio possibile, ovvero non farsi vedere in giro e accelerare le nozze. Fra Cristoforo, non a caso, verrà chiamato alla fine del capitolo per fornire un ulteriore aiuto.

Renzo non avrebbe potuto agire e comunque era meglio che non sapesse. La reazione, violenta e inutile del giovane, conferma la bontà della scelta della ragazza, mentre la madre Agnese, oltre a essere anch'essa impotente, avrebbe potuto mettere a repentaglio la segretezza della vicenda.

Agnese si dimostra essere una donna che vive per la figlia, ma al contempo si offende per essere stata tenuta all'oscuro dei fatti.

Dalle parole di Lucia si comprende che don Rodrigo e un suo amico l'avevano incontrata ed importunata e che lei era diventata l'oggetto di una scommessa tra i due uomini. Si noti che non è la lussuria o il desiderio a muovere i due uomini, quanto il gusto della sfida, il piacere della prevaricazione sul più debole considerato poco più che un oggetto, la rivendicazione di una superiorità sociale, il senso di arroganza e impunità a loro riservati.

Il consiglio di Agnese, che viene dato ed accettato in virtù della sua età ed esperienza, è quello di rivolgersi a un 'dottore', ovvero un avvocato di Lecco il cui nome vero lei non ricorda e forse nessuno ricorda più, ma che è universalmente conosciuto col soprannome di Azzeccagarbugli. I capponi che vengono dati a Renzo come dono all'avvocato è una delle trovate più riuscite dell'Autore. Il fatto che gli sventurati animali, scossi durante il viaggio a Lecco perché Renzo è in preda ai suoi pensieri, invece di essere solidali tra loro nella sventura si becchino in continuazione, è emblematico del pensiero manzoniano riguardo all'animo umano. Chi è vittima di una disgrazia dovrebbe essere solidale con chi altri si trovi nella medesima condizione.

L'Azzeccagarbugli è un'altra delle grandi invenzioni di Alessandro Manzoni. L'avvocato riceve Renzo abbigliato con una vestaglia consunta e all'interno di uno stanzone che è indice dello stato di decadenza dell'avvocato. Il Manzoni così vuole descrivere la decadenza professionale del dottore, ma soprattutto quella morale dell'uomo. Egli desume dalla domanda un po' criptica postagli da Renzo che costui sia l'aggressore e non la vittima. La *forma mentis* dell'avvocato è quella che a lui si rivolgono i malfattori. Quindi, grazie a una *grida*, accentua la gravità del fatto per poi poter spiegare che lui, per quanto la situazione possa essere assai preoccupante, è in grado di risolverla. Egli ha solo bisogno di conoscere i fatti chiaramente affinché possa imbrogliarli, a patto che non abbia offeso un potente. E chi ha subito un torto non è al riparo perché nessuno è mai completamente reo o innocente. Il giudizio del Manzoni sulla giustizia dell'epoca è netto. La legge è scritta per tutti, ma viene applicata solo in favore dei potenti. La giustizia non è per i poverelli. L'autore ne approfitta per fare una breve digressione storica sull'uso dei *bravi* di portare un lungo ciuffo con cui mascherare il volto e non essere riconosciuti e della *grida* che ne proibiva la pratica, anche questa completamente disattesa.

Quando Renzo meglio spiega la situazione ristabilendo i ruoli di vessatore e vessato e pronuncia il nome di don Rodrigo, l'Azzeccagarbugli trasecola (e vedremo nel capitolo V perché) e scaccia il povero giovane restituendogli i capponi; un fatto che, a memoria della serva, non era mai accaduta prima. Questo finale di episodio sottolinea ancor di più la disonestà intellettuale dell'avvocato marcando nettamente la volontà di non voler avere nulla a che fare con chi ha una controversia con un potente.

Durante l'incontro Renzo manifesta la prima volta, durante il romanzo, la sua ignoranza che rasenta l'analfabetismo e che lo relega a un ruolo secondario nella società dell'epoca.

Lucia e Agnese ricevono la visita di fra Galdino che, grazie al racconto del miracolo delle noci, introduce un nuovo episodio basato sulla Provvidenza e sulla giustizia divina. Fra Galdino rappresenta qui un messaggero che rinfranca le donne e il lettore spiegando indirettamente che Dio vede e provvede. La sua figura è uno strumento semplice e inconsapevole, non in grado di comprendere il quadro degli eventi che accadono intorno a lui, ma che si affida anch'egli, senza dubbi ed esitazioni, nelle mani del Signore.

Lucia si mostra astuta nel dare molte noci al frate: da un lato completa la sua raccolta e quindi costui tornerà subito al convento senza altre tappe, dall'altro lo obbliga fortemente a riportare a fra Cristoforo la urgente richiesta di colloquio. Fra Cristoforo rappresenta anch'egli la Provvidenza a cui bisogna affidarsi.

Agnese prima rimprovera la prodigalità della figlia, poi la approva perché comunque l'elemosina ritorna. La fede delle due donne è salda e incrollabile.

Il rincasare di Renzo rischia di sfociare in scontro tra lui e Agnese, ma Lucia interviene subito a smorzare gli animi. I propositi di vendetta del giovane, disapprovati dal Manzoni, sono comunque solo sopiti.

-- *** --

Digressioni storiche:

<u>I ciuffi dei bravi</u>: Alessandro Manzoni si sofferma a spiegare che i bravi utilizzavano lunghi ciuffi per dissimulare le proprie fattezze quando entravano in azione. A contrasto di ciò, la lunghezza dei capelli era stata normata da una grida che imponeva agli uomini, tranne a coloro che fossero calvi o dovessero coprire ferite o altri segni, di portare tagli non più lunghi del necessario. A tali norme erano soggetti anche i parrucchieri. Le pene, al solito, erano pesanti, ma questa *grida*, al pari delle altre dell'epoca, era lettera morta.

-- *** --

Ironia manzoniana:

<u>I capponi di Renzo</u>: l'ironia di Manzoni risiede nel viaggio tragicomico delle quattro bestie, buffi perché sono agitati e scossi da Renzo che li tratta come se fossero un sacco. Nel contempo, da vittime accomunate da un tragica condizione, invece di solidarizzare passano il tempo a beccarsi tra loro. Alcuni ci leggono l'allegoria dei patrioti italiani più abituati a combattere tra loro che l'oppressore straniero.

<u>Il dottor Azzeccagarbugli</u>: l'avvocato che avrebbe dovuto far rispettare la legge invece si adopra a studiarla per poterla aggirare unicamente a favore dei torti dei potenti. Una figura buffa, ma, nel contempo, disarmante per la sua assoluta immoralità.

Proverbi e modi di dire:

I capponi di Renzo: ormai sono entrati nel linguaggio comune e rappresentano le persone vittime di una sventura.

Azzeccagarbugli: il soprannome dell'avvocato è diventato sinonimo a pieno titolo di una persona che imbroglia in maniera disonesta le carte a proprio favore o a favore di un terzo. È da rilevare che, nel linguaggio comune, talvolta viene associato, erroneamente, a persona pasticciona.

Il diavolo non è così brutto quanto si dipinge: espressione che indica che le situazioni negative possono non essere così gravi, dopo tutto.

Capitolo IV

Data: 9 novembre 1628

Luoghi: il paesaggio dal convento di Pescarenico alla casa di Lucia e Agnese

Personaggi: fra Cristoforo (Lodovico), Cristoforo, il nobile arrogante, il fratello del nobile ucciso

-- *** --

Riassunto:

Il cammino di fra Cristoforo dal convento alla casa di Lucia e Agnese – La storia di fra Cristoforo: le origini - La storia di fra Cristoforo: lo scontro - La storia di fra Cristoforo: la conversione e il pentimento - L'arrivo alla casa delle donne

Il cammino di fra Cristoforo dal convento alla casa di Lucia e Agnese
Fra Cristoforo uscì sollecito, di buon mattino, dal convento di Pescarenico per recarsi da Lucia. Lungo la via incontrò mendicanti che lo ringraziavano per l'elemosina dei frati, i contadini che spargevano la scarsa semenza con parsimonia e una ragazzetta che contendeva alla sua *'vaccherella magra stecchita'* alcune delle erbe del pascolo: la carestia imperversava nel lecchese e in tutta la Lombardia.

La storia di fra Cristoforo: le origini
Alessandro Manzoni interrompe la narrazione del viaggio del sacerdote per raccontare chi fosse fra Cristoforo. Lo descrive come un uomo sulla cinquantina che teneva a bada la sua inquietudine con una buona dose di umiltà. Egli infatti era stato il figlio unico di nome Lodovico di un mercante il quale, oltremodo arricchitosi, volle smettere il suo commercio per diventare come i nobili. Cambiò modi, abitudini e costumi e prese ad atteggiarsi come se non fosse stato mai mercante. Anzi, guai a menzionare la sua vita precedente! Una volta un suo commensale pronunciò involontariamente la parola "mercante". Sebbene l'ebbe detta a sproposito, senza volontà di offendere, costui non venne più invitato. Il padre di Lodovico non riuscì nel suo intento e per tutti rimase il mercante di un tempo. Egli morì lasciando il suo figlio educato da signore, ma il ragazzo veniva rifiutato dai giovani nobili che considerava suoi pari e ne rimaneva ferito. Egli aveva anche un carattere che mal sopportava le ingiustizie e lo fece diventare un difensore degli oppressi: questo gli procurò numerosi nemici.

La storia di fra Cristoforo: lo scontro

Un giorno, Lodovico uscì di casa accompagnato da alcuni *bravi* e da un certo Cristoforo che era al servizio della sua famiglia da molti anni. Per strada incrociò un nobile arrogante, a sua volta accompagnato da altri bravacci, con il quale si accese una disputa a causa di un futile diritto di passaggio. La lite sfociò in rissa e il nobile infilzò a morte Cristoforo che si era posto a scudo del suo padrone. Lodovico, persa la ragione, uccise a sua volta l'avversario.

La popolazione, che parteggiava per Lodovico in quanto brav'uomo rispetto all'ucciso, scortò il giovane presso un convento di cappuccini. Ivi Lodovico si risolse di farsi frate per espiare il delitto e rese la vedova di Cristoforo, da cui prese il nome per ricordare per sempre la tragedia, beneficiaria della propria fortuna. La decisione fu assai bene accolta dai frati che acquisivano un nuovo frate e risolveva i problemi di natura diplomatica che sarebbero sorti con la famiglia dell'ucciso per aver protetto Lodovico.

La storia di fra Cristoforo: la conversione e il pentimento

I parenti dell'ucciso chiedevano vendetta, ma fra Cristoforo si offrì di lasciare la città non prima di essere andato a chiedere perdono per l'offesa alla famiglia. Il fratello accettò le condizioni e il giorno dell'incontro invitò nella sua dimora numerosi parenti e conoscenti per rendere maggiormente memorabile la riparazione. Fra Cristoforo si presentò col saio, con estrema umiltà, e chiese perdono incondizionato, sincero e non viziato dalla paura della vendetta della famiglia. Il fratello della vittima, e con lui la folla presente, si sentì in imbarazzo per l'atto di contrizione del frate e accordò il perdono senza riserve. Invece di una riparazione dell'orgoglio ferito ricevettero il dono della gioia e della benevolenza del perdono.

A fra Cristoforo venne offerto del cibo ed egli chiese per sé solo un pane per il viaggio. Di quel pane del perdono mangiò solo una parte, il resto lo serbò per tutta la vita per ricordare quanto era accaduto.

Da quel giorno fra Cristoforo divenne un protettore degli oppressi e si adoprò ad *'accomodar differenze'*. Per quei motivi si stava recando da Lucia di fretta, anche perché temeva che i suoi consigli avessero causato più danno che bene.

L'arrivo alla casa delle donne

Nel tempo in cui l'Autore racconta le vicende del frate, egli era giunto alla casa delle donne da cui venne accolto con gioia.

-- *** --

Analisi critica:

Alessandro Manzoni all'inizio del capitolo ci descrive la campagna lecchese. Si tratta di una terra bella a vedersi, ma colpita dalla carestia. I personaggi che il frate incontra lungo la via sono poveri e affamati. I mendicanti, quelli di professione e anche quelli che si erano aggiunti a causa la penuria, pur sapendo che fra Cristoforo non può fare loro l'elemosina perché sprovvisto di danaro, lo ringraziano comunque per quanto il convento elargisce loro. L'aiuto dei frati rappresenta la Provvidenza divina per coloro che non hanno mezzi. Degli esempi di miseria descritti, colpisce particolarmente la competizione tra la scarna contadinella e la sua *'vaccherella magra stecchita'* per alcune erbe commestibili. Il Manzoni prepara il terreno su cui baserà il racconto dei moti in Milano e la successiva peste.

Il racconto si sposta quindi sulla persona di fra Cristoforo per spiegare al lettore quale tipo di frate sia. Pertanto l'Autore narra le vicende di quando il frate era ancora Lodovico, l'unico figlio di un mercante che, divenuto ricco, voleva diventare nobile cercando di cancellare il suo passato di commerciante: *'avrebbe voluto poterlo dimenticare anche lui'*. Il Manzoni trova abbastanza sciocco l'atteggiamento del mercante perché *'il vendere non è cosa più ridicola che il comprare'*.

Il giovane Lodovico, rimasto presto orfano e ricco, non riusciva ad entrare nella cerchia esclusiva dei giovani nobili e per carattere mal sopportava le ingiustizie. Un giorno, camminando per strada, incontrava un nobile arrogante che non voleva lasciargli il passo in base a una regola consuetudinaria. Per orgoglio, il giovane, invocava un'altra regola contrastante che dava a lui il diritto di passaggio. La rissa che ne scaturì lasciò sul terreno un vecchio servitore di Lodovico di nome Cristoforo e il di lui assassino, il nobile arrogante, per mano dello stesso giovane. Il giudizio di Manzoni è netto: l'orgoglio dei due uomini e il rifiuto di concedere il passo l'uno all'altro sono esempi di cosa porti la stupidità umana. Tuttavia l'episodio ebbe anche un effetto del tutto positivo. Lodovico si convertì, la Provvidenza operò nell'uomo un cambiamento radicale che lo consacrò per sempre a Dio. Ogni uomo è predisposto per la conversione, occorre però che lasci entrare Dio nella propria vita. Così fece Lodovico, cambiando il nome in quello del domestico che aveva sacrificato la sua vita per lui, facendosi frate, chiedendo umilmente perdono per la morte del suo aggressore, gettando così i semi, anche se non raccolti, della conversione del fratello dell'ucciso e di tutti coloro che parteciparono all'incontro. Si noti da parte del padrone di casa il passaggio dal 'voi', più distaccato, al 'lei', più confidenziale e colloquiale.

I segni della predisposizione di Lodovico erano già forti in lui. La sua avversione alle ingiustizie, il suo voler raddrizzare i torti, il circondarsi controvoglia di *bravi*, il cercare di scansare i colpi e disarmare il suo avversario durante il duello. Inoltre *'più d'una volta gli era saltata la fantasia di farsi frate'*. L'affidarsi alla Provvidenza aveva fatto il resto.

La conversione, però, non significa ascetismo. Significa umiltà e azione. Fra Cristoforo non si affida solo alle preghiere, ma agisce per il bene dei suoi assistiti, continua la sua crociata contro i torti e i soprusi in difesa dei più deboli e bisognosi. La descrizione del suo aspetto e del suo atteggiamento, all'inizio del capitolo, rivela un carattere forte mitigato dall'umiltà e dalla consapevolezza che il suo orgoglio già una volta aveva causato danni irreparabili. In questo fra Cristoforo è differente, per non dire antitetico, a fra Galdino che vive il proprio uffizio in maniera passiva.

Importante elemento della storia di fra Cristoforo è il pane chiesto in dono al fratello dell'ucciso, simbolo del perdono. Egli ne mangerà una parte, il resto verrà conservato con gelosia per ricordare sempre quella giornata. Quando il padre cappuccino sentirà che la fine è vicina, nel lazzaretto, lo donerà nel capitolo XXXVI a Renzo e Lucia come suo testamento spirituale per loro, ma soprattutto per i loro discendenti.

Punto da sottolineare è il giudizio che il Manzoni dà alle questioni cavalleresche: la diatriba per regole di cavalleria tra Lodovico e il suo arrogante avversario, la discussione tra i commensali di don Rodrigo nel prossimo capitolo a proposito della punizione da attribuire a un ambasciatore, la competenza di don Ferrante in materia. In tutti questi episodi dimostra quanto tali argomenti siano futili e inutili, se non perniciosi.

Anche per il frate il nome non è una casualità: Cristoforo vuol dire 'portatore di Cristo', cioè colui che porta la fede. Ed è proprio quello che fa Lodovico dopo la conversione.

Si noti l'espediente letterario con cui Manzoni, raccontando la vita di Lodovico, fa passare il tempo nel romanzo e così al termine il frate giunge a destinazione.

Ironia manzoniana:

'è uno de' vantaggi di questo mondo, quello di odiare ed essere odiati, senza conoscersi': l'Autore sottolinea con l'ironia la stupidità e la futilità dell'odio fine a sé stesso

-- *** --

Proverbi e modi di dire:

Fare orecchie da mercante: qui il detto è proprio funzionale alla storia perché, pronunciato dall'ospite del padre di Lodovico, ingenera l'incidente col padrone di casa

Tirato per i capelli: obbligato, costretto. Il modo di dire ancora oggi valido è usato dalla gente per giustificare l'omicidio di Lodovico

Capitolo V

Data: 9 novembre 1628

Luoghi: la casa di Lucia e Agnese, il fortilizio di don Rodrigo

Personaggi: fra Cristoforo, Lucia, Agnese, Renzo, don Rodrigo, il conte Attilio, il podestà, Azzeccagarbugli

-- *** --

Riassunto:

Fra Cristoforo prende una decisione – Il palazzo di don Rodrigo – Il banchetto

Fra Cristoforo prende una decisione
Fra Cristoforo si accomodò in casa e venne messo dalle donne a parte degli ultimi avvenimenti di cui rimase turbato: non immaginava che potessero essere arrivati a tal "segno".
Accantonata l'idea di fare pressioni su don Abbondio o quella di far intervenire la congregazione dei frati o addirittura l'arcivescovo, padre Cristoforo decise di affrontare di persona don Rodrigo.
All'improvviso entrò in casa Renzo che incominciò ad inveire contro il signorotto con propositi di vendetta. Il padre lo rimproverò per la sua irruenza, gli fece promettere di rinunciare alla violenza e a rimettersi alla Provvidenza.

Il palazzo di don Rodrigo
Il frate salutò la compagnia e si incamminò verso il palazzotto di don Rodrigo il quale si trovava in cima ad un'altura. Sia la dimora che le persone che vi abitavano intorno rispecchiavano l'anima del proprietario. Il piccolo fortilizio era presidiato da uomini muniti di quel ciuffo tipico dei *bravi* trattenuto nelle reticelle, di uomini sdentati e donne con la grinta degli uomini.
Giunto alla porta del palazzotto, su cui erano inchiodati due avvoltoi morti e presidiata da due *bravi*, si fece annunciare da un vecchio servitore.

Il banchetto
Il frate trovò il padrone di casa don Rodrigo a tavola con il cugino conte Attilio, il podestà e quell'Azzeccagarbugli a cui si era rivolto Renzo per un aiuto, nonché altri due anonimi commensali. Il soverchiatore desinava con chi avrebbe dovuto punirlo.

Don Rodrigo fece accomodare fra Cristoforo e gli offrì del vino che il padre accettò per pura cortesia.

L'allegra brigata discuteva animatamente di questioni di cavalleria. Il conte Attilio pretendeva che un ambasciatore di una sfida potesse e dovesse essere bastonato, il podestà invece sosteneva la inviolabilità dello stesso in quanto semplice latore. Don Rodrigo chiamò quindi il frate a fare da arbitro sulla vertenza, ma padre Cristoforo, finora taciturno e in disparte, si limitò ad auspicare un mondo senza sfide, né bastonature, scontentando così il conte Attilio e suo cugino.

L'argomento successivo fu la guerra per la successione del Ducato di Mantova e del Monferrato, dopo la morte del duca Gonzaga, che si combatteva tra Spagnoli e Francesi. Don Gasparo Guzman, Conte Duca d'Olivares, veniva indicato dal podestà come più abile del cardinale Richelieu e pertanto avrebbe portato alla vittoria gli Spagnoli, il conte Attilio scommetteva invece su una pace imminente. Di questa vicenda, secondo i commensali, se ne sarebbe parlato financo dopo duecento anni, ovvero all'epoca di Manzoni.

Durante un brindisi l'avvocato Azzeccagarbugli, per lodare l'abbondanza della tavola del suo ospite, menzionò inavvertitamente la carestia incombente sul Ducato. La discussione si spostò quindi su questo terribile argomento per il quale il conte Attilio aveva la soluzione pronta: impiccare sommariamente qualche fornaio che notoriamente faceva incetta di grano per far uscire le scorte nascoste dai commercianti.

A don Rodrigo pesava la presenza taciturna del frate, pertanto si risolse di riceverlo ed ascoltare quello che avesse da dire e lo fece accomodare in una stanza attigua.

-- *** --

Analisi critica:

Fra Cristoforo ascolta il racconto delle donne e prende la decisione più immediata: andare a parlare direttamente a don Rodrigo nel tentativo di toccargli il cuore. La personalità del frate emerge forte in questo frangente: decide di non affidarsi ad altri, confratelli o arcivescovo, ma di agire in prima persona. Altrettanto decisa è la reazione allo sfogo violento di Renzo: lo rimprovera e gli impone di affidarsi piuttosto alla Provvidenza.

La descrizione del palazzotto di don Rodrigo rispecchia l'anima e il carattere del suo padrone: cupo, tetro, mal frequentato.

All'interno il signorotto si concede gozzoviglie con la compagnia di don Attilio, del podestà e dell'Azzeccagarbugli. Don Rodrigo si circonda quindi di un parente, compagno di malefatte e istigatore nella vicenda di Lucia, e di due persone che si sarebbero dovute occupare della legalità e della giustizia, il podestà e l'avvocato.

La voce più malvagia, che plaude all'ambasciatore picchiato e incita all'impiccagione dei fornai incettatori di pane, è quella del conte Attilio. Il Manzoni lo irride. Egli si considera colto, ma l'Autore gli fa dire strafalcioni. Gli fa confondere i *'feciali'*, membri di corporazioni religiose latine, con gli *'ufiziali'*. Lo fa parlare con termini latini (*'atqui'*, *'ergo'*) e lo fa esprimere con combinazioni tra aggettivi e i superlativi ad essi relativi che hanno un effetto comico (*'bene benissimo'*, *'violabile violabilissimo'*, *'bastonabile bastonabilissimo'*). Si noti che il Manzoni si fa beffe dell'ignoranza delle classi dominanti (il conte Attilio, don Ferrante, don Abbondio), ma mai della scarsa cultura delle classi disagiate, del popolo.

Il podestà è un personaggio di potere che tratta don Rodrigo alla pari, mentre avrebbe dovuto esserne superiore, almeno moralmente. L'Azzeccagarbugli invece si rivela un personaggio minore, subordinato e servile nei confronti del suo padrone *de facto*. Quando viene interpellato sulla disputa dell'ambasciatore battuto, si schermisce e si astiene da ogni giudizio. L'unico intervento degno di nota è la servile lode dell'abbondanza del banchetto di don Rodrigo con cui, peraltro, introduce inopportunamente lo spiacevole argomento della carestia.

La presenza di tutti questi personaggi stigmatizza la connivenza tra il potere legale e quello illegale e l'assoluto disprezzo da parte della classe dominante nei confronti delle altre classi. La trattazione dei problemi è affrontata con ignoranza, menefreghismo ed arroganza verso le classi disagiate.

Fra Cristoforo è del tutto fuori luogo in tale contesto, accetta il vino offertogli e rimane seduto in silenzio. Egli attende il momento di rimanere solo con don Rodrigo per poter discutere di Lucia. Viene chiamato in causa solamente per la questione dell'ambasciatore latore della sfida, casualmente proprio quella più simile all'evento che lo aveva indotto a prendere i voti.

La discussione a tavola risulta apparentemente lunga e non funzionale al romanzo, persino pedante. Invece è assai importante tanto che Manzoni, sempre prodigo di minuziose descrizioni, non fa invece cenno alcuno al desco e alle portate servite per non distrarre il lettore. Egli sfrutta questa occasione per gettare le basi storiche per gli eventi futuri senza ricorrere, come fa di solito, a digressioni. Si parla della guerra di successione al Ducato di Mantova descrivendo le forze in campo e fornendo la spiegazione della causa della carestia nel Ducato di Milano. Inoltre prepara il lettore alla discesa in Italia dei lanzichenecchi. Si discute anche della penuria di pane e farina, prodromica dei moti di Milano in cui rimarrà coinvolto Renzo.

-- *** --

Ironia manzoniana:

La guerra di successione per il Ducato di Mantova: Alessandro Manzoni parlando della guerra franco-spagnola, ironicamente, fa dire ai suoi personaggi che se ne sarebbe parlato ancora duecento anni dopo, ovvero al tempo del Manzoni stesso.

-- *** --

Proverbi e modi di dire:

Ambasciator non porta pena: il noto proverbio, sempre attuale, è il motivo del tenzone tra i commensali nel senso letterale. Si discute infatti se l'ambasciatore in questione debba essere picchiato per il messaggio che reca.

'volpe vecchia': la definizione che viene attribuita al Duca Conte indica una intelligenza e una furberia fuori dal comune. Ancora oggi 'vecchia volpe' è un modo di dire comune.

'bolle in pentola': la descrizione di un qualcosa in preparazione ma di cui non si conoscono gli ingredienti è attuale ancora oggi.

Capitolo VI

Data: 9 novembre 1628

Luoghi: il castello di don Rodrigo, la casa di Lucia e Agnese

Personaggi: fra Cristoforo, don Rodrigo, il vecchio servitore, Renzo, Lucia, Agnese, Tonio

-- *** --

Riassunto:

Il colloquio tra fra Cristoforo e don Rodrigo – Il vecchio servitore – L'idea di Agnese – L'accordo tra Renzo e Tonio - La riluttanza di Lucia

Il colloquio tra fra Cristoforo e don Rodrigo

Don Rodrigo chiese in maniera decisa e arrogante cosa volesse il frate. Costui, per un momento titubante su come cominciare il discorso, prese coraggio dal tono della voce altero del signorotto. Per il bene di Lucia, che era il suo unico scopo, misurò tono e parole e si rivolse a don Rodrigo appellandosi alla giustizia e carità come beni assoluti, alla coscienza e all'onore dell'uomo che aveva di fronte. Egli chiese al signorotto un intervento affinché venisse posto termine alle angherie che alcune persone portavano alla ragazza spendendo il suo nome.

Il tenutario del castello interruppe più volte il discorso del frate alzando il livello della tensione. Dapprima affermò che della propria coscienza ne avrebbe parlato in sede di confessione e che il proprio onore era materia di cui lui solo aveva diritto di trattare. Quindi rimproverò al padre le prediche perché, come tutti, se ne avesse volute ascoltare, sarebbe andato in chiesa: troppo onore era avere un predicatore personale in casa come in quel momento, solo i principi avevano questo privilegio. Concluse affermando di essere all'oscuro della vicenda raccontatagli dal frate e che l'unica cosa che avrebbe potuto fare per aiutarlo sarebbe stato prendere la giovane sotto la sua protezione in quella casa.

Fra Cristoforo, che fino a quel momento aveva messo da parte orgoglio e ardimento, a cui importava la salvezza terrena e spirituale di Lucia quanto quella di don Rodrigo stesso, sbottò e aggredì verbalmente il signorotto: inveendo e puntando il dito contro di lui, proferì la famosa profezia. *'Verrà un giorno...'*

Don Rodrigo, tra l'offeso e lo spaventato, scacciò il frate a male parole.

Il vecchio servitore

Il padre, sconfitto, uscì dalla stanza e si accorse di quel vecchio servitore che lo aveva fatto accomodare. Si trattava di un domestico che era al servizio di quella casa da oltre quarant'anni, assunto dal padre di don Rodrigo, un brav'uomo, prima che questi nascesse. Quando il vecchio padrone morì, Rodrigo licenziò tutto il personale domestico tranne costui perché conosceva le regole della casa e quelle dell'etichetta. In realtà era diventato l'oggetto di scherno di tutti gli abitanti del palazzotto, compreso il suo padrone.

L'anziano servitore, a proprio grande rischio, prese a sé il frate e gli promise grandi rivelazioni e con lui fissò un incontro al convento il giorno seguente. Il frate prese questo gesto come un segno della Provvidenza e uscì dal palazzotto diretto alla casa di Lucia.

L'idea di Agnese

Nel mentre Agnese esponeva una nuova idea, il matrimonio a sorpresa. Come aveva fatto una sua amica, a cui i genitori avevano negato il permesso di sposarsi, suggerì a Renzo e Lucia di presentarsi a tradimento dinnanzi a Don Abbondio con due testimoni, dichiarandosi marito e moglie. Così facendo, seppure in maniera parzialmente truffaldina, il matrimonio sarebbe stato comunque valido. Manzoni non manca di sottolineare che l'amica di Agnese si era pentita subito dopo di essersi sposata contro il volere di tutti.

Lucia non era favorevole: si trattava di un sotterfugio e fra Cristoforo non avrebbe approvato anche se il matrimonio avesse avuto davvero valore. Renzo e Agnese erano invece decisi a portare avanti il progetto.

L'accordo tra Renzo e Tonio

Il giovane filatore di seta uscì dalla casa delle donne per recarsi dal suo amico Tonio. Egli era a casa a rimestare una misera polenta in un paiolo, insufficiente per sfamare moglie, madre, fratello, i tre/quattro figli oltre che sé stesso. Rifiutando l'offerta di dividere il magro pasto con loro, Renzo offrì invece a Tonio di cenare in osteria. Nella stessa, deserta e scarsa di cibo per via del momento difficile comune a tutti, Renzo propose all'amico di far da testimone per le nozze a sorpresa. In cambio Renzo avrebbe saldato il debito di Tonio di venticinque lire con don Abbondio per l'affitto di un pezzo di terra. Il secondo testimone lo avrebbe procurato Tonio stesso: suo fratello Gervaso, un sempliciotto, a cui sarebbe stato sufficiente offrire da bere e da mangiare. I due si accordarono per il giorno successivo e Renzo tornò tronfio dalle due donne.

La riluttanza di Lucia

Lucia era sempre restia a dare seguito al piano di sua madre, ma costei e Renzo si mostravano sempre più decisi, dando la cosa per fatta. Agnese garantiva anche di avere il modo di distrarre Perpetua in modo tale da lasciare il curato solo con i due promessi per il matrimonio a sorpresa.

Nel mentre, con un rumore di sandali e tonaca, arrivò fra Cristoforo. Agnese ottenne da Lucia il silenzio in merito al progetto del giorno successivo.

-- *** --

Analisi critica:

La discussione tra fra Cristoforo e don Rodrigo viaggia su due piani diversi. Il padre cappuccino cerca di toccare il cuore del castellano, senza mai accusare direttamente nessuno. Mostra sopportazione nei confronti delle provocazioni di don Rodrigo, cerca di negoziare la salvezza fisica di Lucia e di Renzo. Don Rodrigo si mette sulla difensiva, si inalbera, risponde in tono arrogante, si propone perfino di divenire il protettore della giovane se questa si fosse affidata a lui. Fra Cristoforo, che finora si è comportato diplomaticamente, sente la antica forza risorgere dentro di sé e lo fa oggetto di parole dure e severe, ricordando che la vera, unica e potente protezione di Lucia è quella di Dio. Don Rodrigo rimane colpito dalle parole, dal tono e da quel dito agitato minacciosamente dal frate. In lui, incredibilmente, sorge la paura che lo induce a scacciare il cappuccino. Il tono cambia e, come era accaduto nel capitolo precedente con il fratello dell'ucciso da Lodovico che passa durante il colloquio dal 'voi' al 'lei', don Rodrigo passa dal 'lei' di rispetto al 'tu'. Questa scena è mutuata dal 'Don Giovanni' di Mozart da cui Manzoni ha preso molti spunti, in special modo la gestualità. Non si sa se M. intendesse ispirarsi a un modello di innegabile successo oppure sperasse di presentare ai suoi (venticinque) lettori una scena facilmente riconoscibile da essere familiare, quindi un elemento che, al pari delle illustrazioni del Gonin, aiutassero a comprendere meglio la storia e la dinamica tra i personaggi. Questa scena è particolarmente importante perché don Rodrigo la rivivrà durante l'incubo che sognerà quando verrà colpito dalla malattia e quel dito agitato si rivelerà profetico.

Dal punto di vista morale don Rodrigo, emblema della malvagità nel romanzo, rivela anch'egli un lato positivo, una possibilità di redenzione, cosa non riscontrabile in suo cugino Attilio che rimarrà sempre l'anima nera di tutta la vicenda, impermeabile alla compassione e al timor di Dio.

Fra Cristoforo rappresenta nuovamente la Provvidenza che tenta di salvare Lucia, ma non è meno interessato alla salvezza dell'anima del signorotto. Il servitore che, pur rimanendo al servizio di don Rodrigo e subendo le angherie della sua corte, intende aiutare il frate a salvare la ragazza diventa anch'egli strumento della Provvidenza divina.

La decisione presa da Renzo e Agnese di organizzare il matrimonio a sorpresa occupa l'ultima parte del capitolo. Renzo, uomo semplice ma determinato a sposare la sua promessa, abbraccia in pieno l'idea di Agnese, organizza la faccenda procurando i due testimoni e fissando l'appuntamento, spinge la riluttante Lucia ad accettare il piano. Inoltre dimostra di essere una persona avveduta e risparmiatrice che ha messo via nei pochi anni della sua vita lavorativa un piccolo capitale sufficiente a saldare i debiti di Tonio e, lo vedremo, a gestire altre situazioni future. Il debito è di sole venticinque lire, una cifra esigua, esattamente come il numero esiguo dei lettori del romanzo. Agnese si rivela essere la parte saggia, quella dispensatrice di consigli, colei che ha esperienza delle cose del mondo. È intenzionata a convincere la figlia che il matrimonio a sorpresa è l'unica soluzione, anche contro il parere di fra Cristoforo. La ragazza, invece, è riluttante, non vuole agire per sotterfugi, ma alla luce del sole. Desidera sposarsi, ma per questo si affida a fra Cristoforo e alla Provvidenza. Lucia rappresenta la purezza d'animo.

Il matrimonio a sorpresa era un istituto previsto e regolamentato dalla Chiesa. Era possibile perché i veri officianti del sacramento erano gli sposi che manifestavano la loro volontà di sposarsi. Il parroco aveva il solo compito di prendere atto di tale volontà e di verificare che non vi fossero impedimenti. Tale possibilità è stata abolita da Pio X solo nel 1907.

Proverbi e modi di dire:

'... come lasciare andare un pugno a un cristiano. Non istà bene, ma, dato che gliel'abbiate, né anche il papa non glielo può levare.': l'espressione schietta di Agnese indica che quando un danno è fatto, è fatto. E non si torna indietro, neanche con l'intervento del papa. Il modo di dire non è invalso nel parlare comune, ma è comunque conosciuto e talvolta utilizzato.

Capitolo VII

Data: 9-10 novembre 1628

Luoghi: la casa di Lucia e Agnese, il palazzotto di don Rodrigo, l'osteria del paese (non menzionato), la canonica di don Abbondio

Personaggi: fra Cristoforo, Renzo, Lucia, Agnese, don Rodrigo, il conte Attilio, il Griso, il vecchio servitore, Tonio, Gervaso, Perpetua

-- *** --

Riassunto:

Il racconto di fra Cristoforo – La preparazione del matrimonio a sorpresa – Il piano di don Rodrigo – Renzo all'osteria del paese – In cammino verso la canonica di don Abbondio

Il racconto di fra Cristoforo
Fra Cristoforo, sconfitto ma non abbattuto, ragguagliò il terzetto sull'esito negativo dell'incontro. Renzo perse la pazienza e chiese maggiori dettagli e spiegazioni, ma il frate lo riprese duramente dicendogli di avere fiducia nella Provvidenza e, senza sbottonarsi oltre, garantì di avere un appiglio interessante. Pertanto invitò il giovane, o un suo emissario, a presentarsi il giorno dopo al convento a raccogliere le notizie. Quindi si accomiatò.

La preparazione del matrimonio a sorpresa
Andato via il frate, Renzo diede in escandescenze e minacciò, fuor di sé, di fare uno sproposito. Lucia e Agnese cercavano di trattenerlo e il giovane trasfigurato si calmò solo dopo aver ottenuto dalla sua promessa sposa il benestare al matrimonio a sorpresa.
I tre si augurarono la buona notte e il mattino seguente, ritrovatisi, organizzarono la giornata. Per prima cosa Agnese si recò da Menico, un ragazzino dodicenne mezzo parente, il quale per due parpagliole (monete) si sarebbe recato al convento di Pescarenico a raccogliere per conto di Renzo, come concordato, il messaggio di fra Cristoforo.
Durante la mattinata una serie di viandanti mendichi sconosciuti fece la sua comparsa in paese. Uno di costoro, con la scusa di chiedere del pane, ricevette l'elemosina dalle donne e, con finta distrazione, si intrufolò nella loro dimora, un altro chiese loro la via e un terzo sbirciò dentro la porta. Si trattava degli uomini di don Rodrigo.

Il piano di don Rodrigo

Il giorno precedente il signorotto, dopo che si era allontanato fra Cristoforo, era rimasto da solo nella stanza del colloquio a passeggiare avanti e indietro. Era osservato dai dipinti dei suoi avi che, come in vita, quando erano magistrati soldati e matrone, incutevano ancora terrore dalle tele. Accertatosi che i suoi ospiti del banchetto fossero andati via anche loro, prese con sé sei sgherri e si recò in un bordello. Di ritorno trovo il cugino Attilio che reclamava il pagamento anticipato della scommessa e canzonava don Rodrigo insinuando che fosse stato convertito dal frate. L'uomo ricusò la burla e si offrì, invece, di raddoppiare la posta che avrebbe vinto prima del giorno di San Martino.

Il mattino successivo sentì che doveva agire. Chiamò a sé il Griso, suo braccio destro fedele per riconoscenza, in quanto lo aveva salvato prendendolo sotto la sua protezione dopo un delitto in pieno giorno, e per convenienza. Il Griso era stato un ottimo acquisto: era il suo uomo più abile ed era la dimostrazione vivente del suo potere nei confronti della legge. Quell'uomo organizzò il rapimento di Lucia per il giorno a venire. Prima dell'agguato si sarebbe nascosto in compagnia di alcuni uomini dentro un casolare diroccato poco fuori il paese, ma vicino alla casa della giovane. Don Rodrigo si premurò affinché non venisse torto un capello a Lucia e che fosse rispettata. In quanto a Renzo, avrebbero potuto bastonarlo se avesse intralciato il piano, ma senza andare a cercarlo apposta per la legnata.

Il Griso aveva obbedito e aveva fatto un sopralluogo con due dei suoi bravi travestiti da mendicanti: era lui quello che era entrato nell'abitazione delle donne.

Altri tre bravi vennero mandati nell'osteria a osservare.

Il vecchio servitore aveva appreso quanto stava per accadere e, con la scusa di prendere aria, uscì per recarsi al convento di fra Cristoforo come concordato.

Renzo all'osteria del paese

Renzo, quasi giunta l'ora del matrimonio a sorpresa, fece coraggio alle donne, in particolare a Lucia che ne aveva sempre meno, ma che intendeva mantenere la parola data. Diede appuntamento a costoro per dopo e si recò coi due testimoni, Tonio e Gervaso, all'osteria per mangiare un boccone. Sulla porta era appoggiato uno dei tre bravi, armato di manganello, che non si scostò per far passare il trio. Gli altri due furfanti giocavano rumorosamente a morra e vicendevolmente si facevano cenni col capo. Renzo ordinò la cena e chiese all'oste chi fossero i forestieri. Costui rispose che erano galantuomini perché pagavano, non si lamentavano e non creavano problemi, il resto a lui non importava. Allo stesso modo i bravi chiesero chi fossero Renzo e i suoi amici e ottennero pronta risposta dall'oste.

Terminata la cena i tre contadini uscirono. I due bravi all'interno andarono loro dietro con l'intento di dare una lezione a Renzo, ma la troppa gente ancora in giro e la paura di far fallire la missione del rapimento li fece desistere.

In cammino verso la canonica di don Abbondio

Renzo andò alla casa delle donne e con costoro (Lucia quasi trascinata) si recarono lungo una strada secondaria nei pressi della casa del curato e si nascosero.

Tonio e Gervaso bussarono alla casa di don Abbondio e Perpetua si affacciò alla finestra protestando per l'ora, visto che moribondi da benedire in paese non ce ne erano, ne era certa. Tonio disse che aveva le famose venticinque lire che doveva al curato da tempo e che, se fosse tornato a casa, forse il giorno dopo non ci sarebbero state più. Allora Perpetua si affrettò a scendere mentre Agnese si apprestava a distrarla.

Analisi critica:

Questo capitolo è il primo dei due riguardanti i falliti tentativi di rapimento di Lucia, da parte di don Rodrigo, e di portare a termine il matrimonio a sorpresa da parte dei due promessi. Questi capitoli daranno una svolta importante alla vicenda.

Fra Cristoforo alla casa delle donne relaziona sul fallimento della sua ambasciata, ma nel contempo rassicura che la Provvidenza è con loro e che quindi occorre affidarsi a Lei. Tale discorso è indirizzato anche e principalmente a Renzo che, nuovamente, aveva manifestato intenzioni vendicative. La Provvidenza si palesa sotto la forma del vecchio servitore, ma il frate preferisce non farne menzione.

Renzo, che è un bravo ragazzo, ma che non accetta la situazione, perde le staffe e il suo volto si trasfigura. Tale accesso d'ira spaventa Lucia che, per calmarlo, acconsente suo malgrado al matrimonio a sorpresa. Qui il Manzoni avanza il dubbio di quanto Renzo fosse del tutto sincero nelle sue ismanie e non fossero fatte, almeno in parte, per convincere Lucia e quanto costei non fosse, anch'essa in parte, lieta di essere stata costretta ad accettare. Si noti come sia Renzo che Agnese utilizzino parole e definizioni forti nei confronti di don Rodrigo, mentre Lucia, emblema della purezza e della temperanza, non augura mai nel corso del romanzo il male per il suo persecutore.

Il Manzoni sposta la scena nella stanza in cui è rimasto don Rodrigo, pochi minuti dopo il colloquio col frate cappuccino. Egli è nervoso perché quel padre gli ha messo l'inquietudine con quel dito alzato e quel 'vedremo'. Sono i volti dei suoi avi, malvagi quanto lui, nonché la canzonatura del cugino Attilio, a ricordargli quale sia la sua origine e a decidere di mettere in atto il rapimento di Lucia. La piccola breccia aperta dal frate viene subito richiusa. A differenza di quanto accadrà all'innominato, ha avuto l'occasione di convertirsi e non l'ha colta. Per ristabilire la stima di sé dopo il colloquio col frate esce in compagnia di una nutrita scorta per raccogliere il tributo del suo potere al suo passaggio da parte di chi lo incrociava. Si reca nella casa di malaffare per essere servito e riverito. Migliorato il suo umore e ripristinato il rispetto torna al suo castello deciso a portare a termine il suo malvagio piano e a vincere la scommessa. Per questo convoca il suo braccio destro.

Il Griso (il nome viene dal termine lombardo utilizzato per il colore 'grigio') è un personaggio assolutamente negativo. Mai un dubbio, mai un tentennamento sulla strada della malvagità. Nessuna occasione di redenzione per lui. Egli è un assassino che si mette al servizio di don Rodrigo solo per sfuggire alla giustizia e costui se ne avvale per portare a termine le sue malefatte e per dimostrare apertamente che il suo potere è superiore alla legge che avrebbe dovuto colpire il bravo per il suo delitto. Il Griso è fedele al suo padrone solo per convenienza e per il danaro che ne ricava, ma non esiterà un minuto a tradirlo (come vedremo) durante la peste a Milano e a venderlo ai monatti.

Egli è astuto, determinato e spietato. Mette in atto il piano di don Rodrigo, perfezionandolo e definendolo in ogni singolo dettaglio. Studia la zona in prima persona, visita la casa delle due donne, mette tre bravi all'osteria, il luogo più frequentato del paese, per vigilare sul buon esito della missione. In quel luogo va Renzo con i due testimoni prima di riunirsi con Lucia e Agnese.

L'oste risulta essere un uomo di bassa qualità morale che si rende servizievole con i tre bravi perché pagano e non causano problemi piuttosto che con i suoi compaesani.

Perpetua è l'ultimo personaggio del capitolo, che si affaccia alla finestra quando viene chiamata da Tonio e Gervaso, mentre Renzo, Lucia e Agnese rimangono nascosti nel buio. La serva è scocciata perché sa che nessuno necessita dei servigi del suo padrone a quell'ora, non essendoci moribondi a cui dare l'estrema unzione. Tuttavia, non appena sente che ci sono i soldi necessari per saldare il debito a don Abbondio, corre ad aprire la porta. Il Manzoni sottolinea la grettezza del parroco, manifestata dalle azioni di Perpetua, che è pronto ad accogliere chi gli porta denaro piuttosto che fornire aiuto a chi ne avesse avuto bisogno.

-- *** --

Ironia manzoniana:

I ritratti nella stanza: le immagini degli avi di don Rodrigo, tutti avvezzi a generare terrore in coloro che avevano intorno, sono uno degli esempi migliori sebbene meno conosciuti della ironia manzoniana. Figure torve che inducevano paura persino dalle tele su cui erano dipinte.

L'abbigliamento del magistrato: il magistrato è dipinto con la toga con risvolto in ermellino, tipico dei senatori durante l'inverno. Ecco perché i senatori non venivano mai ritratti in estate, per poter sfoggiare tale simbolo di ricchezza e potere.

-- *** --

Proverbi e modi di dire:

Portare soccorso di Pisa: il vecchio servitore si muove per recarsi al convento, ma teme che il suo aiuto sia ormai inutile perché il piano di don Rodrigo è ormai in stadio già avanzato. Questo modo di dire nacque probabilmente quando nel 1508 Pisa venne conquistata dai fiorentini mentre contava sugli aiuti dell'imperatore Massimiliano che non arrivarono mai.

Tizzone d'inferno: questa definizione che viene data a don Rodrigo la ritroveremo abbondantemente e curiosamente pronunciata da Tex Willer e i suoi compagni nel fumetto 'Tex'

Capitolo VIII

Data: 10 novembre 1628

Luoghi: la canonica di don Abbondio, il paese, la casa di Lucia e Agnese, il convento di fra Cristoforo, la riva del lago di Como

Personaggi: don Abbondio, Perpetua, Tonio, Gervaso, Renzo, Lucia, Agnese, Ambrogio, i bravi, il Griso, Menico, fra Cristoforo, fra Fazio

-- *** --

Riassunto:

Il tentato matrimonio a sorpresa – Il tentato rapimento di Lucia – La fuga al convento di Pescarenico

Il tentato matrimonio a sorpresa

Il capitolo si apre col famoso incipit: *'Carneade! Chi era costui?'*.
Don Abbondio era seduto sulla sua seggiola e leggeva un panegirico su San Carlo che un altro parroco, dotato di grande biblioteca, gli aveva prestato. Nel libro si paragonava il santo ad Archimede, che anche don Abbondio conosceva, ma anche a questo Carneade di cui don Abbondio non aveva mai sentito parlare.
La Perpetua gli annunciò la visita di Tonio. Il prelato nonostante lo stupore dettato dall'ora acconsentì alla visita. Mentre la serva si trovava sull'uscio per far entrare il giovane contadino, Agnese finse di passare per caso ed attaccò bottone. Con la scusa di arrivare da un paesello vicino in cui aveva appreso la presunta verità su due spasimanti di Perpetua, ovvero che erano stati loro a rifiutare la donna, la madre di Lucia volle farsi raccontare la vera storia dalla diretta interessata allontanandola dalla porta. Con un colpo di tosse avvertì i due promessi che la via era libera e costoro si introdussero nella canonica. Intanto Tonio, accompagnato da Gervaso, porse le 25 berlinghe d'oro al curato per saldare il proprio debito, quindi, per distrarlo, dapprima chiese indietro la collana lasciata in pegno e successivamente una ricevuta: non che non si fidasse, ma se dopo la sua morte sul libro mastro fosse risultato ancora inadempiente...
Mentre il parroco era impegnato nella redazione della ricevuta, i fratelli scalpicciavano con i piedi per nascondere i passi di Renzo e Lucia. Non appena il lavoro del curato fu terminato, il giovane tessitore apparve agli occhi di don Abbondio e pronunciò la formula con cui si proclamava marito di Lucia. Mentre la ragazza si accingeva a pronunciare a sua volta la sua parte, il curato allarmato le lanciò in testa il tappeto che era sul tavolo, gettò a terra il lumino

per creare buio e sgusciò dietro una porta dando l'allarme. Il sagrestano Ambrogio sentì le urla e, alzandosi di corsa dal letto e mettendo i pantaloni sotto il braccio, corse a suonare le campane per chiamare aiuto.

Il tentato rapimento di Lucia

I *bravi*, intanto, entrarono in azione: i tre dell'osteria uscirono con la scusa che si sarebbero recati a dormire, fecero il giro del paese per accertarsi che fosse deserto e riferirono al Griso che si trovava con le truppe nel casolare. Il *bravo* prese i suoi sgherri e, con estrema circospezione, fece irruzione nella casa delle donne. Salì le scale e si introdusse nelle due camere da letto, trovandole deserte. Mentre cercava di capire il motivo del fallimento della missione, il piccolo Menico rientrava dal suo compito. Fra Cristoforo, messo a parte dal vecchio servitore del piano di don Rodrigo, aveva inviato il piccolo messo ad avvertire le donne di fuggire. Preso da due dei delinquenti, cacciò un urlo e venne salvato dallo scampanio di Ambrogio. Gli uomini del Griso si fecero prendere dal panico generato dal suono delle campane e il braccio destro di don Rodrigo faticò non poco a rinserrare le fila dei suoi prima di ritirarsi nel palazzotto del padrone.

Intanto Perpetua si ricordò di avere lasciato l'uscio aperto e, nonostante le chiacchere di Agnese, ritornò verso la canonica. Lì si imbatté nei quattro attori del mancato matrimonio a sorpresa, ma invece di fermarli corse dal suo padrone che chiamava aiuto.

La fuga al convento di Pescarenico

I Nostri si imbatterono nel Menico che riferì loro il messaggio di correre subito al convento di Pescarenico. E così obbedirono.

Una ampia folla di paesani si radunò presso la canonica al richiamo delle campane, interrogandosi sulla motivazione dell'allarme. Qualcuno disse che aveva visto dalla finestra un movimento di uomini presso la casa delle donne. I paesani, armati alla bell'e meglio, accorsero alla abitazione, la trovarono sottosopra e pensarono a un rapimento. Si propose una spedizione per salvarle, ma qualcuno suggerì che fossero riuscite a fuggire. La folla si disperse e l'indomani alcuni *bravi* convinsero con le minacce il console del paese a tacere.

I tre fuggiaschi di diressero verso il convento e congedarono Menico con la sua ricompensa. Renzo riferì ad Agnese del fallito matrimonio a sorpresa.

Fra Cristoforo li stava aspettando sulla porta della chiesa del convento e, superando le resistenze di fra Fazio, il padre guardiano, li accolse confortandoli. Spiegò loro che l'unica soluzione sarebbe stata l'esilio e che aveva già organizzato il tutto. La città in cui si sarebbero dovute rifugiare le donne non venne menzionata dal padre, ma poi si saprà essere Monza. Diede loro una lettera di presentazione da consegnare al padre guardiano del convento di quella città e, per Renzo, un'altra lettera per padre Bonaventura da Lodi del convento dei cappuccini di Porta Orientale di Milano.

I tre si ritrovarono sulla riva del lago in attesa di una imbarcazione che li traghettasse sull'altra riva. Una volta salpati, Lucia pronunciò il famosissimo "addio ai monti", un brano di rara poetica con cui la fanciulla salutò per sempre la sua terra e in particolare le montagne che aveva visto ogni giorno della sua vita.

Analisi critica:

Questo è il secondo capitolo con cui il Manzoni conclude le azioni decise dalle due parti contrapposte, i 'buoni' con il matrimonio a sorpresa, i 'malvagi' con il rapimento di Lucia. Entrambi i tentativi falliscono, ma provocano un deciso cambiamento nella vita dei protagonisti, in particolare dei due promessi sposi e Agnese.

Il capitolo incomincia con una delle frasi per cui il romanzo è diventato famoso: *'Carneade! Chi era costui?'*. Il Manzoni non perde l'occasione di sfruttare il lato comico ed ironico che il personaggio di don Abbondio gli fornisce, per sottolineare l'ignoranza del personaggio. Don Abbondio rappresenta infatti la debolezza dell'essere umano. L'Autore sfrutta il curato per attribuirgli tutti i difetti (codardia, ignavia, prepotenza, ipocrisia e, come mostra col debito di Tonio, anche avarizia) e anche per stemperare la tensione. Un raro esempio di personaggio comico all'interno di un romanzo drammatico, per non dire tragico in certi suoi aspetti.

Il curato abbocca all'esca di Tonio e fa aprire a Perpetua la quale, colta nel vivo dalla chiacchierata con Agnese, non si avvede dei due promessi sposi che si intrufolano nella casa. L'azione entra nel vivo dopo poche pagine del capitolo, sia quella generata dai due fidanzati che quella dei bravi. Il Manzoni ha sapientemente preparato il terreno nel capitolo precedente, al termine del quale ha lasciato in sospeso il lettore. Ora fa agire tutti i personaggi con un crescendo che culmina nelle campane suonate dal sagrestano. Come già avvenuto nel cap. I, la descrizione meticolosa degli eventi e dei dettagli è propedeutica agli eventi. Infatti Tonio e Gervaso, dopo aver distratto il curato, lasciano il posto ai due giovani che non riescono a pronunciare la formula nuziale. Don Abbondio riesce ad allertare Ambrogio che corre a suonare l'allarme con le campane della chiesa. Le stesse spaventano e fanno battere in ritirata i *bravi* che, introdottisi in casa di Lucia e Agnese, la trovano inspiegabilmente vuota. Il colpo è fallito, nonostante la meticolosa preparazione da parte del Griso.

Renzo, Lucia e Agnese, su indicazione del messaggio inviato tramite Menico da fra Cristoforo, scappano al convento di Pescarenico. Il frate, ancora una volta, rappresenta la Provvidenza: fa scappare il trio, organizza la fuga e trova un riparo per ciascuno di loro. Il capitolo termina con un brano intenso e struggente, l'addio di Lucia ai suoi monti. La ragazza viene sradicata dalla sua terra natia per andare verso un futuro denso di incognite.

-- *** --

Ironia manzoniana:

'Carneade! Chi era costui?': stavolta a essere presa di mira è la cultura di don Abbondio, conosce Archimede, non per le sue invenzioni o la sua cultura, ma perché ha fatto cose stravaganti. Ignora completamente chi sia invece questo altro personaggio storico.

'Così va spesso il mondo... voglio dire, così andava nel secolo decimo settimo': il Manzoni ironizza sui soprusi affermando che spesso l'oppresso sembra l'oppressore e viceversa, poi fintamente si corregge e dichiara che questo era quello che succedeva due secoli addietro.

La ricevuta di don Abbondio: Tonio chiede la ricevuta del pagamento: da un lato prende tempo in favore dei due sposi, dall'altro davvero non si fida del curato. Alle rimostranze di don Abbondio, afferma che si tratta di una tutela nel caso che il parroco muoia e qualcuno trovasse il debito scritto nei suoi libri. In realtà ne teme l'avidità e la scarsa memoria.

-- *** --

Proverbi e modi di dire:

'Chi è in difetto è in sospetto': proverbio milanese ancora in voga oggi che significa, sostanzialmente, che chi è in torto è sospettoso.

'Omnia munda mundis': tutto è puro per i puri. Fra Cristoforo pronuncia questo motto latino per tacitare il bigotto padre guardiano del convento.

Capitolo IX

Data: 11 novembre 1628

Luoghi: la strada per Monza, il convento dei cappuccini a Monza, il convento delle monache a Monza, il palazzo del padre di Gertrude

Personaggi: Renzo, Lucia, Agnese, il traghettatore, il barocciaio, il padre guardiano, Gertrude, il padre di Gertrude

-- *** --

Riassunto:

L'arrivo a Monza – L'incontro con la monaca di Monza – La triste storia di Gertrude

L'arrivo a Monza

Renzo, Lucia (che nascostamente aveva pianto durante la traversata) ed Agnese scesero dall'imbarcazione. Renzo tentò di dare al barcaiolo qualche moneta di quelle che aveva comunque riservato per don Abbondio dopo che il matrimonio a sorpresa fosse andato a buon fine, ma lo stesso rifiutò perché il suo gesto era dettato dalla solidarietà tra persone umili e non dalla ricerca di profitto. Il terzetto salì quindi su un baroccio che li stava attendendo. Il Manzoni spiega che l'anonimo autore aveva omesso il nome del paese a cui erano diretti, ma che dagli indizi non poteva essere che Monza. L'omissione era attribuibile al desiderio di mantenere il riserbo sulla famiglia della Signora che avrebbe accolto Lucia sebbene fosse estinta da tempo.

Lungo il tragitto si fermarono presso una osteria a dormire e a fare una colazione che era magra sia per la penuria dei tempi, sia per le ristrette finanze, sia ancora per lo scarso appetito (nel mentre veniva consumata i tre pensavano con amarezza al banchetto che avrebbero dovuto fare il giorno del matrimonio). Giunse quindi il momento dell'addio: Renzo partì per Milano tra le lacrime manifeste di Lucia e quelle trattenute del giovane. Anche il barocciaio, come il battelliere, rifiutò una offerta in denaro.

Giunte a destinazione presso un convento di cappuccini, le due donne incontrarono il padre guardiano che accolse la lettera di fra Cristoforo con l'attenzione che si riserva a quella proveniente da un grande amico.

L'incontro con la monaca di Monza

Il padre guardiano accompagnò le due donne presso un monastero (sebbene dovessero camminare a distanza da lui per evitare le chiacchere della gente) dove una certa Signora le avrebbe accolte con benevolenza e le avrebbe protette. Si trattava di una monaca di alto lignaggio che aveva gran potere, sebbene non fosse la badessa e il padre guardiano le riservasse una deferenza uguale a che lo fosse. All'interno del parlatorio del convento i tre ebbero un colloquio con costei. Da dietro la grata sembrava avesse una età apparente di venticinque anni, una bellezza sciupata e che i modi, l'atteggiamento e l'abbigliamento uscissero parzialmente dai canoni delle monache di clausura.

Durante il colloquio parlò unicamente il padre guardiano, spiegando per sommi capi, ma con fervore, la motivazione per cui Lucia stesse chiedendo protezione. La Signora chiese ragguagli a Lucia sulla vicenda, in quanto diretta interessata. Essendo la giovane in evidente imbarazzo, Agnese provò a intervenire nella discussione, ma la monaca con un atto iracondo la interruppe e rimandò il resto del colloquio con Lucia a un momento successivo.

La triste storia di Gertrude

Il Manzoni, a questo punto della storia, interrompe la narrazione per raccontare la vita della Signora fino a quel momento.

Di famiglia nobile di origine spagnola, suo padre era la persona più importante di Monza, addirittura il suo feudatario. La sua principale preoccupazione era di non disperdere il patrimonio di famiglia che gli sembrava scarso sebbene fosse abbondante, pertanto aveva destinato tutti i figli cadetti e le figlie alla vita monacale.

L'ultima figlia di costui si chiamava Gertrude e sarebbe stato già monaco o monaca ancor prima di nascere, la differenza sarebbe dipesa unicamente dal sesso del neonato. La sua vita venne improntata al suo destino futuro sin da subito, a partire dalle bambole vestite da religiose e dai santini di monache ricevuti in regalo. A sei anni venne affidata al convento benedettino di Monza e, in virtù del suo lignaggio, prima o poi ne sarebbe divenuta la badessa. La sua esistenza era migliore di quella delle sue future consorelle in quanto aveva al suo servizio due novizie, ma durante la vita di clausura nacquero in lei desideri di vita mondana. Con l'inganno le venne strappata la firma sulla supplica al Vicario di diventare monaca. Di questa supplica si pentì, quindi si pentì di essersi pentita: Gertrude era confusa. Non avendo il coraggio di parlare direttamente, prese la decisione di scrivere una lettera al padre chiedendo di cambiare il proprio destino, ma il principe andò su tutte le furie.

Come prevedeva la norma per le future novizie affinché vedessero cosa lasciavano per sempre, prima di prendere i voti Gertrude, un anno dopo la supplica, all'età di quattordici anni, trascorse un mese nella casa paterna. Ivi venne trattata freddamente dai familiari e fu costretta a una sorta di clausura anche nelle stanze della casa, guardata a vista dal personale di servizio. Tra costoro la giovane notò un paggio che le mostrava un rispetto particolare e lei se ne infatuò. Una cameriera scoprì la tresca grazie a una lettera da lei scritta al ragazzo. Questa venne consegnata al padre che montò su tutte le furie. A Gertrude venne prospettato un terribile castigo, venne rinchiusa nella sua stanza per un periodo indefinito e la cameriera ne divenne la carceriera. Il paggio venne scacciato dalla casa con l'accompagnamento di un paio di schiaffi affinché tacesse.

Gertrude, distrutta dallo sconforto, dalla vergogna, dalla paura del castigo e dalla condizione di carcerata, vide nella vita monacale la migliore soluzione e scrisse una nuova lettera al padre chiedendo perdono e accettando il futuro che egli le aveva riservato.

Analisi critica:

Il terzetto, con la morte nel cuore, ha abbandonato la terra natia. A soffrirne di più è Lucia che segretamente ha pianto durante l'attraversamento del lago. Altro momento assai doloroso è la separazione da Renzo: egli è destinato a un convento di Milano.

Il Manzoni sottolinea l'animo buono di Renzo che tenta di ricompensare sia il traghettatore che il barocciaio con i denari che egli avrebbe dato a don Abbondio dopo il matrimonio a sorpresa. Nonostante il curato gli avesse negato il matrimonio e avesse tentato di ingannarlo, il giovane era disposto a regalargli delle monete. Non è dato di sapere se le avrebbe accettate, sicuramente i due uomini incaricati da fra Cristoforo le rifiutano per due motivi diversi, entrambi assai nobili. Il barcaiolo non vuole il denaro in base a un principio solidaristico tra cristiani in difficoltà, il barocciaio si aspetta dal Cielo una ricompensa assai maggiore per il suo servizio.

Il Manzoni spiega che l'anonimo autore del manoscritto omise il nome della città in cui si trovano le due donne, ma che, dopo accurate ricerche, egli ha individuato in Monza. Egli ha indentificato anche la famiglia da cui proveniva Gertrude, ma preferisce non menzionarla comunque per rispetto alla stessa, sebbene ormai estinta da tempo.

Il padre guardiano del convento accoglie la lettera di fra Cristoforo con gioia. Egli accompagna le donne dalla Signora, colei che può proteggere Lucia dalle grinfie di don Rodrigo. Durante il tragitto al convento femminile si raccomanda alle donne che si tengano a debita distanza per evitare le chiacchere della gente. Ancora una volta un uomo di chiesa bada più alla mondanità che alla sostanza della propria missione. Questo atteggiamento fa arrossire Lucia e strappa un sorriso alla più smaliziata Agnese.

La descrizione degli edifici in abbandono e rovina lungo il percorso intendono dare al lettore una sensazione di decadenza non solo fisica, ma anche morale.

La monaca riceve il terzetto da dietro la grata. La sua figura risulta sin da subito sospesa tra realtà e immaginazione. Costei esiste, ma risulta distaccata dal mondo reale, dalle vicende della vita quotidiana. Non solo la grata la separa dai suoi ospiti, ma anche le parole spese su di lei dal padre guardiano e dal barocciaio la rendono una entità quasi astratta, eterea, dissociata dalle questioni mondane. La signora si mostra invece assai interessata alla vicenda, con una curiosità terrena non tipica delle donne di chiesa. Anche la reazione irosa e altezzosa nei confronti dell'intervento di Agnese dimostra la natura differente della monaca.

La descrizione fisica di Gertrude è una delle più lunghe del romanzo e intende porre dei distinguo ben precisi tra la donna e ciò che, a seguito dei voti presi, avrebbe dovuto essere. I dettagli del viso mostrano sofferenza e tormento interiore, i particolari dell'abbigliamento sembrano denotare trascuratezza (la vita attillata e la ciocca di capelli) e invece sono l'espressione di piccoli gesti di ribellione.

A questo punto Alessandro Manzoni interrompe la narrazione delle vicende di Lucia per raccontare la vita della giovane monaca fino a quel momento. La storia è lunga e si concluderà nel capitolo successivo. Non si tratta di una vera e propria digressione storica, ma del racconto della vita della ragazza per spiegare le motivazioni che spingeranno la giovane a consegnare Lucia all'innominato. La storia di Gertrude (che in realtà si chiamava Marianna de Leyva) è ben immersa nel contesto storico in cui si svolge, fortemente legata alle convenzioni sociali dell'epoca.

L'Autore giudica compassionevolmente la vicenda della monaca, nata in una famiglia assai nobile (*'è della costola di Adamo'*) per diventare suora senza che le venga mai chiesto il parere. Anzi, quando ha il desiderio di cambiare vita e di evitare la vita monacale, non viene ascoltata da un padre inflessibile nella sua decisione. Gertrude viene imprigionata sin da infante da un ingranaggio che inesorabilmente la porterà ad essere monaca senza via di uscita. Si noti che già nell'Ottocento, relativamente alle bambole e ai santini regalati per immergere Gertrude nel suo destino, Manzoni scrive che *'stampavano nel cervello della fanciullina'* laddove oggi noi parleremmo di *imprinting*.

La psicologia della giovane monaca è ben delineata, con i suoi desideri e le sue fragilità, riuscendo a essere uno dei personaggi più complessi e meglio riusciti del romanzo.

-- *** --

Digressioni storiche:

La vita di Gertrude: non si tratta di una vera e propria digressione storica, ma la vicenda della monaca di Monza ci regala uno spaccato della società del tempo non direttamente legato alla trama del romanzo.

-- *** --

Proverbi e modi di dire:

'comanderai a bacchetta': espressione ancora usata oggi per indicare ordini eseguiti come seguendo la bacchetta del maestro d'orchestra.

Capitolo X

Data: 11 novembre 1628

Luoghi: il convento delle monache a Monza

Personaggi: Gertrude, Lucia, Agnese

-- *** --

Riassunto:

Gertrude diventa monaca – L'incontro con Egidio – Il colloquio con Lucia

Gertrude diventa monaca

Il principe, ricevuta la lettera di supplica della figlia, decise di approfittarne e chiudere la questione una volta per sempre. Costui, che il Manzoni in questa occasione si rifiuta di chiamare 'padre', convocò la figlia, la ammonì che sarebbe stato troppo facile chiedere perdono e che questo era difficile da ottenere. La faccenda del paggio aveva messo definitivamente la parola 'fine' a una possibile vita mondana per Gertrude, che egli avrebbe avuto vergogna a dare in sposa una figlia che si era comportata in quel modo, il che dimostrava che lei non era fatta per il mondo. La decisione esplicitata nella lettera veniva quindi accolta con piacere e subito esaudita. Chiamò la moglie e il figlio maggiore, quindi i parenti e la servitù tutta. Chiunque si rallegrava con la giovane per la decisione e per il grande futuro che questa le avrebbe riservato. La ragazza cercava invano, in cuor suo, una via di uscita, il coraggio e l'occasione per opporsi.

Il giorno seguente la famiglia si recò al convento affinché Gertrude venisse interrogata dalla badessa sulle sue intenzioni. Sotto gli occhi fermi del padre, la giovane confermò il suo desiderio di diventare monaca. La badessa confermò, a sua volta, il benestare del convento, seppure ancora in via ufficiosa. Quindi chiese un colloquio privato col principe durante il quale, dietro la grata, ricordò, ma solo perché era una formalità prevista e nulla più, che i genitori che obbligavano le figlie a farsi monache erano scomunicati. Il principe-padre ribadì la libera scelta di Gertrude.

Il giorno ancora successivo il Vicario del convento sarebbe venuto per interrogare la giovane. Il padre ammonì Gertrude di non mostrare esitazioni in proposito a una decisione che era già stata presa e su cui anche lei era d'accordo, che non era più il tempo di ragazzate e che se avesse parlato diversamente, la vergognosa storia del paggio sarebbe venuta fuori. Durante l'incontro la giovane ebbe l'occasione di tirarsi indietro, ma mentì al prelato e confermò il suo desiderio come sincero.

Il voto segreto delle monache approvò l'ingresso nel convento di Gertrude che dopo dodici mesi di noviziato si trovò nella condizione di poter dire l'ultima volta un 'no', che sarebbe parso strano e completamente difforme da quanto dichiarato fino a quel giorno, o dire un ultimo 'sì'. E la ragazza *'lo ripeté, e fu monaca per sempre'*.

Gertrude soffrì la decisione presa. Si doleva della libertà perduta, dello stato di prigionia, dei desideri che non sarebbero mai stati soddisfatti. Rimuginava sul passato, aveva atteggiamenti di autolesionismo, di tirannia e di perfidia. Idolatrava la propria bellezza e nel contempo la deplorava perché sfuggiva via. Odiava le monache che l'avevano raggirata per farla entrare nel convento e faceva loro dispetti. Costoro dovevano accettare le sue sgarberie per via del potere della famiglia. Non erano esentate dall'ira di Gertrude neanche le consorelle estranee agli intrighi contro di lei perché la loro compassione le suonava come un rimprovero per la sua condotta bisbetica.

Gertrude divenne maestra delle educande e, sapendo che alcune di esse sarebbero uscite a vivere nel mondo, le bistrattava oppure se ne rendeva complice nei loro giochi o nelle sregolatezze.

L'incontro con Egidio

Tra i privilegi a lei concessi c'era il vivere in un quartiere del convento a parte che confinava con la casa abitata da uno scellerato di professione, un tal Egidio di cui non si nomina il casato. Egli, per ozio e per desiderio di trasgressione, le rivolse la parola. E, come scrive il Manzoni, *'la sventurata rispose'*.

La relazione tra i due rese all'inizio il carattere di Gertrude migliore e accomodante, ma poi tornò ad essere quello precedente.

Un giorno, durante una accesa discussione, una conversa rivelò di conoscere il torbido segreto e minacciò di renderlo pubblico. Dopo poco tempo la conversa scomparve dal convento e si pensò che fosse scappata. Invece era stata uccisa da Egidio e il suo corpo venne sepolto lì vicino. Il rimorso per l'omicidio faceva comparire di continuo l'immagine della conversa a Gertrude che avrebbe desiderato vedersela davanti viva e vegeta, qualsiasi cosa avesse potuto dire.

Era passato un anno da quell'avvenimento.

Il colloquio con Lucia

Gertrude interrogava Lucia sulla persecuzione di don Rodrigo ed entrava in dettagli di cui la ragazza non pensava che le monache potessero interessarsi. Lucia arrossiva e, non appena fu lasciata di nuovo sola con sua madre, si confidò. Agnese le spiegò che i signori erano strani e di non dare peso all'accaduto poiché la Signora le aveva prese a cuore. In effetti Gertrude, avendo compreso la innocenza della giovane, si adoperò per la sua protezione. Agnese e Lucia vennero alloggiate nel quartiere della fattoressa, vicino al chiostro, come se fossero state di servizio al convento. Lì sarebbero state al sicuro.

-- *** --

Analisi critica:

Il Manzoni continua il racconto della vita di Gertrude. Nonostante le occasioni per rifiutare il proprio destino non fossero mancate, per obbedienza al padre si fa comunque monaca. Il giudizio dell'Autore è netto: non riesce neanche a definire 'padre' colui che l'aveva costretta alla clausura. Egli mostra un *'cuore umano'* solo dopo che la giovane è irrimediabilmente avviata al suo destino, nelle ultime due parole che lo riguardano.

La ragazza sfoga la propria infelicità con accessi di isteria e dispetti. Essendo alloggiata in un quartiere a parte del convento, ha la possibilità di conoscere un giovane scellerato e vizioso, un tal Egidio che nella realtà era Gian Paolo Osio, un nobile dedito alla delinquenza e agli omicidi. Costui la tenta rivolgendole la parola e lei cede. Si noti la corresponsione tra la risposta per diventare monaca (*'lo ripeté, e fu monaca per sempre'*) e quella data a Egidio (*'la sventurata rispose'*). In entrambi i casi Gertrude dimostra di non avere l'energia di opporsi, di mancare di quella forza di carattere che l'avrebbe salvata. Un'ultima occasione di redenzione le viene concessa quando il suo amante ordina di consegnare Lucia all'innominato, tuttavia cede nuovamente al volere altrui. Costei, da vittima del padre e della società, per cui il Manzoni ha un occhio benevolo nonostante i gravi peccati di cui si macchia, perderà l'occasione di convertirsi cedendo alle richieste di Egidio. Sebbene esitante, farà cadere Lucia nella trappola orditale.

Lucia è turbata dal comportamento e dalle domande della Signora. Agnese la rassicura spiegando che si tratta di una nobile e quindi stravagante. Le donne, comunque, vengono alloggiate presso la fattoressa e quindi poste al sicuro.

-- *** --

Digressioni storiche:

<u>La vita di Gertrude</u>: il capitolo prosegue e conclude la digressione sulla vita della monaca Gertrude

-- *** --

Proverbi e modi di dire:

'battere il ferro, mentre è caldo': perseguire su un argomento finché se ne parla, come il fabbro lavora il ferro finché è caldo e quindi facilmente malleabile.

<u>Fare di necessità virtù</u>: questo modo di dire, in voga anche ai tempi del Manzoni, spiega che bisogna girare le difficoltà in opportunità, anche se di malavoglia

'la sventurata rispose': tale frase del Manzoni non è un modo di dire o un proverbio, ma è entrata nel linguaggio comune per indicare il cadere nel peccato da parte di qualcuno.

Capitolo XI

Data: 10-12 novembre 1628

Luoghi: il palazzo di don Rodrigo, Milano

Personaggi: don Rodrigo, il Griso, conte Attilio, Renzo

-- *** --

Riassunto:

Don Rodrigo attende il ritorno del Griso – Le contromosse di don Rodrigo – Renzo arriva a Milano

Don Rodrigo attende il ritorno del Griso

Il Manzoni torna a parlare di don Rodrigo che al palazzotto, di notte e al buio, aspettava il ritorno del Griso e dei suoi dalla missione del rapimento di Lucia. Andava avanti e indietro in una stanza buia e rimuginava. Era agitato e preoccupato. In fondo si trattava dell'impresa più grossa ed azzardata che avesse organizzato. Non temeva i pettegolezzi o i sospetti: nessuno vi avrebbe dato peso. Pensò a Lucia come si sarebbe trovata in casa sua. In mezzo ai bravacci avrebbe trovato in don Rodrigo il solo volto umano e lui ne avrebbe approfittato.

Mentre era immerso nei suoi torbidi pensieri vide rientrare i bravi senza la bussola in cui doveva essere portata la giovane. Furibondo per il fallimento della missione, dopo aver sentito il rapporto del Griso si rabbonisce. Evidentemente ci doveva essere stata una spia e l'avrebbe sistemata lui, una volta scoperta. Don Rodrigo diede disposizioni per intimidire il console (come abbiamo già visto), per riportare al palazzotto la bussola e per infiltrare in paese delle spie per scoprire cosa fosse successo. Quindi si coricò.

Le contromosse di don Rodrigo

Il giorno dopo don Rodrigo cercò il conte Attilio che non perse l'occasione per canzonarlo. Dopo che il signorotto ebbe raccontato gli avvenimenti notturni, il conte si indignò per il fallimento della missione e accusò fra Cristoforo del cattivo risultato. Attilio si offrì di occuparsi del cappuccino facendo intervenire il conte zio, un politico di grosso calibro, membro del Consiglio Segreto a Milano.

Venne l'ora della colazione e il conte Attilio andò a caccia.

Intanto il paese era in subbuglio per l'accaduto. Perpetua venne assediata affinché spiegasse il motivo della paura del suo padrone. Questa volta il tradimento di Renzo, Lucia e Agnese (che l'aveva così ben infinocchiata) le faceva una tal rabbia che riuscì a tacere, sebbene dentro di lei il segreto ribollisse.

Quel sempliciotto di Gervaso, invece, non vedeva l'ora di vantarsi perché per una volta nella vita era stato protagonista. Tonio dovette confessare tutto alla moglie la quale era una chiacchierona. Menico raccontò l'accaduto ai genitori che, per paura, gli ingiunsero di tacere perché aveva buttato all'aria il piano di don Rodrigo, ma essi stessi raccontarono in giro che i tre paesani scomparsi si erano rifugiati a Pescarenico.

Le informazioni vennero raccolte dai *bravi* e riferite dal Griso. Don Rodrigo era felice: non esisteva alcun traditore, né prove contro di lui. Tuttavia intendeva vendicarsi di fra Cristoforo e, dopo aver appreso dove fossero i tre fuggiaschi, mandò il Griso a Monza con lo Sfregiato e il Tiradritto a prendere notizie di Lucia. Il bravaccio cercò di evitare la missione perché a Monza pendevano sul suo collo alcune taglie, ma alla fine fu costretto a partire.

Don Rodrigo aveva altri piani per Renzo: intendeva trovare una questione legale da usare contro di lui e indurlo a non tornare mai più. Si sarebbe avvalso del dottor Azzeccagarbugli che lo avrebbe sicuramente aiutato, altrimenti gli avrebbe cambiato il nome!

Renzo arriva a Milano

Renzo, intanto, sulla strada per Milano rimuginava sulla sua condizione meditando pensieri di vendetta, ma il pensiero della preghiera con fra Cristoforo a Pescarenico lo rabboniva.

Giunto nei pressi della città, scorse da lontano il duomo che sembrava costruito nel deserto e non in un centro abitato. Continuando il cammino incominciò a vedere il resto della città, scoprendo campanili cupole e tetti. Fermò un viandante a cui chiese indicazioni per il convento del frate Bonaventura e le ottenne. Giunto alla porta orientale trovò per terra delle strisce bianche e soffici che sembravano neve. Ma non erano né il luogo, né la stagione. Le toccò e capì: farina. Meravigliato della abbondanza (trovare farina per terra in tempo di carestia...) arrivò alla colonna con la croce di san Dionigi alla cui base trovò dei pani. Sempre più stupefatto ne raccolse tre per sé.

Dalla città uscì un uomo completamente infarinato che portava sulle spalle un sacco forato da cui, a ogni sobbalzo, usciva farina. Dietro la moglie che nel grembiule sollevato per i lembi ne trasportava altra. Ella sgridava il figliolo che li seguiva con una cesta ricolma da cui talvolta cadevano dei pani. Renzo era capitato nel mezzo di un tumulto e i cittadini saccheggiavano i forni portando via farina e pane. Colpito dalla scena, pensò che allora era vero quanto si diceva sui fornai e sugli incettatori, che in realtà la farina c'era, ma loro non intendevano vendere il pane per aumentarne il prezzo.

Renzo giunse al convento dove il padre guardiano voleva ritirare la lettera di fra Cristoforo in quanto padre Bonaventura era fuori del convento. Il giovane rifiutò: intendeva consegnargliela di persona. Il padre guardiano consigliò allora di attenderlo in chiesa, ma Renzo ritenne di ingannare l'attesa andando a guardare il tumulto.

-- *** --

Analisi critica:

Don Rodrigo è in attesa del ritorno dei suoi uomini. L'unica sua preoccupazione è la riuscita della missione. Quando scopre che è andata a monte, si arrabbia perché teme che vi sia una spia nel castello. Ulteriori indagini lo rassicurano e manda il Griso a prendere informazioni sui fuggiaschi. Col conte Attilio prende invece accordi per mettere fuori gioco fra Cristoforo:

il cugino si offre di chiedere aiuto al loro conte zio, membro del Consiglio Segreto di Milano, uomo assai potente. L'esercizio di prevaricazione di don Rodrigo continua con l'intimidazione al console di passare sotto silenzio i fatti avvenuti in paese e col progetto di utilizzare l'Azzeccagarbugli per trovare un sistema legale per colpire Renzo e costringerlo all'esilio.

Tuttavia don Rodrigo sembra perdere la sua aura di sicurezza e invincibilità. Per la prima volta, seppure non esplicitamente, mostra di avere paura.

Renzo, intanto, è in viaggio per Milano. Per lui, come anche per Lucia, è la prima volta lontano dal paese natio e per lui è in attesa la grande città di Milano. Dapprima vede le guglie del duomo, dopo è più volte costretto a chiedere la via. Lungo il tragitto dà nuove prove di fede (fa pensieri delittuosi su don Rodrigo per poi pentirsene e pregare a ogni tabernacolo incontrato lungo la via) e di analfabetismo (per farsi indicare la via è costretto a mostrare l'indirizzo sulla lettera ti fra Cristoforo). Quello che lo colpisce di più è trovare per terra strisce di farina, poi alcuni pani di cui ne raccoglie tre ripromettendosi di pagarli al legittimo proprietario se si fosse mai palesato. Infine si imbatte in una improbabile famiglia carica di pane e farina in uscita dalla città. Renzo si convince che allora siano vere le voci sugli incettatori e che la carestia sia quindi una scusa per far salire il prezzo del pane. La sua natura pura, semplice e onesta si nutre di questa sua convinzione. Inoltre è talmente onesto che, pur affamato e stanco e con le finanze abbastanza in difficoltà, è comunque disposto a pagare per i pani trovati abbandonati.

I fatti singolari di cui si meraviglia Renzo sono conseguenza dei così detti "tumulti di San Martino" (11 novembre) e dei relativi saccheggi in cui rimarrà coinvolto suo malgrado. Il giovane, infatti, giunto al convento, non segue il consiglio del padre guardiano di attendere in chiesa il ritorno di padre Bonaventura, invece preferisce andare a vedere dove si era riunita la folla. La curiosità da montanaro, che per la prima volta vede il mondo, gli costerà cara.

-- *** --

Proverbi e modi di dire:

'Conciare per il dì delle feste': il modo di dire espresso da don Rodrigo indicava, e indica tutt'ora, il punire per bene qualcuno.

Capitolo XII

Data: 11 novembre 1628

Luoghi: Milano: dal *forno delle grucce* alla casa del Vicario di provvisione

Personaggi: Renzo, la folla, il capitano di giustizia

-- *** --

Riassunto:

Cause della carestia e del tumulto – Saccheggio del forno delle grucce

Cause della carestia e del tumulto

Il Manzoni interrompe la narrazione delle vicende di Renzo per raccontare i motivi per cui a Milano vi erano i tumulti. Si trattava del secondo anno di carestia, persino peggiore del precedente. Fino ad allora si era fatto fronte alla penuria dando fondo alle scorte, ma ora anche quelle erano finite. Il motivo della scarsità era la guerra, a cui si era accennato innanzi, che aveva impedito la coltivazione di molti campi, ma anche gli anni di pace precedenti non avevano aiutato le attività agricole giacché le truppe di stanza si comportavano come un esercito invasore.

A un certo punto la popolazione dimenticò che la fame era causata dalla penuria di grano e farina e si accusarono proprietari di poderi e fornai di nascondere grandi quantità di merce per aumentarne il prezzo o di vendere il prodotto all'estero. Per porvi rimedio si invocò l'intervento dell'autorità e della giustizia per far immettere il grano in commercio e punire gli speculatori.

Il governatore don Gonzalo Fernandez de Cordova era lontano, impegnato nell'assedio di Casale Monferrato, e aveva lasciato a occuparsi della faccenda il Gran Cancelliere Antonio Ferrer che fissò il prezzo del pane a un livello assai basso senza considerare il prezzo del grano all'origine. I panettieri erano costretti a produrre pane in continuazione e in perdita per accontentare la popolazione inferocita e nonostante le inutili rimostranze al Gran Cancelliere.

Il governatore, avvisato della insostenibile situazione, demandò a una giunta appositamente costituita la soluzione del problema: il prezzo del pane aumentò.

Saccheggio del *forno delle grucce*

La popolazione si imbestialì e incominciò a riunirsi in crocchi spontanei, sobillati da loschi figuri che cercavano vantaggio dall'insoddisfazione popolare. Quel giorno il garzone di bottega del *forno delle grucce* venne aggredito e depredato della gerla piena di pani destinati alle case di alcuni clienti e così molti altri.

La popolazione, non ancora paga, diede l'assalto al forno e, nonostante il tentativo di mediazione del capitano di giustizia e dei suoi alabardieri, non si placò. Il capitano venne colpito lievemente alla testa da una pietra, la folla accalcata spingeva e schiacciava i suoi stessi partecipanti. Pietre vennero gettate dai piani superiori del forno sulla gente che pressava la porta e le finestre difese dalle grate. Alla fine l'irruzione: persone che rubavano pani, sacchi di farina mezzi svuotati per essere trasportati, denaro, mobili, libri mastri e ogni altra cosa. I proprietari del forno e gli alabardieri si nascosero ai piani superiori. In piazza si fece un falò delle suppellettili che non erano state asportate.

Renzo, nella sua semplicità, pensava che non fosse il modo giusto di affrontare la questione: se si fossero saccheggiati tutti i forni, dove si sarebbe preparato il pane poi? Il Manzoni sottolinea che la folla non avrebbe mai capito una sottigliezza metafisica come questa.

La folla individuò un altro forno da saccheggiare e Renzo, vinto dalla curiosità, decise di andare a vedere anche quello. Il forno era ben difeso da gente armata, quindi la folla desistette e si diresse verso l'abitazione del Vicario di provvisione, il magistrato che si occupava dell'annona, ritenuto pertanto responsabile della penuria e del prezzo elevato delle derrate alimentari.

-- *** --

Analisi critica:

Il capitolo comincia con una nuova digressione: riguarda la spiegazione delle cause della carestia nel milanese. La principale era la guerra nel Monferrato, già menzionata alla tavola di don Rodrigo, ma anche la presenza della truppe spagnole durante i tempi di pace che si comportavano come truppe occupanti. Il Manzoni sottolinea come le cause reali della penuria venivano soppiantate, nell'immaginario popolare, da contadini e fornai che occultavano pane e farina. Questi ultimi sono costretti da leggi scritte a produrre e vendere pane sottocosto per calmare l'agitazione collettiva. Le basse tariffe (che erano dette *meta*) inducono la popolazione a un consumo smodato che mina ancora di più le già esauste riserve di grano e farina. Il successivo e improvviso aumento dei prezzi esacerba gli animi e trascende nell'assalto al *forno delle grucce*. A nulla vale l'intervento pacificatore del capitano di giustizia che viene anche colpito dalla folla. Il saccheggio culmina nel falò di tutto quello che non viene rubato, attrezzi compresi. Renzo, col suo animo semplice, pur essendo convinto che sia vera la credenza popolare sugli accumulatori di pane per farne salire il prezzo, al tempo stesso stigmatizza il saccheggio che è foriero di ulteriori danni per la comunità.

Il pensiero di Renzo è quello del Manzoni. Pur comprendendo le istanze della popolazione, rifugge l'azione violenta come soluzione dei problemi. La concomitanza tra inettitudine della classe dirigente e l'ignoranza del popolino aveva generato la peggior carestia del tempo.

L'Autore, come al solito, si dilunga in dettagli apparentemente inutili, ma li utilizza sapientemente per creare nella narrazione un crescendo che sfocerà in quel *'Ah canaglia!'* urlato dal capitano di giustizia colpito in testa da una pietra.

Digressioni storiche:

<u>La carestia</u>: Alessandro Manzoni dedica l'inizio del capitolo a raccontare i fatti e le circostanze della carestia che colpì la Lombardia, fornendo dettagli storici e sociali molto particolareggiati ed esplicativi.

-- *** --

Ironia manzoniana:

<u>Sottigliezze metafisiche</u>: si ironizza sul fatto che la popolazione in rivolta dovrebbe comprendere tali 'sottigliezze', ovvero che distruggere forni e le relative attrezzature non avrebbe risolto il problema della fame, ma lo avrebbe acuito. E anche chi lo avesse compreso, a parlare e a sentirne parlare di continuo, avrebbe perso comunque via via la capacità di comprenderle.

<u>La giunta nominata dal governatore</u>: Alessandro Manzoni stigmatizza l'atteggiamento tipico delle giunte e delle assemblee dove si perde tempo, si osservano strettamente cerimonie ed etichette, ma in realtà si decide poco e si risolve ancora meno.

<u>'Per averlo sentito dir io, con quest'orecchi, da una mia comare, che è amica d'un parente d'uno sguattero d'uno di que' signori'</u>: ovvero: come una voce incontrollata diventa verità assoluta. Il popolano rafforza l'autorevolezza della notizia affermando di averla sentita lui stesso, con le proprie orecchie!

-- *** --

Proverbi e modi di dire:

<u>Fare un buco nell'acqua</u>: questo modo di dire indica il fallimento di una operazione, di un compito, di un lavoro. Il buco nell'acqua è del tutto inutile perché la natura stessa dell'acqua fa sì che la stessa torni ad occupare lo spazio del buco rendendo inutile il lavoro necessario per farlo.

<u>Non stare né in cielo né in terra</u>: modo di dire diffuso anche ai nostri tempi con cui si indica una situazione che non ha motivo di essere, né in cielo (e quindi nell'ambito religioso) né in terra (ovvero nel mondo degli uomini)

<u>Fare l'indiano</u>: questa espressione comune ancora oggi indica l'atteggiamento di colui che facendo l'indifferente, in realtà indifferente non è.

Capitolo XIII

Data: 11 novembre 1628

Luoghi: Milano: la casa del Vicario di provvisione

Personaggi: Renzo, la folla, il Vicario di provvisione, il Gran Cancelliere Ferrer

-- *** --

Riassunto:

L'assedio alla casa del Vicario di provvisione – L'arrivo del Gran Cancelliere Ferrer – Il salvataggio del Vicario di provvisione

L'assedio alla casa del Vicario di provvisione

Il Vicario stava cenando senza appetito e senza pane fresco. Attendeva che la burrasca finisse senza sapere che si sarebbe abbattuta su di lui.

Qualche volenteroso avvertì del pericolo incombente e i servi udirono un rumore che si stava avvicinando: ebbero appena il tempo di sprangare porte e finestre, non c'era più possibilità di fuggire. Il Vicario si rifugiò nella soffitta dell'abitazione tutto tremante.

La folla chiedeva a gran voce la sua morte e incominciò a battere contro porta e infissi per creare una breccia. I primi lavoravano con attrezzi improvvisati, gli altri dietro incoraggiavano, ma nel contempo impicciavano il lavoro dei primi.

A Renzo, che si trovava nel pieno del tumulto per sua scelta, seppure ritenesse anch'egli il Vicario colpevole della situazione corrente, non trovava giusto che la folla lo linciasse.

Giunse un ufficiale spagnolo con alcuni soldati. La numerosità della folla lasciò l'ufficiale indeciso sul da farsi. Di sparare sulla folla non aveva avuto istruzioni e non gli sembrava neppure giusto, oltre che essere pericoloso. Non si risolveva neanche di fendere la ressa per arrivare alla casa perché temeva che i soldati si potessero disperdere in mezzo alla moltitudine, rimanendo alla mercé dei rivoltosi. Pertanto rimase in disparte con i suoi uomini.

Tra la folla un vecchio 'mal vissuto' agitava un martello, quattro chiodi e una corda: intendeva crocifiggere il Vicario sui battenti di una porta. Renzo insorse e criticò il vecchio. La folla si rivolse contro Renzo additandolo come traditore, spia, uomo del Vicario, Vicario stesso travestito da montanaro. Egli si fece piccino piccino e venne salvato dall'arrivo di una lunga scala per l'assedio che distrasse i rivoltosi.

L'arrivo del Gran Cancelliere Ferrer

All'improvviso giunse Antonio Ferrer in carrozza con un cocchiere e nessun altro: non un corteo, non un soldato di scorta.

Il Gran Cancelliere, forte della popolarità e della benevolenza originatasi dal prezzo calmierato del pane da lui imposto, avanzava piano e con circospezione tra la folla per raggiungere l'abitazione del Vicario e, ufficialmente, per trarlo in arresto per i suoi crimini. Dispensando parole buone e di speranza (pane, abbondanza, giustizia) riuscì a farsi largo e lo stesso Renzo, che lo ricordò come firmatario delle *gride* a suo favore a lui mostrate dall'Azzeccagarbugli, lo aiutò nel compito.

Il salvataggio del Vicario di provvisione

Entrato a fatica nell'abitazione, Ferrer ne uscì col Vicario terrorizzato tratto in arresto. Il vecchio magistrato si acquattò sul fondo della carrozza mentre veniva rassicurato da Ferrer con frasi in spagnolo. Il Gran Cancelliere arringava la folla con promesse sull'abbondanza futura e sull'atto di giustizia, ovviamente falso, nei confronti del Vicario. Una volta in salvo il Vicario manifestò il desiderio di ritirarsi dalla vita pubblica e di andare a vivere in una grotta, ma la storia non ci conferma se al proponimento avessero seguito i fatti.

-- *** --

Analisi critica:

Il capitolo completa la narrazione dei fatti del tumulto di San Martino in Milano. La folla si dirige verso un altro forno, ma trovandolo troppo difeso, dirotta verso l'abitazione del Vicario di provvisione, un anziano magistrato che avrebbe dovuto sovraintendere alla distribuzione e al prezzo del pane. La rabbia della folla quindi si rivolge contro un presunto responsabile della carestia. Renzo, per pura curiosità, si unisce al tumulto. Comprende presto, però, che l'azione violenta, seppure mossa da ragioni condivisibili, è sbagliata e tenta come può di mitigarne gli effetti. Il suo senso di giustizia e la sua bontà innati lo fanno agire per il meglio. I sentimenti dell'Autore sono espressi attraverso i pensieri e le azioni del giovane che tenta di opporsi alla folla che, sebbene composta da singole persone razionali, diventa irrazionale nel suo complesso. Prima si oppone verbalmente ai propositi omicidi del *'vecchio mal vissuto'*, quindi, all'arrivo del Ferrer, si prodiga per far luogo alla carrozza e agevola così il salvataggio del Vicario. Renzo vuole così salvare una vita umana e nel contempo dimostrare la sua stima nei confronti di colui che aveva firmato le *gride* che lo avrebbero tutelato, se solo qualcuno le avesse applicate. Il Ferrer, con questa azione, sfrutta la popolarità acquisita a seguito della fissazione del prezzo calmierato del pane, per salvare il Vicario. Giungendo a bordo di una semplice carrozza, privo di seguito e scorta, riesce a farsi largo tra la gente anche grazie all'intervento di alcuni volenterosi quali Renzo. Mostra un lato affabile e premuroso alla folla astante dispensatore di promesse e ringraziamenti, un altro scaltro e deciso al suo cocchiere e al vecchio magistrato a cui impartisce ordini e rassicurazioni in spagnolo, lingua sconosciuta ai Milanesi.

Ironia manzoniana:

'La storia è costretta a indovinare. Fortuna che c'è avvezza': con questa affermazione l'Autore ironizza sul fatto che spesso gli avvenimenti storici non sono perfettamente conosciuti, pertanto gli storici tirano ad indovinare ciò che non sanno per certo.

L'assedio all'abitazione del Vicario: tutto il capitolo è permeato di sottile ironia sul comportamento della folla, ma soprattutto su quello del Ferrer che va in soccorso del Vicario.

-- *** --

Proverbi e modi di dire:

Il soccorso di Pisa: nuovamente si menziona il detto con cui si identifica un aiuto ormai inutile.

'Farsi piccino piccino': questa espressione è ancora usata per spiegare qualcuno che intende metaforicamente scomparire agli occhi altrui.

Capitolo XIV

Data: 11 novembre 1628

Luoghi: Milano, l'osteria della *Luna Piena*

Personaggi: Renzo, la spia, l'oste dell'osteria della *Luna Piena*

-- *** --

Riassunto:

Renzo arringa la folla – Renzo arriva all'osteria della Luna Piena *in compagnia di uno sconosciuto – Renzo discute con l'oste a cui rifiuta di dare le proprie generalità*

Renzo arringa la folla

La folla si disperse e per la città giravano solo alcuni crocchi composti per lo più da delusi dall'esito pacifico della rivolta.

Per Renzo era troppo tardi per andare a dormire al convento e si mise in cerca di una osteria con letto annesso.

Imbattendosi in un crocchio e sentendone i discorsi si intromise nella discussione. Portando ad esempio la giornata appena trascorsa e le sue personali vicissitudini, senza entrare mai nel dettaglio, arringò la folla affermando che, per porre fine ai soprusi dei potenti, occorreva che il popolo si rivolgesse ai galantuomini come Antonio Ferrer che aveva fatto *gride* buone per la povera gente e che sicuramente le avrebbe fatte rispettare, anche perché le aveva scritte lui stesso!

Renzo ricevette complimenti e anche qualche critica.

Renzo arriva all'osteria della *Luna Piena* in compagnia di uno sconosciuto

Alla richiesta di una indicazione per un buon posto dove mangiare e dormire, uno spettatore, fino ad allora silenzioso, si offrì di accompagnarlo a una buona osteria. Il giovane accettò, non immaginando che costui fosse una spia del governatorato che cercava di portarlo in prigione. Lungo la strada Renzo, giacché era assai stanco, volle fermarsi alla prima osteria che incontrò, quella della *Luna Piena*, e invitò il suo cicerone a bere un bicchiere con lui. All'interno vi era un lungo tavolaccio al quale erano seduti avventori che mangiavano, bevevano, giocavano e scommettevano monete di dubbia provenienza. Renzo si accomodò con un sospiro di sollievo sulla panca e subito gli rinvenne che l'ultima volta che l'aveva fatto era stato con Lucia e

Agnese per quella colazione.
L'oste aveva riconosciuto la spia ed era incerto se Renzo fosse cacciatore come il suo accompagnatore o preda. Offrì alla coppia un fiasco di vino e un piatto di stufato. Il tutto senza pane, però, perché non se era trovato. Renzo allora estrasse il suo ultimo pane (gli altri due li aveva già consumati) e lo mostrò agli altri avventori che immaginarono fosse frutto di un saccheggio, nonostante le decise rimostranze del giovane.

Renzo discute con l'oste a cui rifiuta di dare le proprie generalità

Renzo, invogliato anche dal suo accompagnatore, tracannò numerosi bicchieri di vino e la lingua gli si sciolse. Quando chiese da dormire, l'oste si presentò con carta, penna e calamaio per annotare le generalità del giovane in ossequio a una *grida* che obbligava gli osti a registrare gli ospiti. Alle proteste di Renzo, ormai brillo, l'oste, molto preoccupato di finire nei guai per colpa del montanaro e per la presenza della spia, mostrò la *grida* al giovane che comunque rifiutò di fornire le proprie generalità. Il suo accompagnatore fece intendere all'oste che andava bene così e, mostrando finta amicizia e adoperando un sotterfugio, strappò a Renzo il suo nome e cognome, quindi si congedò.
Sempre più alterato dall'alcool, Renzo cominciò a sproloquiare, diventando lo zimbello dell'osteria, ma riuscì comunque a tacere il nome di Lucia, sottraendolo ai lazzi degli astanti.

-- *** --

Analisi critica:

Renzo, terminato il tumulto, si avvede di avere fatto tardi e si mette in cerca di una osteria dove mangiare e dormire. Durante la sua ricerca si imbatte in un crocchio di persone e a costoro espone il proprio pensiero, frutto degli avvenimenti della giornata, ma soprattutto delle dolorose esperienze personali che lo avevano condotto a Milano. Egli esprime tutta l'amarezza nei confronti della classe dirigente, despota e tiranna, che agisce solo per il proprio interesse e contro quello della povera gente. Spetta quindi al popolo rivolgersi ai galantuomini quale il Ferrer per ottenere il rispetto delle leggi e la giustizia.
Il discorso attira l'attenzione di una spia, tal Ambrogio Fusella di professione spadaio, che si fingerà suo amico per condurlo in prigione con l'inganno. La salvezza di Renzo risiede nella sua stanchezza: entra nella prima osteria che incontra e invita il suo nuovo amico a bere con lui. Gli avventori e l'oste scambiano Renzo per uno dei sediziosi anche perché in compagnia della spia. L'oste, come quello del paese di Renzo, si schiera con il più forte e asseconda la spia chiedendo al giovane le generalità, come prevedeva una *grida*. Renzo, ubriaco a causa del vino, si rifiuta di rivelare nome e provenienza all'oste, ma le rivela ingenuamente al suo accompagnatore. La spia, ottenuto ciò che voleva, lascia l'osteria e Renzo, ormai senza più freni, diventa lo zimbello degli avventori; tuttavia sprazzi di lucidità e pudore gli impediscono di fare il nome di Lucia, preservandolo dal sudiciume morale dell'osteria.
In questo capitolo Renzo perde una buona parte della sua ingenuità di paesanotto. Comprende che il potere è detenuto da pochi soggetti che lo esercitano a proprio uso e consumo e che fanno leva sull'ignoranza del popolo ('*la penna la tengon loro*') per girare sempre a proprio favore le leggi. Nel contempo la sua bontà d'animo gli fa esprimere in pubblico il proprio pensiero, esponendolo al pericolo di essere arrestato, e lo conduce fra le braccia del primo sconosciuto che si rivelerà essere una spia.

Il personaggio dell'oste della *Luna Piena* ricalca molto quello dell'oste del paese di Renzo. Pronto a stare dalla parte del potente, disinteressato di dove stia la vera giustizia, pronto a tradire la fiducia altrui per il proprio tornaconto o la propria salvaguardia. A differenza di quello del paese lecchese, però, nel prossimo capitolo, si rivelerà essere onesto in quanto prenderà dalle tasche del giovane i denari giusti per pagare il conto, nulla di più.
Nell'osteria tutti i presenti fanno da spalla a Renzo. Il giovane è l'unico indiscusso protagonista. Gli altri avventori, l'oste e persino la spia sono comprimari che gli danno l'occasione di parlare ed esprimersi, gli forniscono parole e azioni a cui reagire.

-- *** --

Proverbi e modi di dire:

'Il lupo non mangia la carne del lupo': il potente non danneggia il potente. Nulla accadrà al Vicario.

Carne al fuoco: ancora oggi si dice per indicare che c'è tanto da fare

Spalle al muro: l'oste si tutela, e quindi ha le spalle coperte come se fossero contro a un muro, chiedendo le generalità a Renzo

'Una mano lava l'altra e tutt'e due lavano il viso': ci si aiuta vicendevolmente come se fossero due mani.

Capitolo XV

Data: 11-12 novembre 1628

Luoghi: La camera di Renzo all'osteria della *Luna Piena*, il palazzo di giustizia, le strade di Milano.

Personaggi: Renzo, il notaio criminale, due sbirri

-- *** --

Riassunto:

Renzo viene messo a letto – L'oste denuncia Renzo – Il risveglio di Renzo e il suo arresto – La folla salva Renzo

Renzo viene messo a letto

L'oste, dopo tre tentativi, riuscì a far alzare Renzo dalla panca e ad accompagnarlo nella stanza a lui assegnata. Egli tentò un nuovo infruttuoso tentativo di scoprire le generalità del giovane, quindi si fece pagare il giusto per il vitto e alloggio, l'aiutò a spogliarsi e lo mise a letto.

L'oste denuncia Renzo

L'oste uscì dalla taverna subito dopo per recarsi presso il palazzo di giustizia. Lungo il tragitto se la prese mentalmente con Renzo e quelli come lui che mettevano in difficoltà gli osti. Al palazzo c'era un gran da fare per procurare farine alla città, far sì che i fornai producessero pane per la cittadinanza e nel contempo scovare e arrestare i sediziosi per mezzo di spie come quel sedicente Ambrogio Fusella, spadaio sposato con quattro figli, che aveva carpito con l'inganno il nome e la provenienza di Renzo.

Un notaio criminale prese nota della denuncia, ma rimproverò l'oste poiché le notizie riferite erano già note, giacché fornite dalla spia, e lacunose. Per esempio gli oppose l'omissione del racconto dei presunti pani rubati mostrati a tavola da Renzo. L'oste si difese affermando che il pane era uno solo e che non ne poteva conoscere la reale provenienza.

Il risveglio di Renzo e il suo arresto

Il mattino seguente il notaio che aveva raccolto la denuncia si presentò nella stanza di Renzo accompagnato da due guardie. I tre svegliarono a fatica il montanaro lecchese che, nonostante sette ore di sonno, dormiva ancora pesantemente. Il notaio spiegò al giovane che dovevano trarlo innanzi al capitano di giustizia. Renzo protestò che invece voleva essere portato al cospetto di Ferrer. Il notaio normalmente avrebbe riso di tale richiesta, invece si mostrò accondiscendente e con buone parole cercò di convincere Renzo che si trattava di una questione di poco conto e di pochi minuti e che presto sarebbe tornato in libertà purché si fosse sbrigato. Egli cercava collaborazione nel giovane perché temeva che se costui avesse opposto resistenza in strada avrebbe trovato, quel giorno, un aiuto da parte della folla a cui lui e le due guardie non avrebbero potuto fare fronte. Il notaio ebbe anche la tentazione di lasciare Renzo e le due guardie all'osteria e di correre dal capitano di giustizia per riferire di alcuni crocchi di gente che vedeva dalla finestra della camera e che a fatica venivano dispersi con le buone dai soldati. Il timore di essere considerato pusillanime lo fece desistere. Renzo era consapevole che il notaio stava mentendo per farlo stare calmo e che aveva paura. Ne approfittò per farsi dare indietro i suoi effetti personali che erano stati requisiti e anche per insultarlo tra i denti. Gli venne messa ai polsi una cordicella con nodi e dei legnetti che, girandoli, stringevano forte causando dolore.

La folla salva Renzo

Una volta in strada, mentre si dirigevano verso il palazzo di giustizia, Renzo chiese aiuto ai passanti non appena ne ebbe l'occasione, spiegando che lo stavano conducendo in prigione solo perché aveva chiesto pane e giustizia. La folla, ben disposta verso il giovane, gli consentì di liberarsi della spiacevole compagnia e di fuggire.

-- *** --

Analisi critica:

L'oste conduce Renzo ubriaco nella camera da letto, lo aiuta e, come già detto, si fa pagare subito il giusto perché il giorno dopo non sarebbe stato in grado. In questo frangente il giovane cerca di essere amichevole e spiritoso provando a fare un *ganascino* all'oste che all'apparenza sembra volerlo aiutare. Invece costui cerca di ricavare quelle informazioni che il giovane gli aveva finora negato per poterle riferire al palazzo di giustizia. Infatti subito dopo si avvia nella notte per sporgere denuncia.

Lungo il tragitto l'oste esprime mentalmente la propria riprovazione nei confronti dell'ostinazione di Renzo nel negargli quelle informazioni. Il pensiero dell'oste ricalca in parte quello espresso da don Abbondio: Renzo si è messo nei guai da solo e all'oste tocca il fastidio di dover sporgere denuncia. Sicuramente non ha intenzione di rimetterci per colpa di quel montanaro! A parziale difesa del comportamento dell'oste viene l'atteggiamento del notaio criminale che raccoglie la denuncia: invece di ringraziare, rimprovera all'uomo la mancanza di novità delle notizie (la spia aveva già fatto rapporto) e la parziale omissione delle stesse. Un atteggiamento meno solerte da parte dell'oste lo avrebbe messo nei pasticci, anche se l'importanza dei suoi affari economici è il faro che guida le sue azioni. Egli lo esprime con una esplicita professione di miscredenza che mette in chiaro la sua scala di valori: *'io non credo nulla: abbado a far l'oste'*

Lo stesso notaio criminale il mattino seguente si reca nella camera di Renzo in compagnia di due guardie per trarlo in arresto. Renzo ha perso un'altra porzione della sua ingenuità contadina e comprende subito che sarebbe finito prima in prigione e poi su una forca, nonostante le rassicurazioni del notaio. Comprende anche che la affettata cordialità del funzionario è indice della paura di essere aggredito per strada se Renzo chiamasse aiuto. Il giovane finge di assecondare il notaio, ma, lungo la via per il palazzo di giustizia, alla prima occasione cerca l'appoggio di alcuni passanti che gli consentono di fuggire.

Anche in questo capitolo la giustizia risulta sconfitta, ma almeno a fin di bene. Il giovane Renzo è infatti innocente e scampa all'arresto.

Il *leitmotiv* in questo capitolo è la furbizia, o, almeno, il tentato esercizio della medesima. Renzo si crede furbo a negare le informazioni all'oste mentre invece queste sono già in possesso della spia, l'oste vuole approfittare dello stato di ebbrezza di Renzo per carpirle, sempre l'oste si reca al palazzo di giustizia a denunciare il giovane ma la denuncia è già stata fatta e viene redarguito, il notaio criminale si crede furbo a cercare di convincere Renzo con le buone a non opporre resistenza durante l'arresto. L'unico gesto di furbizia vero, e che ha successo, è la richiesta di aiuto di Renzo ai passanti mentre viene tratto in prigione.

-- *** --

Proverbi e modi di dire:

<u>Dare un colpo al cerchio e uno alla botte</u>: modo di dire ancora usatissimo tutt'oggi che indica una duplice azione per raggiungere un obiettivo.

<u>*'Farsi piccino piccino'*</u>: nuovamente il Manzoni usa questa espressione per definire chi vorrebbe in quel momento scomparire e non attirare più l'attenzione.

Capitolo XVI

Data: 12 novembre 1628

Luoghi: Milano, la strada per Bergamo, l'osteria della frasca, l'osteria a Gorgonzola

Personaggi: Renzo, la proprietaria dell'osteria della frasca, gli avventori dell'osteria di Gorgonzola, l'oste dell'osteria di Gorgonzola, il mercante

-- *** --

Riassunto:

Renzo scappa da Milano - Il viaggio verso Bergamo – L'osteria di Gorgonzola – Il racconto del mercante milanese

Renzo scappa da Milano
La folla invitava Renzo a scappare o a rifugiarsi in un convento. Il giovane non aveva bisogno di tali consigli: lo stava già facendo! Non voleva tuttavia nascondersi in chiesa, a meno che non vi fosse stato costretto, perché altrimenti sarebbe stato un uomo libero per la giustizia, ma per sempre prigioniero tra quelle mura. Voleva scappare via da lì, da Milano, dal Ducato stesso. Aveva intenzione di andare a Bergamo, che era sotto la Repubblica di Venezia, da quel suo cugino Bortolo, ma non ne conosceva la strada. E non si azzardava a chiederla a chi lo aveva liberato per timore che tra costoro vi potesse essere un'altra spia.

Il viaggio verso Bergamo
Quando si allontanò a sufficienza, facendo cernita tra i passanti, chiese a uno di costoro che gli ispirava fiducia la strada in direzione di Bergamo. Costui, fornita la via, comprese subito che Renzo era un uomo in fuga. Il giovane seguì l'indicazione ricevuta e uscì da Milano senza problemi: le guardie erano intente a verificare che non entrassero sediziosi in città.
Renzo ripensava allo spadaio convincendosi sempre di più che fosse stato lui a metterlo nei pasticci. Il montanaro lecchese chiese a un viandante, di controvoglia perché non voleva rivelare la sua destinazione a chicchessia, se era giusta la strada per Bergamo. Il villico gli spiegò che stava andando nella direzione sbagliata e gli indicò la corretta. Renzo seguì viottoli e stradicciole costeggianti la via principale per evitare spiacevoli incontri, ma così facendo percorse dodici miglia allontanandosi da Milano di solo sei. Pertanto prese la decisione di seguire la strada maestra chiedendo indicazioni per un paese confinante, ma ancora all'interno del Ducato, per non destare sospetti. Entrò in un'osteria contrassegnata da una frasca, mangiò un po' di stracchino, bevve un po' d'acqua (rifiutò con odio il vino offertogli,

dopo l'esperienza della sera precedente!) e si fece dare il nome e l'indicazione per un paese importante al limitare del milanesato, Gorgonzola.

L'osteria di Gorgonzola

Giunto a sera in Gorgonzola, entrò in un'altra osteria per cenare e basta: non aveva intenzione di sottoporsi a un altro interrogatorio da parte di un oste! Alcuni avventori sfaccendati erano a caccia di notizie degli avvenimenti in Milano e si rivolsero al forestiero pensando che venisse di là. Renzo si schermì riferendo di non saperne nulla in quanto proveniente da Liscate, un paese che effettivamente aveva attraversato lungo il suo cammino. Il Nostro chiese all'oste quanto ci fosse all'Adda, il fiume che faceva da confine tra i due stati. L'oste, con fare malizioso, rispose che erano sei miglia e chiese se era interessato a passare sul ponte di Cassano o con la chiatta di Canonica, che erano le vie che i galantuomini utilizzavano. Renzo si informò se ci fossero delle scorciatoie, ma subito si pentì della domanda temendo di avere ingenerato sospetti nell'oste.

Il racconto del mercante milanese

Nel mentre arrivò a cavallo un mercante con bottega in Milano che spesso si recava a Bergamo per i suoi affari e che quegli sfaccendati conoscevano bene. A lui chiesero notizie degli avvenimenti di quel giorno. Il mercante raccontò che una folla aveva provato a tornare alla casa del Vicario, ma avevano trovato la strada chiusa da barricate. Quindi i sediziosi avevano dato l'assalto al forno vicino al Cordusio e gli avrebbero anche dato fuoco se qualcuno non avesse esposto un crocifisso con due candele benedette accese: il rispetto di quel simbolo li aveva fatti desistere. Poi arrivarono i prelati del duomo in processione che parlarono alla folla disperdendola, anche perché nel mentre il prezzo del pane era stato diminuito a un soldo per otto once, il tutto a spese della città.

Inoltre molti capi della rivolta erano stati catturati e sarebbero stati impiccati di lì a poco. Il mercante riferì che molti degli agitatori erano forestieri mandati dai francesi contro cui il re di Spagna e il Ducato erano in guerra. In particolare uno, che aveva partecipato ai tumulti prima e predicato alla folla poi, era stato arrestato ma poi liberato dai suoi compagni mentre veniva condotto in prigione.

A Renzo, sentendo parlare di sé, andò di traverso la cena. Chiamò l'oste, pagò quanto richiesto senza trattare nonostante le finanze scarseggiassero e, uscito dalla locanda, si diresse verso l'Adda, facendosi condurre nel buio dalla Provvidenza.

-- *** --

Analisi critica:

Renzo in fuga cerca il modo migliore di non essere catturato. I cittadini che lo hanno liberato gli consigliano di rifugiarsi in chiesa o in convento. Facile il raffronto con quanto accadde a Lodovico/fra Cristoforo subito dopo l'omicidio. Renzo, però, non aveva nessuna intenzione di farsi frate per espiare una colpa mai commessa!

Il progetto di Renzo è quello di espatriare a Bergamo, che all'epoca era parte della Repubblica di Venezia, rifugiandosi da quel cugino Bortolo, filatore di seta anch'egli, che più volte lo aveva invitato a trasferirsi da lui.

Renzo ormai è sempre più scaltro e non domanda la via ai suoi liberatori, temendo che fra loro ci possa essere un'altra spia e quindi di rivelare la sua meta. Prima seleziona un cittadino a suoi occhi innocuo, quindi un villico. Segue strade secondarie per non fare spiacevoli incontri, ma presto realizza che chiedere di Bergamo desta comunque sospetti e percorrere sentieri tortuosi allunga troppo il viaggio. Pertanto prende a chiedere indicazioni per Gorgonzola, una località al confine con la Repubblica di Venezia ma ancora nel territorio del Ducato, e a seguire la strada principale.

Dopo avere consumato un frugale pasto lungo la via, a sera giunge a Gorgonzola ed entra in un'osteria per mangiare. Per dormire si sarebbe arrangiato diversamente per non incorrere in un altro interrogatorio da parte dell'oste. Gli avventori credono che Renzo provenga da Milano e gli chiedono dei tumulti. Il giovane si libera di loro negando in maniera convincente di venire dalla città meneghina. Le notizie del giorno le porta invece un mercante che racconta di nuovi tumulti e di un agitatore forestiero, prima arrestato e poi fuggito. A Renzo, sentendo parlare di sé, va di traverso la cena. Il Manzoni utilizza una tecnica tipica dei romanzi e nelle commedie dei suoi tempi, quella del protagonista che ascolta la propria storia in disparte (nel caso di Renzo ne *il posto de' vergognosi*) e fa gesti e movenze che sarebbero rivelatori se non fosse che nessuno lo sta guardando.

Nonostante il basso profilo tenuto, Renzo commette un errore. Tanto era stato abile a sviare durante il viaggio e nel rispondere agli avventori dell'osteria, tanto ingenuamente chiede all'oste dell'Adda, che fungeva da confine tra i due stati, e di una scorciatoia per attraversarlo. Resosi conto dell'errore, paga e si dilegua nel buio della notte. Renzo, quindi, non riesce a liberarsi del suo lato puro e ingenuo che conserva nonostante le vicissitudini patite.

-- *** --

Proverbi e modi di dire:

<u>Uccel di bosco</u>: modo di dire che indica una persona libera e imprendibile come un uccello all'interno di un bosco.

Capitolo XVII

Data: 12-13 novembre 1628

Luoghi: l'Adda, la strada verso Bergamo, la filanda

Personaggi: Renzo, Bortolo

-- *** --

Riassunto:

La strada verso l'Adda – Il passaggio del confine – L'incontro con Bortolo

La strada verso l'Adda

Mezzanotte. Renzo era combattuto tra il correre e lo star nascosto. Con questi due desideri contrastanti in corpo, il giovane si muoveva nella campagna buia che gli sembrava particolarmente paurosa. Prese la direzione supposta verso l'Adda, immaginando che se anche non avesse scelto la via più breve, prima o poi vi sarebbe arrivato. Non si azzardava a bussare alle porte delle case per paura di generare sospetti: a quell'ora erano in giro solo i furfanti. Renzo intanto rimuginava sulle parole del mercante all'osteria contro cui mentalmente inveiva.

All'improvviso sentì il rumore del fiume e si affrettò a raggiungerlo. Data la tarda ora tornò sui suoi passi per rifugiarsi in un casolare disabitato adibito a ricovero del raccolto estivo da parte dei contadini. Si fece un giaciglio di paglia, che gli sembrò un gran lusso, chiuse gli occhi, pensò a Lucia e a fra Cristoforo, quindi ad Agnese, pregò e infine si addormentò. Renzo non dormì bene a causa del freddo e dei rintocchi dell'orologio, probabilmente quello del campanile di Trezzo, in territorio bergamasco.

Il passaggio del confine

Alle sei e mezza si alzò, pregò nuovamente e tornò al fiume. Là, con circospezione, chiese a un pescatore che si trovava con la barca al centro dell'Adda un passaggio sull'altra sponda, previa conferma che fosse territorio della Repubblica di Venezia. L'uomo, accertatosi di non essere visto da nessuno, traghettò Renzo e ne ricevette il pagamento.

Il giovane lecchese chiese informazioni e si diresse verso il paese dove abitava suo cugino Bortolo. Renzo notò che la miseria aveva colpito anche il bergamasco, ma era fiducioso. Bortolo aveva fatto fortuna, quindi lo avrebbe potuto aiutare, poi si sarebbe fatto mandare da casa i soldi rimasti con cui vivere fino a che la miseria non fosse terminata, infine avrebbe messo a frutto il mestiere di filatore di seta milanese, che era molto richiesto. Avrebbe fatto venire Lucia e Agnese, si sarebbe sposato e avrebbe messo su casa.

Per non arrivare da suo cugino e per prima cosa chiedergli da mangiare, spese la maggior parte degli ultimi danari rimasti in una osteria, quindi, sulla porta della stessa, elemosinò ciò che aveva ancora in tasca a una famiglia povera e affamata, convinto che fosse stata la Provvidenza a conservagli quegli ultimi denari da poter dare a quella povera gente.

L'incontro con Bortolo

Rinfrancato nel corpo e nello spirito, che vanno di pari passo, Renzo giunse al paese del cugino e, visto un filatoio, vi entrò e chiese di Bortolo Castagneri. Un operaio gli mostrò dove fosse il 'signor Bortolo'. Sentendo apostrofare suo cugino con l'appellativo di 'signore', Renzo rimase piacevolmente stupito. Il cugino gli fece una gran festa nel vederlo. Renzo lo mise a conoscenza di quanto gli stesse accadendo, non senza commozione. Bortolo lo rimproverò bonariamente di non esser venuto prima, quando c'era l'abbondanza, ma promise di aiutarlo perché, nonostante la crisi, era diventato il braccio destro del padrone a cui aveva più volte parlato bene di Renzo. Il montanaro ringraziò il cugino e la Provvidenza.

Bortolo lo mise in guardia: nel bergamasco per tradizione si apostrofavano i milanesi con l'appellativo di *baggiano*, un termine offensivo. Renzo non era per nulla contento di quel costume, ma si fece convincere di far buon viso a cattivo gioco.

-- *** --

Analisi critica:

Renzo è diviso tra il discorso del mercante, contro cui mentalmente inveisce, e l'angoscia di trovare, nel buio della notte, l'Adda. Egli è perso nel bosco, è smarrito fisicamente e psicologicamente. Il suo viaggio è onirico. Egli è come Dante nella selva oscura, alla ricerca di una via che solo Dio può indicargli.

Una volta raggiunto il fiume, che considera come un amico ritrovato (e che è anche protagonista eponimo di un poema giovanile del Manzoni!), dorme alla bell'e meglio in un rifugio di fortuna. Non perde l'occasione per pensare alle persone care e a pregare Dio per ringraziarlo. Quindi, la mattina seguente, grazie a un pescatore, attraversa l'Adda e si ritrova in salvo nella Repubblica di Venezia. Si rifocilla presso un'altra osteria e dona gli ultimi denari a una famiglia povera, giacché la carestia era arrivata fino a lì e con la consapevolezza che la Provvidenza glieli avesse conservati per quello scopo. Trovò ben presto suo cugino Bortolo che lo accolse come un fratello. Egli è diventato il braccio destro del padrone di una filanda e in virtù di ciò garantisce a Renzo un posto di lavoro certo nonostante la crisi.

Questo capitolo è tutto incentrato sulla Provvidenza. Renzo si affida ad essa per trovare il fiume nella notte, ringrazia Dio per averlo condotto e preservato fin lì, lo ringrazia nuovamente dopo avere attraversato il confine. Dona quindi le ultime monete a una famiglia povera e comprende che è stata la Provvidenza a fargliele conservare per quello scopo. Infine confida in Essa per il futuro: Bortolo è sicuramente sistemato e quindi lo può aiutare per i primi tempi, si sarebbe fatto mandare da casa gli ultimi denari, avrebbe lavorato come filatore e avrebbe messo su casa con Lucia e Agnese.

L'ultima parte del capitolo ci ricorda l'animo focoso del giovane. L'appellativo *baggiano* non aggrada per niente Renzo che solo a causa dello stato di bisogno accetta di subirlo. Problemi con i Bergamaschi ne avrà, dopo il trasferimento, anche nell'ultimo capitolo a causa delle critiche alla bellezza di Lucia. In quel caso, però, non sarà altrettanto accondiscendente ed entrerà in urto con tutti.

-- *** --

Proverbi e modi di dire:

<u>Acqua sotto il ponte</u>: Renzo accosta lo scorrere dell'acqua sotto i piedi durante il traghettamento sull'Adda al tempo che passa. Ancora oggi questo modo di dire è assai diffuso.

Capitolo XVIII

Data: 13 novembre 1628 e le settimane successive

Luoghi: il castello di don Rodrigo, il convento di Monza, il convento di Pescarenico, la dimora del conte zio

Personaggi: don Rodrigo, il conte Attilio, Agnese e Lucia, fra Galdino, il conte zio

-- *** --

Riassunto:

Il mandato di cattura per Renzo – I piani di don Rodrigo – Agnese lascia il convento e torna a casa – Il conte Attilio incontra il conte zio

Il mandato di cattura per Renzo
Il 13 novembre il capitano di giustizia di Milano fece pervenire al podestà di Lecco un ordine di cattura per Renzo Tramaglino. La sua abitazione disabitata venne perquisita e parenti e compaesani furono interrogati. Fra Cristoforo scrisse a padre Bonaventura per avere notizie del giovane.

I piani di don Rodrigo
Don Rodrigo si compiacque molto della sciagura di Renzo, anche perché alcune voci infondate l'attribuivano alla sua opera.
Il conte Attilio, che aveva rimandato il viaggio a Milano a causa dei disordini in città e del timore che qualche suo nemico approfittasse della confusione per vendicarsi di lui, finalmente partì per chiedere al conte zio un aiuto contro il frate.
Intanto il Griso rientrò sano e salvo da Monza con la notizia del ricovero di Lucia e della madre presso il convento. Don Rodrigo si infiammò: con Renzo fuori gioco e padre Cristoforo anch'egli in procinto di non poter più nuocere, Lucia, essendo la promessa di un fuggiasco, diventava una preda ancora più legittima. Tuttavia il monastero era un ostacolo troppo duro anche per lui. Per don Rodrigo abbandonare l'impresa era impensabile, non avrebbe potuto più guardare negli occhi gli altri galantuomini o sarebbe stato costretto a difendere il proprio onore in continui duelli. Inoltre avrebbe perso prestigio e autorità nelle sue terre e tra i suoi sudditi. Don Rodrigo, dopo aver ricevuto una lettera incoraggiante dal cugino Attilio, aver saputo che fra Cristoforo era stato allontanato da Pescarenico e che Agnese era tornata a casa, si risolse a correre il rischio di affidarsi a un uomo potente e assai pericoloso in Milano pur di arrivare a Lucia.

Agnese lascia il convento e torna a casa

Poco prima al convento di Monza erano giunte le notizie dei tumulti, dapprima frammentarie e confuse, quindi molto circostanziate. Dalla fattoressa le due donne appresero che Renzo era stato coinvolto nella rivolta e che aveva dovuto riparare nel bergamasco. Agnese e Lucia, non senza difficoltà, dissimularono assai bene i loro rapporti col giovane fingendo che fosse solo un conoscente. Gertrude intanto intratteneva colloqui privati con Lucia durante i quali si confidava raccontando gli avvenimenti della sua triste e dolorosa vita, tralasciando quelli che dovevano rimanere segreti. La giovane compativa e comprendeva la sua protettrice, ma mantenne il riserbo riguardo la propria condizione e quella di Renzo per il sentimento di amore che provava verso il suo promesso.

Il giovedì incominciò a venire al convento un pescatore di Pescarenico che, lungo il tragitto verso Milano per i suoi affari, portava e raccoglieva notizie delle due donne per conto di fra Cristoforo. Il terzo giovedì, non avendo ricevuto nuove dal padre cappuccino, Agnese decise di abbandonare il convento e di tornare nel lecchese in compagnia del pescatore a cercare il frate. Giunta al convento di Pescarenico, fra Galdino le comunicò l'improvviso trasferimento di fra Cristoforo a Rimini. Egli non ne conosceva la ragione, né se e quando avesse potuto tornare e quindi offrì ad Agnese la possibilità di rivolgersi ad altri buoni religiosi del convento. La donna affranta salutò fra Galdino e si diresse verso casa.

Il conte Attilio incontra il conte zio

Il trasferimento di fra Cristoforo era dovuto alla visita che il conte Attilio aveva fatto al conte zio che apparteneva al Consiglio Segreto e che era un uomo assai potente, specie dopo il suo ritorno da un soggiorno presso la corte di Madrid. Dopo il racconto di Attilio, l'anziano uomo politico biasimò don Rodrigo per la sua condotta scapestrata e perché si era messo contro i frati che erano un osso duro. Quando però il nipote gli fece balenare che il comportamento di padre Cristoforo potesse essere la precisa volontà di far torto al comune casato e al conte zio stesso, costui accettò di buon grado di intervenire per il bene di don Rodrigo.

-- *** --

Analisi critica:

Alessandro Manzoni con questo capitolo fa un passo indietro, tira le fila di alcuni episodi che erano rimasti in sospeso e getta le basi per gli eventi futuri. Infatti per prima cosa spiega gli effetti del coinvolgimento di Renzo nei tumulti di San Martino. Viene emanato un ordine di cattura (e l'Autore nuovamente gioca con il latino delle leggi e delle ordinanze alternandolo all'italiano), la casa viene perquisita (e depredata), parenti e compaesani sono interrogati. A don Rodrigo è attribuita una macchinazione contro il giovane. Il signorotto decide di rivolgersi a uno spietato personaggio milanese per arrivare a Lucia protetta dal convento.

Intanto le donne apprendono dei tumulti milanesi e del coinvolgimento di Renzo, Agnese torna a casa quando non riceve più notizie di fra Cristoforo che è stato improvvisamente trasferito a Rimini.

Lucia riceve le confidenze di Gertrude, ma evita, per il suo amore per Renzo, di parlare dei suoi problemi con la monaca.

Infine Attilio riesce a coinvolgere il conte zio nei piani di don Rodrigo e a far allontanare fra

Cristoforo.

Per l'Autore tutto è predisposto per quello che sarà, poi, un episodio cruciale del romanzo, il rapimento di Lucìa.

Tuttavia, pur essendo un capitolo di passaggio, Manzoni non manca di caratterizzare personaggi e situazioni. Egli evidenzia ancora una volta la prevaricazione della legge sulla povera gente con la perquisizione della casa di Renzo e la malvagità di don Rodrigo che considera il mandato di cattura di Renzo un ulteriore elemento di legittimazione per l'azione predatoria nei confronti di Lucia. Inoltre sottolinea la purezza della ragazza che, per pudore, tace i propri problemi alla sua protettrice. Il comportamento di fra Galdino che liquida il trasferimento di padre Cristoforo come un episodio di scarsa importanza ci mostra che il cappuccino non capisce, o non vuol capire, la situazione e che egli svolge la sua vocazione passivamente, come se fosse una pratica amministrativa, senza il sacro fuoco della chiamata divina. È una specie di dialogo tra sordi quello che si tiene tra il frate e la donna, un uomo di chiesa che propone un altro predicatore qualsiasi e una donna disperata che vuole incontrare proprio colui che sta cercando.

Non meno degno di menzione è l'intervento del conte zio a favore di suo nipote don Rodrigo teso non tanto ad aiutare il signorotto, ma a difendere l'onore del casato. Anche qui la prevaricazione della legge è funzionale e a favore di pochi potenti.

-- *** --

Ironia manzoniana:

Alternanza italiano e latino: nel raccontare delle *gride* il Manzoni gioca ancora con l'utilizzo del latino ridicolizzandolo

'si fa alle volte gran torto ai birbanti.': la situazione è tanto confusa che si attribuisce a don Rodrigo il mandato di cattura spiccato contro Renzo. Il Manzoni ironizza che anche i malfattori vengono talvolta accusati ingiustamente.

-- *** --

Proverbi e modi di dire:

'A passi di gigante': questa espressione usata per spiegare l'improvviso aumento di potere e prestigio del conte zio dopo quel viaggio a corte, indica ancora oggi un progresso spropositato.

Capitolo XIX

Data: mese di novembre 1628

Luoghi: la dimora del conte zio, il palazzotto di don Rodrigo

Personaggi: il conte zio, il padre provinciale dei cappuccini, don Rodrigo

-- *** --

Riassunto:

L'incontro tra il conte zio e il padre provinciale dei cappuccini – Don Rodrigo parte per andare dall'innominato – La storia dell'innominato

L'incontro tra il conte zio e il padre provinciale dei cappuccini

Il conte zio, risoluto a dare seguito alla richiesta del nipote Attilio, invitò a pranzo il padre provinciale dei cappuccini. Non si conoscevano bene e si erano incontrati poche volte, ma avevano sempre avuto manifestazioni di amicizia reciproca. Al convivio erano stati invitati numerosi parenti di alto lignaggio, per ribadire la superiorità e la potenza dell'ospite, e un gruppo di cortigiani talmente abituati a dire 'sì' che avevano dimenticato come si dicesse 'no'. Il conte zio fece cadere il discorso sul suo viaggio a Madrid, quello che gli aveva dato tanto lustro. Quindi i discorsi, che all'inizio era uno solo, divennero tanti e il conte zio si appartò in un'altra stanza col padre provinciale a cui introdusse l'argomento di fra Cristoforo. In primo luogo mise in cattiva luce il religioso, sottolineando tra l'altro che proteggeva quel sedizioso di Renzo Tramaglino, riparato nel bergamasco. Il padre provinciale realizzò che il frate si era scontrato con don Rodrigo. Egli, che già considerava Cristoforo un elemento difficile, comprese che era meglio allontanarlo e si risolse a trasferirlo a Rimini da dove gli avevano giusto richiesto un predicatore. In cambio ottenne dal conte zio l'impegno di un atto di rispetto nei confronti dei cappuccini da parte di don Rodrigo.
Quella sera stessa un frate da Milano portò a Cristoforo l'ordine di trasferimento immediato a Rimini. Il religioso, sorpreso, pensò ai suoi protetti, poi si pentì di essersi ritenuto indispensabile, raccolse le sue poche cose, salutò i confratelli e partì in compagnia del messaggero.

Don Rodrigo parte per andare dall'innominato

Don Rodrigo, come era stato detto, si decise di rivolgersi a quell'uomo pericoloso che gli avrebbe potuto risolvere il problema di Lucia. Di costui, sebbene fosse menzionato in più scritti come persona nobile e assai ricca e potente, non si conosce il nome né la casata.

La storia dell'innominato

Era suo costume violare le leggi, immischiarsi negli affari altrui per comandare, affrontare gli altri potenti per sconfiggerli o costringerli a una amicizia a lui subordinata. Quella volta che, scacciato da Milano, dovette abbandonare il paese, lo fece a suon di tromba e con un seguito di cani, passando davanti al palazzo del governatore. Dall'esilio continuò ad amministrare i suoi nefandi affari grazie ai suoi amici, come se non ne fosse mai andato. Tolto il bando rientrò nel milanesato, non in città, ma in un castello al confine col bergamasco con una servitù composta da soli tagliagole. I tiranni del luogo avevano dovuto scegliere tra la lealtà nei suoi confronti o la rovinosa sconfitta. Egli prendeva indistintamente le parti della ragione o del torto, quale che fosse la sua convenienza, e gli avversari potevano scegliere se ubbidirgli o essere distrutti.

A causa dell'omissione del nome da parte degli storici dell'epoca, il Manzoni decide di chiamarlo, nell'ambito del romanzo, innominato.

Don Rodrigo, il cui palazzotto distava solo sette miglia da quello dell'innominato, aveva dovuto anch'egli decidere da che parte stare e aveva scelto di essergli amico. Fino a quel momento don Rodrigo si comportava da tiranno, ma coltivava amicizie e teneva una condotta che lo lasciavano nel territorio della legalità. Il legarsi strettamente a quel personaggio con una richiesta di aiuto lo faceva passare dall'altra parte, ma sperava che quella amicizia, che avrebbe dispiaciuto soprattutto il conte zio, potesse essere giustificata dalla necessità.

Una mattina, in compagnia del Griso e altri quattro *bravi*, don Rodrigo partì alla volta del castello dell'innominato.

-- *** --

Analisi critica:

Il capitolo si apre con l'incontro conviviale organizzato dal conte zio con il padre provinciale dei cappuccini. I due potenti non si erano visti che solo un paio di volte, ma riconoscevano l'uno nell'altro l'autorità. Dopo aver fatto sfoggio di importanza e potenza, il conte zio mette in cattiva luce fra Cristoforo, additandolo come sedizioso e persecutore di suo nipote don Rodrigo. Al padre provinciale occorrono pochi secondi per comprendere che è meglio compiacere il suo ospite allontanando il frate, sebbene faccia pesare la propria decisione. In cambio al suo atto di accondiscendenza, chiede un atto di rispetto nei confronti dei cappuccini. Il potere civile e quello dei cappuccini si riconoscono e si legittimano l'uno con l'altro.

La partenza di fra Cristoforo evidenzia quanto grande sia l'umiltà del frate che realizza la sua infima importanza nel disegno divino. Mostra inoltre la scarsa fiducia del padre provinciale nei suoi confronti: sebbene l'Autore non lo espliciti chiaramente, fra Cristoforo viene scortato dal messaggero dell'ordine durante il viaggio verso Rimini.

Nel mentre don Rodrigo parte con una spedizione per andare a chiedere aiuto a quel personaggio assai pericoloso di cui si era prima accennato. Costui, sebbene il nome non sia esplicitato dal Manzoni, pare essere Bernardino Visconti, ma l'Autore lo chiamerà nel romanzo l'innominato.

Per introdurlo nel racconto, l'Autore opera una digressione per raccontare la sua storia. Cavaliere di famiglia ricca e potente, aveva dedicato la sua vita alla prevaricazione e al delitto.

A differenza di don Rodrigo che, pur comportandosi da scellerato, rimaneva nel campo della legalità, costui era al di fuori e al di sopra della legge e dell'autorità tanto da lasciare Milano in pompa magna quando ne venne bandito una volta. Grazie alla sua rete di amicizie, molte delle quali tali solo per convenienza e per subordinazione, continuava a gestire i propri affari da oltre confine come se fosse presente. Il Manzoni evidenzia come la malvagità dell'innominato, emblema della superiorità dell'illegalità sulla legalità, forse assai più grande di quella di don Rodrigo, presupposto fondamentale per il prosieguo del romanzo.

-- *** --

Ironia manzoniana:

I cortigiani: costoro erano talmente abituati a compiacere il conte zio che avevano perso la conoscenza di come si facesse a dire di no.

-- *** --

Proverbi e modi di dire:

L'abito non fa il monaco: menzionato a sproposito dal conte zio col padre provinciale, è un proverbio assai comune ancora oggi, stigmatizza la cattiva abitudine di giudicare dalle apparenze

Il lupo perde il pelo ma non il vizio: altro proverbio citato dal conte zio, per correggersi dal precedente, assai diffuso anch'esso ai nostri giorni. Questo stigmatizza invece le cattive abitudini che certi personaggi non perdono mai.

Capitolo XX

Data: mese di novembre 1628

Luoghi: il castello dell'innominato, il convento di Monza

Personaggi: don Rodrigo, il Griso, l'innominato, Gertrude, il Nibbio, la vecchiaccia

-- *** --

Riassunto:

Don Rodrigo espone la propria richiesta all'innominato – Il rapimento di Lucia – L'innominato attende Lucia

Don Rodrigo espone la propria richiesta all'innominato

Il castello dell'innominato si ergeva in cima a un poggio. L'unica strada utile a raggiungerlo era angusta, stretta e ripida. Gli eventuali nemici si sarebbero potuti scorgere e respingere con estrema facilità anche in virtù dell'abbondante soldataglia che lo abitava. All'imboccatura del sentiero c'era una taverna che si chiamava *Malanotte* che fungeva anche da posto di guardia.

Giunto a tale taverna don Rodrigo venne accolto amichevolmente dai quattro sgherri che la stavano frequentando. Egli lasciò lo schioppo come se gli fosse potuto pesare durante l'ascesa. In realtà non era permesso portare armi ai visitatori. Salì il tortuoso sentiero in compagnia del Griso che, però, giunti al castello, lo aspettò fuori dalla porta. Don Rodrigo attraversò corridoi bui, sale tappezzate di armi e sorvegliate da *bravi* prima di giungere al cospetto del padrone di casa.

L'innominato gli guardò, per abitudine, mani e volto per comprendere se fosse o portasse una minaccia.

Don Rodrigo espose il suo problema, la cui mancata soluzione avrebbe leso il suo onore. Esagerò le difficoltà e l'innominato, che già in parte conosceva la storia, garantì il suo aiuto e congedò il suo ospite.

Il rapimento di Lucia

Egli infatti era certo della riuscita del piano perché Egidio, l'amante di Gertrude, era un suo compagno di scelleratezze. In verità ebbe un momento di ripensamento per aver garantito il suo aiuto perché ultimamente le sue scelleratezze gli incominciavano a pesare. Il pensiero della morte e di trovarsi al cospetto di quel Dio, mai riconosciuto né negato, aveva uno strano effetto su di lui. Scacciato quel sentimento, mandò il suo braccio destro, il Nibbio, con una ambasciata a Egidio. La risposta fu rapida e positiva: gli bastavano una carrozza e tre *bravi* travestiti. Al resto ci avrebbe pensato lui.

Egli infatti, facendo leva anche sul delitto commesso per suo conto, convinse una riluttante Gertrude a dar corso al piano. La monaca, durante un colloquio privato, indusse Lucia ad andare a chiamare il padre guardiano dei cappuccini. La giovane era restia, ma Gertrude la convinse. Quando fu il momento di uscire, la monaca ebbe un ripensamento e richiamò indietro Lucia per salvarla dalla trappola, poi invece finse di volerle ricordare le istruzioni e la lasciò andare. La giovane uscì di nascosto dal convento e si imbatté in una carrozza ferma. Dalla vettura le chiesero indicazioni per Monza e, mentre lei stava rispondendo, il Nibbio la afferrò e la caricò a forza sulla carrozza. Un altro *bravo* la imbavagliò con un fazzoletto affinché tacesse. La giovane cercò di gridare e divincolarsi senza esito, poi svenne. Quando si riprese cercò invano di scappare e chiese pietà ai suoi carcerieri, quindi prese la corona del rosario per pregare.

L'innominato attende Lucia

L'innominato aspettava al castello, inquieto per quello che stava accadendo. Per un momento fu vicino a inviare un *bravo* al Nibbio affinché facesse portare la ragazza direttamente da don Rodrigo.

Scacciato quel pensiero fece chiamare una vecchia servitrice, nata e cresciuta nel palazzo, vedova di uno dei suoi uomini e quindi avvezza e partecipe delle nefandezze che venivano decise e commesse al suo interno. Il suo padrone le mostrò la carrozza in arrivo, la spedì a raccogliere con una portantina la ragazza che vi era dentro per farla portare a palazzo.

-- *** --

Analisi critica:

In questo capitolo il rapimento di Lucia viene portato a termine. La narrazione comincia con don Rodrigo che si reca al castello dell'innominato a chiedere il suo intervento. La malvagità e la nefandezza di costui si riflette anche nell'ambiente cupo e che viene descritto con dispregiativi: 'vecchiaccia', 'torrentaccio', ecc. Durante l'incontro la figura di don Rodrigo scompare al cospetto dell'innominato. Colui che è il personaggio malvagio e antagonista, che sembra essere quasi onnipotente, risulta essere poca cosa nei suoi confronti. L'innominato liquida don Rodrigo assicurandogli il successo della missione. Il rapimento è possibile grazie all'intervento dell'amico Egidio, amante di Gertrude, che viene ricattata affinché faccia cadere Lucia in trappola. La giovane viene indotta a uscire dal convento e viene rapita dal Nibbio, braccio destro dell'innominato, e caricata su una carrozza. Intanto l'innominato, al castello, è in attesa nervosa del rientro della spedizione. I prodromi della conversione incominciano a farsi sentire. Quando vede arrivare la carrozza invia una vecchia servitrice ad accogliere Lucia. In questo capitolo sono due i personaggi che hanno un tentennamento nel portare a termine i loro piani criminosi. Il primo è certamente l'innominato che già prima dell'incontro con don Rodrigo incomincia a sentire ripugnanza per le proprie azioni, tanto da esitare nell'accettare la richiesta del signorotto. Successivamente, durante l'attesa, il tormento lo attanaglia, ma prosegue col piano previsto. Solo nel capitolo successivo la conversione avrà il sopravvento. L'altro personaggio è Gertrude che è costretta ad assecondare le richieste di Egidio. Ha un momento di ripensamento quando, inviata Lucia a recarsi al convento dei frati cappuccini, la

richiama un momento per salvarla, ma poi tace. Gertrude perde l'occasione di redimersi, di convertirsi, di ascoltare la Provvidenza. Il Manzoni scrive che alla richiesta del suo amante *'La sventurata [...] obbedì'*, che la pone nuovamente in condizione di subordinazione come quando le aveva parlato per la prima volta: *'La sventurata rispose'.*
Chi, invece, si affida alla Provvidenza senza riserve è Lucia che sulla carrozza in compagnia del Nibbio prega con tutto il cuore per la propria salvezza.

-- *** --

Ironia manzoniana:

I nomi dei bravi: i nomi dei bravi sono invece dei soprannomi, come spesso accade anche nel mondo della criminalità dei giorni nostri. Tali soprannomi risultano però buffi: Tiradritto, Montanarolo, Tanabuso e Squinternotto. E l'Autore non manca di sottolinearlo.

Capitolo XXI

Data: mese di novembre 1628

Luoghi: il castello dell'innominato

Personaggi: la vecchiaccia, l'innominato, il Nibbio, Lucia

-- *** --

Riassunto:

La vecchia si occupa di Lucia – L'innominato incontra Lucia – Il tormento di Lucia – Il tormento dell'innominato

La vecchia si occupa di Lucia

La vecchia, investita dell'autorità del suo padrone, andò alla carrozza a prendere Lucia la quale si riprese. La giovane invocò il nome della Vergine e la vecchia rimase confusa, ma la convinse a recarsi al castello cercando, per quanto ne fosse capace, di farle coraggio.
Il Nibbio riferì del buon esito della missione, ma nel contempo confessò all'innominato che avrebbe preferito sparerle nella schiena senza vederla in faccia o sentirla perché invece aveva generato in lui compassione. Il suo padrone gli ordinò di recarsi da don Rodrigo per avvisarlo del buon esito della missione, ma immediatamente dopo lo richiamò e lo spedì a dormire.

L'innominato incontra Lucia

L'innominato era turbato: la ragazza, senza neanche averla vista, lo tentava di lasciar perdere la missione, ma ormai aveva dato la parola a don Rodrigo. Anche il Nibbio era stato toccato nell'animo da costei. Si recò alla camera della vecchia dove trovò Lucia rannicchiata in un cantuccio. Entrambi cercarono di farle coraggio e lei proruppe in preghiere e suppliche. L'innominato maledisse il fatto che non fosse figlia di suoi nemici, per cui non avrebbe sentito pietà, quindi la lasciò alle cure della vecchia.

Il tormento di Lucia

Portarono da mangiare, ma Lucia, che non sentiva né la fame, né il freddo, preferì digiunare e non dormire nonostante la vecchia le avesse lasciato cibo e il posto nel suo letto. Quando la sua carceriera si addormentò anche lei cedette a un sonno leggero da cui si risvegliò agitata. Nel fioco chiarore del lucignolo Lucia pregò la Vergine Maria e a lei si consacrò in cambio della sua salvezza. Quindi cadde addormentata profondamente.

Il tormento dell'innominato

Chi non riusciva proprio a prender sonno era l'innominato. Si rimproverava di essere andato a trovare Lucia, di essere sensibile alle sue grida. Nel tentativo di scacciare quella sensazione cercò di ricordare le volte precedenti in cui le suppliche non avevano avuto effetto su di lui, ma invece di rinfrancarlo gli causavano rimorso. Pensò di liberare la ragazza: ma la promessa a don Rodrigo? Pensò anche al suicidio e prese una pistola per metterlo in atto, ma il pensiero della vita oltre alla morte di cui aveva sentito parlare da bambino lo fece desistere.

Gli venne in mente una frase di Lucia: *'Dio perdona tante cose, per un'opera di misericordia'* che non gli sembrò supplichevole, ma imperiosa. Pensò anche di partire ed abbandonare tutto e tutti, ma si ricordò che comunque lui sarebbe sempre stato in compagnia con sé stesso e quindi la fuga sarebbe stata inutile.

Nel mentre incominciava ad albeggiare e le campane suonavano a festa. Nella valle in fondo alla strada l'innominato vide la gente raggrupparsi e andare insieme allegra e felice. L'uomo si chiese cosa potesse generare così tanto trasporto comune in gente tanto diversa.

-- *** --

Analisi critica:

Questo capitolo dà una grande svolta alla vicenda. L'innominato, per meglio assistere la sua prigioniera, la fa accogliere da quanto di meglio ha da offrire. Una vecchia che vive nel suo castello. Costei non è meglio di tutti gli altri servitori dell'uomo, ma almeno è una figura femminile e sicuramente avrebbe potuto dare maggiore conforto che uno dei suoi bravacci. La vecchia obbedisce come riesce ai voleri del suo padrone, ma non è mossa da animo compassionevole, solo dalla paura di essere punita. Accoglie Lucia con falsa cordialità, le offre cibo, le cede il letto, ma in realtà agisce controvoglia e suggerisce alla ragazza di riferire all'innominato che si è comportata bene. La compassione e la Provvidenza non fanno breccia nel sua aridità. Con un parallelismo forse un po' forzato, ma non troppo, la vecchia assomiglia a fra Galdino. Entrambi agiscono come viene loro richiesto, ma non comprendono bene cosa accade loro intorno. Agiscono perché ci si aspetta che così debbano agire, ma da parte loro non vi è vera partecipazione. Forte il contrasto tra le due donne: Lucia asceta e la vecchiaccia materialista, astinente la prima e affamata la seconda, purezza e amore la giovane e risentimento e odio la anziana.

Colui che rimane assai turbato è invece l'innominato. Costui, lo abbiamo già visto, è già predisposto da un rodimento interiore pregresso che viene alimentato dalle parole del Nibbio, anch'egli segnato dall'incontro con la giovane. L'innominato incontra Lucia e le sue convinzioni di uomo dedito alle malefatte vacilla ancor di più, tanto da pentirsi di avervi partecipato. La notte oscilla tra l'idea di onorare il patto con don Rodrigo, il progetto di abbandonare tutto e tutti, e quella di spararsi se non fosse che questo gesto gli potrebbe pregiudicare la vita oltre la morte. Lo struggimento lo porta fino a mattina dove la popolazione intera del villaggio a valle, indipendentemente dalla condizione sociale e dal censo, è in festa.

L'altro personaggio che si tormenta è Lucia. Non prova odio verso i suoi rapitori, ma è terrorizzata. Dopo il mancamento nella carrozza rinviene, tuttavia la presenza della vecchia e le parole dell'innominato non la rinfrancano. L'unica consolazione è la preghiera, l'unico appiglio è la Vergine a cui, nella luce fioca della stanza in cui era rinchiusa, si consacra per averne la protezione. Lucia si affida alla Provvidenza che la salverà grazie alla conversione dell'innominato, come vedremo nel prossimo capitolo.

Il capitolo si conclude con un momento di grande speranza: arriva la luce del giorno e tutta la popolazione è in festa senza un apparente motivo.

Capitolo XXII

Data: mese di novembre 1628

Luoghi: il castello dell'innominato, la casa del curato del paese visitato dal cardinale

Personaggi: l'innominato, la vecchiaccia, Lucia, il capitano crocifero, il cardinale Federigo Borromeo

-- *** --

Riassunto:

L'innominato scende in paese per incontrare il cardinale – Vita del cardinale Federigo Borromeo

L'innominato scende in paese per incontrare il cardinale

La curiosità dell'innominato venne presto soddisfatta: il Cardinale Federigo Borromeo, arcivescovo di Milano, era in visita in un paese vicino e tutti gli abitanti della vallata andavano a rendergli festoso omaggio. Vestitosi rapidamente e presa la carabina, andò nella stanza della vecchia. Lucia dormiva per terra e la vecchia protestava che lei ci aveva provato a farla mangiare e a farla coricare nel suo letto, senza risultato. Il padrone le ordinò di mettersi al suo completo servizio quando si fosse svegliata, tanto che la vecchia immaginò potesse trattarsi di una principessa.

L'innominato uscì da solo e si recò in paese. Quantunque fosse senza scorta, la gente, vedendolo arrivare, gli faceva strada come se ne avesse di abbondante. Giunse alla casa del curato dove si trovava il cardinale, posò la carabina e chiese di essere ricevuto dall'alto prelato, tra le chiacchiere sbigottite e indignate della gente.

Vita del cardinale Federigo Borromeo

Il Manzoni ritiene a questo punto di fare una digressione storica per raccontare la vita del cardinale Federigo Borromeo.

Nato nel 1564 da famiglia nobile agiata, fu uno dei pochi uomini che utilizzarono il proprio talento e le proprie possibilità economiche per il bene. Sin da bambino venne educato all'umiltà, a comprendere la vacuità dei piaceri e l'ingiustizia dell'orgoglio.

Nel 1580 decise di farsi sacerdote e prese la tonaca da suo cugino Carlo che poi sarebbe diventato santo. Studiò a Pavia nel collegio fondato dal cugino e, oltre alle occupazioni prescritte, decise di assumerne altre due: predicare ai poveri e derelitti e assistere agli infermi. Sebbene avversato da alcuni congiunti, visse in maniera frugale ed era uso a non dismettere

121

abiti che non fossero più che logori.

Nel 1595 gli venne offerto l'arcivescovado di Milano, ma egli, non ritenendosi all'altezza, lo rifiutò, salvo accettare successivamente in seguito al comando espresso del Papa.

Federigo fu un gran studioso e fondò a sue spese una biblioteca che raccoglieva trentamila volumi stampati e quattordicimila manoscritti da lui fatti arrivare da tutto il mondo. Istituì un collegio di dottori (nove all'epoca) che studiassero le varie arti e le divulgassero attraverso una scuola. Rese pubblico l'accesso alla biblioteca.

Egli fu anche munifico nei confronti dei poveri e dei bisognosi (si ricordano quattromila scudi dati a una giovane priva di dote che stava per essere costretta dal padre a farsi monaca contro la sua volontà), severo con i sacerdoti avari e negligenti, umile perché non aspirò mai di diventare papa.

Infine fu dotto perché lasciò circa cento opere da lui scritte anche se queste sono sorprendentemente quasi sconosciute.

-- *** --

Analisi critica:

Il capitolo è diviso nettamente in due parti. Nella prima il tormento dell'innominato si tramuta in conversione. Saputo che il cardinale Federigo Borromeo, notoriamente un sant'uomo, faceva visita al paese, il castellano decide di incontrarlo. Prima di lasciare il castello provvede ad effettuare un'opera di carità visitando la sua prigioniera e affidandola alle cure della vecchia, la quale invece, con fare meschino, si premura principalmente di mostrare di avere ubbidito e di scaricare la colpa della cattiva condizione di Lucia su Lucia stessa. L'innominato si spoglia della sua autorità scendendo a valle da solo e posando l'arma, da cui evidentemente non era solito separarsi, prima di farsi annunciare al cardinale. La richiesta di essere ricevuto meraviglia e indigna il capitano crucifero, incapace di riconoscere un evento miracoloso frutto della Provvidenza. Tale gesto non sfugge invece al cardinale, come vedremo nel capitolo successivo.

La seconda parte del capitolo, assai più corposa, è dedicata alla vita del cardinale stesso. La digressione mette in luce la vita di un uomo di famiglia nobile che si è spogliato di tutti i beni terreni, da quelli di famiglia a quelli della rendita ecclesiastica per devolverli ai più bisognosi e per creare una istituzione culturale gratuita e destinata a tutta la popolazione. Gli atti di generosità e mecenatismo, uniti a episodi di vita frugale, non si contavano. La vocazione religiosa si esplicava attraverso l'azione e non solo la preghiera. Si trattava di cristianesimo militante volto al bene della gente, consapevole e illuminato, la dimostrazione tangibile della Provvidenza attraverso le azioni di un uomo. Questo tipo di vocazione si scontra con coloro che vivevano il proprio sacerdozio passivamente o con pigrizia. Manzoni cita le reprimende fatte ai preti negligenti e avari e lo fa scontrare con la mentalità chiusa e ottusa del cappellano crucifero, che oppone il proprio sdegno alla richiesta di conforto morale dell'innominato, e con don Abbondio, che viene rimproverato per la propria viltà, ma che tuttavia continua a non comprendere il proprio errore.

Digressioni storiche:

<u>La vita del cardinale Federigo Borromeo:</u> la storia della vita del cardinale viene raccontata per consentire di comprendere la grandezza di tale personaggio storico e il perché delle sue azioni nel prosieguo del romanzo.

Capitolo XXIII

Data: mese di novembre 1628

Luoghi: la casa del curato del paese visitato dal cardinale, la strada per il castello dell'innominato

Personaggi: l'innominato, il capitano crocifero, il cardinale Federigo Borromeo, don Abbondio

-- *** --

Riassunto:

La conversione dell'innominato – Il cardinale si adopera per liberare Lucia – Don Abbondio è spaventato

La conversione dell'innominato

Il cappellano crucifero corse, non senza scandalo, a comunicare al cardinale Federigo la visita dell'innominato. L'alto prelato, pensando a come si sarebbe comportato san Carlo, non esitò nel riceverlo a braccia aperte. Lasciati soli, i due stettero in silenzio. L'innominato per due ragioni: da un lato per la speranza di avere conforto, dall'altra per stizza di implorare un'altra persona. Federigo ruppe il silenzio accogliendo gioiosamente l'altro uomo che rimase sorpreso di tanta affabilità da non credere di essere stato riconosciuto. Il cardinale confermò la sua felicità nel vederlo e l'innominato si sentì libero di aprirsi. Federigo si rallegrò per il ritrovamento di una pecorella smarrita e si mostrò sicuro che costei avrebbe dispensato del gran bene nel futuro.

Il cardinale si adopera per liberare Lucia

L'innominato raccontò la sua ultima nefandezza, il rapimento di Lucia. Il cardinale mandò subito a chiamare il di lei parroco che si trovava in mezzo alla folla che lo stava aspettando. Don Abbondio, stupito e spaventato di essere stato convocato dal cardinale, si trovò al cospetto dei due uomini. Federigo chiese al curato se Lucia avesse dei congiunti e questi comunicò che la madre Agnese si trovava in quel momento nel paese natale. Il cardinale inviò quindi don Abbondio, l'innominato e una buona donna a prendere Lucia al castello con una lettiga e mandò un'ambasciata a chiamare Agnese. Si congedò dall'innominato chiedendogli un ulteriore incontro e rassicurò il terrorizzato curato della sopraggiunta innocuità dell'uomo. L'innominato raccolse la carabina e il terzetto partì alla volta del castellaccio.

Don Abbondio è spaventato

Lungo il tragitto don Abbondio, nonostante le rassicurazioni del cardinale, era letteralmente terrorizzato. Tutto lo spaventava: la presenza dell'innominato, i bravacci lungo la strada e la strada medesima. In cuor suo inveì contro don Rodrigo, contro l'innominato, che aveva messo sottosopra il mondo da malvagio e lo rimetteva sottosopra anche per convertirsi, e contro il cardinale stesso, reo di troppa indulgenza nei confronti di quel peccatore.

I tre raggiunsero il poggio e si avviarono a liberare Lucia.

-- *** --

Analisi critica:

La conversione dell'innominato si compie in questo capitolo. Il cardinale vince le ultime riottosità dell'uomo e lo abbraccia come un fratello, come il figliol prodigo ritornato a casa. Non solo: si scusa con lui di non esserlo andato a trovare per primo. Come già detto nel capitolo precedente, il cardinale testimonia con i fatti la propria fede militante. I timori sdegnosi del cappellano crucifero si infrangono contro la speranza della manifestazione della grazia e con l'esempio dello zio del cardinale, quel san Carlo, che non avrebbe esitato un minuto nell'accogliere l'innominato.

Il primo atto di misericordia dei due uomini è l'organizzazione di un piano per la liberazione di Lucia. Viene coinvolto l'innominato stesso, una buona donna e il curato della giovane che si trovava in mezzo alla folla in attesa del cardinale. Don Abbondio viene chiamato e rimane scocciato dalla convocazione del cardinale. Allo stesso modo lo indispone la missione affidatagli. Egli ha paura dell'innominato e avrebbe preferito rimanere tra la folla. Non basta la rassicurazione del cardinale a fugare i suoi timori. Egli è l'unico personaggio del capitolo che, per paura, vuole fare un viaggio a ritroso verso la sua canonica, mentre tutti gli altri, dall'innominato al cardinale ad Agnese stessa (che viene fatta chiamare) vanno in avanti con amore e passione verso il futuro e verso ciò che ancora non conoscono. Per tutto il tragitto verso il castello il curato è pervaso dal terrore, ogni cosa gli genera paura. Il Manzoni rimarca in tal modo, impietosamente, la differenza tra il virtuoso cardinale e il pavido curato, prigioniero della propria meschinità, che rende omaggio non al miracolo della conversione ma alla presenza dei due potenti nella stanza. Il curato è talmente spaventato che pensa in dialetto, la lingua di quando era bambino. Il viaggio della paura si intreccia con quello dell'ansia della salvezza dell'innominato per il quale Lucia da vittima diventa padrona della sua anima. L'autore riesce a creare un momento comico all'interno del romanzo, con il parroco caracollante a cavallo della mula, che conclude una serie di capitoli fortemente drammatici.

Due sono le visite dell'innominato ed entrambe sono necessarie per la sua conversione. Quella da Lucia che crea la breccia nel cuore indurito dell'uomo, l'altra dal cardinale Borromeo che conferma e consola.

Ironia manzoniana:

<u>Il viaggio di don Abbondio</u>: il tragitto verso il castello dell'innominato è un momento non solo ironico, ma persino comico. Il terrore del curato, oltre a sottolinearne la meschinità, è momento di spasso, anche perché il lettore in questo frangente vede concludersi una serie eventi altamente drammatici. Don Abbondio si rivela spalla comica ideale per l'Autore.

-- *** --

Proverbi e modi di dire:

'[...] che a scriver tutto, ci sarebbe da farne un libro': non molto diffuso in verità, ma talvolta questo breve motto viene citato per tagliare corto su una vicenda che altrimenti sarebbe ricca di dettagli.

Capitolo XXIV

Data: mese di novembre 1628

Luoghi: il castello dell'innominato, la strada per il castello dell'innominato, la casa del sarto, la strada tra il paese dove si trova il cardinale e quello di Agnese

Personaggi: Lucia, la vecchiaccia, l'innominato, don Abbondio, il sarto e la sua famiglia, Agnese, il cardinale Federigo Borromeo,

-- *** --

Riassunto:

Lucia viene liberata – Lucia viene ospitata in casa del sarto – Agnese incontra don Abbondio lungo la via e si ricongiunge con la figlia - L'innominato parla ai suoi bravi

Lucia viene liberata

Lucia si svegliò e venne rimproverata dalla vecchia per non aver dormito nel letto che le aveva lasciato e per non aver mangiato nonostante i suoi ripetuti inviti: aveva paura di ricevere un castigo dal suo padrone. Nel mentre l'innominato, la buona donna del paese e don Abbondio bussarono alla porta e liberarono Lucia. Solo in quel momento la giovane venne a sapere la terribile identità del suo aguzzino.

Il viaggio di ritorno dal castello con Lucia risultò meno spaventoso per don Abbondio, ma non meno spiacevole. Aveva paura della strada ripida, ma nondimeno non desiderava rallentare il passo della mula che cavalcava per uscire al più presto dal paese. Tirava invano le redini per allontanare la bestia dal precipizio, temeva la possibile vendetta dei *bravi* nei suoi confronti nel caso lo avessero associato alla conversione del loro padrone. Pensava poi a don Rodrigo che avrebbe potuto prendersela con lui, malediceva Perpetua per averlo convinto ad andare a vedere il cardinale, temeva che la storia del mancato matrimonio venisse fuori dalla bocca di Lucia. Non appena giunti a valle, don Abbondio con una scusa si accomiatò e si diresse verso casa col suo bastone.

Lucia viene ospitata in casa del sarto

Intanto Lucia venne accolta nella casa della buona donna che le preparò una ciotola di brodo di cappone con fette di pane. La ragazza mangiò con piacere. Quindi le venne in mano la corona del rosario con cui aveva fatto il voto: dapprima si pentì, ma poi, rammentando il pericolo corso, rafforzò la decisione presa durante la notte.

Un rumore di passi interruppe i pensieri di Lucia: si trattava del marito della donna, il sarto del paese, con le due figlie e il figlio. L'uomo era una persona colta, che a suo dire aveva sbagliato a non proseguire gli studi, che si diceva avesse letto molti libri e per questo era tenuto in grande considerazione dai suoi compaesani. La famiglia del sarto e Lucia si accomodarono a tavola e mangiarono il cappone mentre il padrone di casa raccontava la predica di Federigo, al contempo semplice e commovente. Finito il pasto, il sarto inviò la figlia da una vicina vedova e bisognosa a portarle pane e vino.

Agnese incontra don Abbondio lungo la via e si ricongiunge con la figlia
Agnese incontrò lungo la strada don Abbondio il quale la ragguagliò sull'accaduto e chiese alla donna il silenzio sulla faccenda del matrimonio. Agnese, compresa la manovra, tacque e se ne andò. Poco dopo arrivò alla casa del sarto e riabbracciò la figlia. In un moto d'ira maledisse don Rodrigo, ma Lucia la interruppe dicendo che non avrebbe augurato a nessuno quanto passato da lei, neanche al suo persecutore. Nonostante le congetture, non compresero la straordinaria coincidenza tra l'uscita imprevista dal convento di Lucia e il rapimento, non sospettando di Gertrude.
Lucia tacque alla madre il voto per timore di essere rimproverata e riservando la notizia per fra Cristoforo, quando lo avesse visto nuovamente.
Dopo un'altra chiacchierata con l'innominato, il cardinale si recò dal sarto per incontrare le donne. I padroni di casa assistettero al colloquio stando in un cantuccio. Agnese raccontò la loro storia, compreso il rifiuto di don Abbondio di celebrare il matrimonio, chiedendo però che non venisse punito. Omise solamente del matrimonio a sorpresa. Fu Lucia, nonostante le occhiatacce della madre, a parlarne a Federigo. Raccontò anche delle vicissitudini di Renzo, così come le conosceva. Il cardinale confortò le donne e si impegnò a informarsi sul giovane di cui si appuntò il nome. Quindi ringraziò i padroni di casa. Il sarto, confuso, tentò di dire qualcosa di importante, ma riuscì solo con un misero *'si figuri'* di cui si pentì tutta la vita.
Per ricompensare il sarto, il cardinale saldò tutti i crediti dell'uomo, liberando nel contempo i debitori, e lo incaricò di fare abiti ai più bisognosi a sue spese.

L'innominato parla ai suoi bravi
L'innominato, nel mentre, convocò i suoi *bravi* (una trentina) per tenere loro un discorso. Annunciò la sua conversione, di cui avevano già avuto notizia, e diede loro sino al giorno seguente la possibilità di rimanere a chi avesse voluto redimersi o di andarsene. I suoi rimasero colpiti dal discorso perché compresero che la redenzione del loro padrone non ne aveva diminuita la forza, ma che anzi era diventato ancora superiore a loro perché aveva ricevuto dal popolo un'adorazione che prima non aveva. Inoltre riconoscevano come veri gli argomenti portati dall'innominato, sebbene fino ad allora li avessero irrisi più per paura che per scetticismo.
L'innominato si ritirò quindi nella sua stanza a pregare, compreso da una serie di sentimenti forti, poi si coricò e si addormentò subito.

Analisi critica:

Il percorso di conversione dell'innominato incomincia dal porre rimedio alla sua ultima malefatta, ovvero il rapimento e l'imprigionamento di Lucia. L'uomo libera la ragazza e promette di riparare al torto subito. Lucia diventa subito strumento della Provvidenza per la conversione dell'innominato. Chi non lo comprende affatto è la vecchiaccia, personaggio tra i più meschini di tutto il romanzo, impegnata a discolparsi per le condizioni in cui versa la ragazza.

Il viaggio di ritorno è un nuovo spunto per il Manzoni per fornire al lettore un momento comico, forse il maggiore e definitivo del romanzo. Don Abbondio, a cavallo di quella mula, se la prende con il mondo. Da un lato è terrorizzato dalla strada, dall'altro non vede l'ora di porre la maggior distanza possibile tra sé, l'innominato (anche se convertito) e quel castellaccio. Ne aveva per il signorotto, per la carità del cardinale, per Perpetua e persino per la mula che sceglieva la strada più ripida e con maggiori pericoli. Don Abbondio è di ritorno da quello che, come nella migliore tradizione letteraria, altro non è un viaggio agli inferi da parte del personaggio: si pensi a *La divina commedia*. Ma, a differenza degli eroi classici, ritorna come era partito, non migliore o più forte. La figura del curato ne esce nel peggiore dei modi, incentrata egoisticamente solo su sé stessa, incapace non solo di trovare la conversione, ma di riconoscere nell'eccezionalità dell'evento l'atmosfera del miracolo.

Tale atmosfera non sfugge agli abitanti del paese e di tutti coloro che ne sono stati testimoni, a partire dalla buona donna, anch'essa timorata di Dio e devota alla Vergine, che ha raccolto la povera Lucia liberata e l'ha ospitata in casa. Le offre da mangiare (e ringrazia il cielo che ci sia il cappone in pentola) e un ricovero sicuro. Si tratta della moglie del sarto del paese, un brav'uomo, generoso e istruito. Quando costui rientra a casa per prima cosa racconta della messa tenuta dal cardinale e ne elogia l'omelia, semplice e sincera. Quindi, sempre nel solco di una carità attiva, frutto dell'animo del sarto e della sua famiglia e rafforzata dalla conversione dell'innominato e dall'omelia del cardinale, fa recapitare del cibo a una vicina vedova e bisognosa.

L'unica persona che non è del tutto serena è proprio Lucia. Grata alla Madonna per la sua salvezza, nel contempo si pente del voto fattole, per poi pentirsi del pentimento, così come aveva fatto Gertrude prima di diventare novizia. Dei suoi struggimenti Lucia non fa menzione con la moglie del sarto, che peraltro fa mostra di grande discrezione, e neppure con la madre quando questa la raggiungerà.

Agnese infatti è in viaggio dal paese da cui era stata fatta chiamare dal cardinale. Lungo la via incontra don Abbondio che più che fornire informazioni su Lucia si premura di chiederle il silenzio sul mancato matrimonio per ordine di don Rodrigo. Don Abbondio non perde l'occasione per essere coerente con la propria meschinità.

La grandezza del cardinale viene ulteriormente sottolineata in questo capitolo. Egli fa visita alle donne nella umile casa del sarto, si offre di aiutare Renzo, ricompensa il sarto saldandogli i crediti che non riesce più ad esigere e nel contempo ne libera i debitori, infine gli commissiona la realizzazione di abiti per i più bisognosi, garantendo all'uomo la sicurezza economica.

Il povero sarto ci regala quindi uno dei momenti più alti della ironia manzoniana: egli rappresenta colui che ha una sola occasione nella propria vita per dimostrare di valere qualcosa e, vinto dall'emozione, la spreca e poi se lo rimprovera per sempre.

Il discorso dell'innominato ai suoi *bravi*, in finale di capitolo, completa la conversione dell'uomo. Egli ha intrapreso una nuova strada e offre a coloro che sono d'accordo con lui di seguirlo, agli altri chiede di andarsene.

Ironia manzoniana:

'Si figuri': uno degli episodi più sagacemente divertenti di tutto il romanzo, sottolinea l'imbarazzo del sarto che da persona colta del paese intende fare bella figura col cardinale, ma fallisce miseramente

-- *** --

Proverbi e modi di dire:

'Pulcin nella stoppa': una persona impacciata nei movimenti, anche in senso figurato, di derivazione tipicamente lombarda.

'I cenci vanno all'aria': modo di dire, anch'esso di derivazione tipicamente meneghina, che rappresenta la povera gente che viene travolta dagli eventi

Il cavallo di don Abbondio: questo modo di dire manzoniano identifica nel bastone il destriero del curato. Ancora oggi, sebbene un po' in disuso, viene così chiamato il bastone da passeggio.

Tizzone d'inferno: con questa espressione si indica una persona malvagia o particolarmente scomoda. Viene utilizzata spesso nel fumetto *Tex* (sic!).

Venire il grillo: saltare (come un grillo) in mente

Bene al sole: indica un bene immobile affittata a terzi, di solito un terreno (al sole, appunto), una rendita fondiaria

'Si figuri': con questo felice episodio, il Manzoni crea un momento divertente. Nell'utilizzo della lingua italiana si ritrova questa espressione per indicare l'impaccio, anche se, a dire il vero, raramente.

'Del senno di poi ne son piene le fosse': espressione attualmente ancora molto in uso per indicare che, a posteriori, è facile dire o fare qualcosa di giusto.

Capitolo XXV

Data: mesi di novembre e dicembre 1628

Luoghi: il castello di don Rodrigo, il paese di Lucia e Agnese, la canonica di don Abbondio, la casa di donna Prassede e don Ferrante

Personaggi: don Abbondio, il cardinale Federigo Borromeo, donna Prassede, don Ferrante, il sarto, Lucia, Agnese

-- *** --

Riassunto:

Don Rodrigo lascia il castello – Il cardinale Federigo Borromeo arriva nel paese di Lucia e Agnese – Donna Prassede si offre di ospitare Lucia – Il cardinale rimprovera don Abbondio

Don Rodrigo lascia il castello

Nei giorni seguenti non si fece altro che parlare dei fatti di Lucia, dell'innominato, di Federigo e di don Rodrigo. Quest'ultimo era indispettito perché il popolo riversava odio verso di lui, anche se con circospezione per paura dei suoi *bravi*. Oggetto degli strali erano anche il podestà, indifferente agli atti del signorotto, anche se anche con lui si usava prudenza per via delle guardie, e il dottor Azzeccagarbugli e altri suoi pari. Dopo due giorni chiuso a palazzo, don Rodrigo prese la via di Milano con una grande scorta tra cui il Griso e ordinando al resto dei suoi di raggiungerlo in seguito. Federigo Borromeo stava visitando tutte le parrocchie del lecchese e temeva che il conte zio, che conosceva solo una parte della storia, quella migliore, gli imponesse di andare ad accogliere il cardinale e a rendergli omaggio a causa del lignaggio della famiglia.

Il cardinale Federigo Borromeo arriva nel paese di Lucia e Agnese

Federigo giunse alle ventidue in mezzo a una rumorosa folla. La presenza di un turbine di gente era la caratteristica costante dell'arcivescovo di Milano. Già dal suo primo ingresso in duomo di Milano da cardinale erano occorse le spade per allontanare i fedeli festanti e due robusti uomini che lo avevano sollevato e trasportato sopra le teste degli astanti.

Egli entrò a fatica in chiesa, celebrò la funzione quindi andò nella canonica di don Abbondio a cui chiese riguardo alla incolumità di Lucia. Il curato disse che la giovane era in salvo, ma che sarebbe occorso che il cardinale rimanesse sempre in zona per garantirla con continuità. Federigo rassicurò don Abbondio e mandò a prendere Lucia con una lettiga. Il curato era felice:

nel colloquio non si era fatto menzione del matrimonio negato e quindi le donne dovevano aver taciuto.

Le due donne, intanto, erano rimaste insieme. Lucia aveva chiesto di poter lavorare e cuciva senza sosta. Agnese era allegra e ottimista e faceva progetti per il futuro. Lucia era invece tormentata dal voto di cui ancora taceva alla madre.

Donna Prassede si offre di ospitare Lucia

Poco distante da loro villeggiava una coppia di Milano, don Ferrante e donna Prassede di cui il Manzoni nega di conoscere il casato. La gentildonna aveva poche idee a cui era però molto affezionata e spesso erano sbagliate. Avendo sentito della storia di Lucia, volle conoscerla. Il sarto, che fino ad allora aveva protetto la giovane, non si sentì di rifiutare l'invito della donna sia per il lignaggio che per la rinomata bontà della stessa. Donna Prassede, dopo aver amabilmente discusso con le due donne, e sapendo che il cardinale cercava un ricovero sicuro per la giovane, si offrì di prendere a servizio la giovane. Oltre a compiere un'opera buona, donna Prassede intendeva mettere sulla buona strada Lucia che, nella testa della nobildonna, evidentemente doveva avere qualche pecca da correggere essendosi promessa a un poco di buono. Di questa intenzione però non fece parola.

Le donne accettarono l'offerta di donna Prassede e, munite della lettera di offerta di aiuto della gentildonna al monsignore, tornarono al loro paese dove si trovava Federigo intento a parlare degli affari della parrocchia con don Abbondio. Letta la lettera, il cardinale approvò l'offerta di donna Prassede, si stabilì che Lucia partisse il giorno successivo, benedisse le donne che uscendo furono festeggiate dai compaesani che fecero a gara per offrire loro aiuto e servigi.

Il cardinale rimprovera don Abbondio

Don Abbondio e il cardinale rimasero nuovamente soli. Costui chiese al curato se era vero che si fosse rifiutato di celebrare il matrimonio tra Renzo e Lucia. Don Abbondio dapprima tergiversò, quindi contrappose il rischio della sua vita al rifiuto fatto ai giovani. Federigo lo rimproverò per la sua codardia, sottolineando che ci sarebbe stato lui a proteggerlo, se glielo avesse detto, e ancor di più Dio stesso. Rimproverò a don Abbondio anche il tradimento del suo ministero. Don Abbondio si difese affermando che *'il coraggio, uno non se lo può dare'*, allora Federigo gli domandò che cosa avesse fatto per proteggere i due promessi sposi. Il curato rimase in silenzio.

-- *** --

Analisi critica:

Questo capitolo, insieme al successivo, conclude l'odissea vissuta da Lucia e prepara il terreno per il gran finale del romanzo incentrato sulla peste a Milano.

Il capitolo comincia con il volontario esilio di don Rodrigo che, ricevuta notizia che il cardinale sarebbe giunto anche nel suo paese, preferisce andarsene a Milano piuttosto che incontrarlo. L'arrivo del Bene fa fuggire il Male.

Il cardinale, acclamato dalla gente come un santo, incontra don Abbondio e prende notizie su Lucia e Agnese, quindi le manda a chiamare. Dapprima don Abbondio è lieto perché dal colloquio non emerge che il Federigo sappia del suo rifiuto a celebrare le nozze tra i giovani, ma da lì a poco dovrà ricredersi.

Nel mentre era accaduto che donna Prassede, una nobildonna in villeggiatura da Milano in quei luoghi, avesse voluto conoscere Lucia e le avesse offerto protezione nella sua casa. In realtà la donna, che Manzoni definisce con poche idee e sbagliate e particolarmente affezionata a queste ultime, intendeva redimere Lucia che riteneva essere stata portata sulla cattiva strada da quel rivoltoso di Renzo. La donna è mossa da spirito caritatevole, ma principalmente è curiosa di conoscerà Lucia. È una nobildonna annoiata durante la sua villeggiatura.

Qui l'Autore crea una coppia di personaggi a cui poter attribuire una serie di difetti che intende mettere alla berlina. Donna Prassede, è una donna caritatevole, ma dalla intelligenza limitata che non vede oltre il proprio naso, bigotta e moralista, che ha la propria ragione di vita nel voler salvare persone che non hanno nessuna necessità di essere salvate. Don Ferrante, il marito, invece è un uomo inetto, succube della moglie, che spende la propria vita (lo vedremo più avanti) nello studio dei libri della propria biblioteca. Tale studio è sterile e non ha alcuna utilità, a differenza di quello intrapreso dal cardinale Federico Borromeo con l'istituzione, tra l'altro, della Biblioteca Ambrosiana, nata per il bene e la cultura di tutti. La limitatezza intellettuale e morale di don Ferrante non gli fa superare, nonostante il suo studio, i propri pregiudizi e la sua anima rimane povera.

Il cardinale, rimasto nuovamente solo con don Abbondio, lo mette di fronte alle proprie responsabilità. Gli chiede conferma del suo rifiuto alla celebrazione delle nozze dei due giovani. Il curato prima tergiversa, quindi si difende spiegando l'entità della minaccia fatta da don Rodrigo. Federigo rimprovera fortemente don Abbondio per avere mancato ai suoi doveri di sacerdote, per non avere avuto fede (nel senso di fiducia) verso di lui e soprattutto verso Dio, e per non avere provato un sentimento di carità nei confronti di quei due poveri giovani che a lui si erano affidati. In queste parole don Abbondio riconosce quelle di Perpetua. Il curato per la prima volta perde la connotazione caricaturale e diventa umano. Prende in considerazione le parole del cardinale e mostra un accenno di contrizione, ma poi rimane della propria posizione, contrapponendo il rischio che avrebbe corso facendo il proprio dovere, e accusa i due giovani di aver architettato il matrimonio a sorpresa. Don Abbondio perde l'occasione di convertirsi anch'egli, riconoscendo la propria viltà e le proprie colpe, mancando di aprire il proprio cuore al cardinale e alla Provvidenza.

Il dialogo tra i due uomini rimane, tranne che per questo breve momento, su due piani differenti e inconciliabili.

Il colloquio si svolge a cavallo tra questo capitolo e il successivo.

-- *** --

Ironia manzoniana:

[...] partì come un fuggitivo, come (ci sia un po' lecito sollevare i nostri personaggi con qualche illustre paragone), come Catilina da Roma: l'Autore si prende gioco del suo personaggio, don Rodrigo, avvicinandolo addirittura a Catilina durante la sua fuga a seguito della sua fallita congiunta nel 63 a.C.

[...] alcuni gentiluomini che gli erano più vicini, avevan sfoderato le spade, per atterrire e respingere la folla: il Manzoni si compiace di sottolineare come l'entusiasmo popolare (di per sé elemento estremamente positivo) dovesse essere contenuto dalla minaccia delle armi.

<u>Le idee di donna Prassede</u>: impietosamente il Manzoni descrive le idee della nobildonna come scarse di numero e di qualità, e quelle sbagliate erano quelle a cui era maggiormente affezionata.

'<u>*[...] prender per cielo il suo cervello*</u>': donna Prassede si autoconvince di dover mettere in pratica il disegno divino, ma invece mette in atto solo le proprie idee.

'<u>*[...] delle poche sulle quali avesse lui il comando in casa*</u>': l'ironia del Manzoni si sposta da donna Prassede a suo marito don Ferrante. Egli non ha voce in capitolo su niente nella propria casa se non in poche cose quali l'ortografia. Ovvero una materia del tutto inutile all'atto pratico.

-- *** --

Proverbi e modi di dire:

'<u>*il coraggio, uno non se lo può dare*</u>': una delle frasi più famose del libro, viene citata riguardo al carattere codardo di qualcuno, anche se assai raramente.

Capitolo XXVI

Data: mese di dicembre 1628 e settimane seguenti

Luoghi: la canonica di don Abbondio, la casa di donna Prassede e don Ferrante, la provincia di Bergamo

Personaggi: don Abbondio, il cardinale Federigo Borromeo, Lucia, Agnese, Bortolo

-- *** --

Riassunto:

Il cardinale finisce di rimproverare don Abbondio – Lucia racconta ad Agnese del voto – Renzo viene attivamente ricercato

Il cardinale finisce di rimproverare don Abbondio

A questa domanda don Abbondio tacque. Federigo lo rimproverò e gli chiese ancora se avesse opposto a Renzo e Lucia delle false scuse o avesse raccontato la verità. Il silenzio del curato venne preso come una ulteriore ammissione di colpa. Don Abbondio, tra sé e sé, se la prese con Federigo che aveva accolto come un santo quel mascalzone dell'innominato e rimproverava fortemente lui per una mezza bugia raccontata per salvarsi la vita. Inoltre notava con stizza che le parole del cardinale coincidevano con i consigli di Perpetua e che comunque prima o poi don Rodrigo sarebbe tornato arrabbiato e l'arcivescovo non aveva né armi, né *bravi* con cui proteggerlo. Don Abbondio rispose a tono ai rimproveri del monsignore e subito se ne pentì temendo una sfuriata più grande. Invece Federigo, a sorpresa, si addossò una parte della colpa per essere stato lontano da lui. Il curato accusò i due giovani di aver tentato il matrimonio a sorpresa, ma il cardinale addossò la responsabilità di quel gesto al mancato matrimonio del giorno precedente. Quindi lo esortò ad essere d'aiuto a quei poveretti, uno fuggitivo e l'altra in procinto di partire. Don Abbondio si rese disponibile.

Lucia racconta ad Agnese del voto

La mattina seguente donna Prassede venne a prendere Lucia che si accomiatò dalla madre. Nel mentre arrivò il parroco del paese dove era il castello dell'innominato con una lettera di costui e cento scudi d'oro per costituire una dote per Lucia o altro meglio. Agnese ricevette il dono, si recò a casa, svolse il rotolo, quindi lo richiuse, lo mise nel saccone e vi dormì sopra. Il giorno seguente si recò dalla figlia per comunicarle la buona notizia. Lucia non si mostrò contenta: prese coraggio e raccontò alla madre del voto. La donna comprese il tormento e le ragioni della figlia. Si offrì di andare a cercare Renzo e di portargli, o fargli recapitare con un messo di fiducia, la metà di quel denaro, ovunque si trovasse. I fatti di Milano e il seguente esilio, furono presi per segni della volontà divina a seguito del voto.

Renzo viene attivamente ricercato

Per lungo tempo Agnese non seppe nulla di certo su Renzo. Anche il cardinale lo fece cercare e si scoprì che aveva riparato presso un parente nel bergamasco, ma che all'improvviso era scomparso e che neanche il parente ne sapeva più nulla. Si vociferava che fosse ora in Germania, che si fosse arruolato o che fosse caduto in un dirupo. Tali voci si sparsero anche nel lecchese, ma Agnese non riuscì mai ad avere dettagli certi.

In realtà, quel che accadde fu che don Gonzalo Fernandez di Cordova aveva fatto rimostranze al signor residente di Venezia in Milano (una sorta di ambasciatore) per il caso del sedizioso Renzo Tramaglino espatriato nel bergamasco. Costui si impegnò a raccogliere informazioni in merito. Poiché la Repubblica di Venezia cercava di attirare i filatori di seta del milanese per la loro capacità, uno dei modi migliori era di garantirne la sicurezza. Quindi qualcuno di importante fece la soffiata a Bortolo che subito caricò Renzo su un calesse, lo portò a quindici miglia da lì a un filatoio di proprietà di un compaesano e lo presentò come Antonio Rivolta. Il padrone fu ben lieto di aiutare un amico e acquisire un filatore esperto raccomandato da una persona di fiducia. E Renzo ci mise poco a ricambiare la fiducia, anche se all'inizio sembrava stupido perché quando lo chiamavano Antonio non rispondeva.

Il capitano di Bergamo, esperite le ricerche del caso, rispose negativamente a quanto richiedeva Milano. E Bortolo, quando veniva interrogato su Renzo, negava di sapere alcunché di lui: era scomparso senza dirgli nulla e raccontava quelle storie già note che lui stesso aveva inventato.

Don Gonzalo, ricevuta la risposta, ebbe molte altre cose più importanti di cui occuparsi e presto se ne disinteressò completamente.

-- *** --

Analisi critica:

Il capitolo, come detto, prosegue con il colloquio tra il cardinale e Don Abbondio, che abbiamo già analizzato nel capitolo precedente.

L'innominato fornisce nuova prova della sua conversione donando ben cento scudi a Lucia tramite Agnese. Questo avvenimento dà l'occasione a Lucia di raccontare alla madre del voto di castità. Agnese comprende e non rimprovera la figlia perché la promessa alla Madonna ha più importanza di quella fatta precedentemente a Renzo. La Provvidenza l'ha aiutata e il voto va mantenuto. Il rapporto delle due donne con il divino non è negoziabile, troppo grande sarebbe il castigo per aver violato la promessa. Sarà Renzo con la sua razionalità a chiedere e ottenere, sempre con il benestare della Chiesa, lo scioglimento del voto. Da questo momento Lucia spersonalizza Renzo, non lo chiama più per nome, ma si riferisce a lui con l'appellativo di 'poverino'.

Agnese cerca di rintracciare Renzo per fargli avere metà della somma e per raccontargli del voto alla Madonna, ma non riesce. Nonostante venisse attivamente ricercato dal Ducato di Milano, la Repubblica di Venezia, bisognosa di buoni filatori, aveva avvisato Bortolo del pericolo. Costui aveva procurato un nuovo lavoro e una nuova identità a Renzo. Alessandro Manzoni trova gusto nel raccontare che il cognome della nuova identità (Rivolta) beffardamente indicava il motivo della fuga e che Renzo sembrava stupido agli occhi degli altri operai della fabbrica perché, quando veniva chiamato col nome di Antonio, non si voltava a rispondere.

Con questo capitolo si chiude una parte del romanzo e si prepara la successiva, quella relativa alla peste.

-- *** --

Ironia manzoniana:

'[...] sentiamo una certa ripugnanza a proseguire': l'ironia manzoniana colpisce il curato. Le parole dell'arcivescovo su fortezza e carità contrapposte alla debolezza di don Abbondio fanno esitare lo scrittore nel proseguire il racconto.

Antonio Rivolta: si noti come il cognome falso scelto per Renzo sia 'Rivolta', ovvero il motivo per cui era in fuga

Renzo non risponde quando lo chiamano Antonio: Renzo, sotto la falsa identità di Antonio Rivolta, all'inizio fatica a ricordarsi il suo nuovo nome e quando viene interpellato non risponde, risultando stupido agli occhi altrui.

Capitolo XXVII

Data: mese di dicembre 1628 e mesi successivi

Luoghi: casa di donna Prassede e don Ferrante, paese del bergamasco in cui è rifugiato Renzo, paese di Lucia e Agnese

Personaggi: don Gonzalo, Agnese, Renzo, Lucia, donna Prassede, don Ferrante

-- *** --

Riassunto:

Descrizione della guerra tra Spagnoli e Francesi – Corrispondenza epistolare tra Agnese e Renzo – Donna Prassede si prende cura di Lucia – Gli studi di don Ferrante

Descrizione della guerra tra Spagnoli e Francesi

Il Manzoni interrompe la narrazione per addentrarsi nella descrizione della guerra per la successione di Mantova. Carlo Gonzaga, esponente di un ramo cadetto della famiglia trapiantato in Francia dove possedeva il Ducato di Nevers e Rethel, era entrato in possesso di Mantova e del Monferrato. La Spagna, che voleva escludere costui dai due suddetti ducati, appoggiava invece Ferrante Gonzaga principe di Guastalla per la città di Mantova e Carlo Emanuele I di Savoia e Margherita Gonzaga, duchessa vedova di Lorena, per il Monferrato. Don Gonzalo, che aveva già condotto la guerra nelle Fiandre, smaniava di combattere anche in Italia e aveva precorso le decisioni della corte di Madrid firmando un accordo di divisione del Monferrato col duca di Savoia, il tutto in attesa della decisione finale dell'imperatore. I francesi appoggiavano Carlo Gonzaga, sebbene fossero già ampiamente impegnati nell'assedio della Roccella. Anche il Papa e i Veneziani erano a favore di Carlo Gonzaga, seppure non fossero intenzionati a schierare truppe in campo. I Savoia agevolmente occuparono la loro parte del Monferrato e incominciarono a rosicchiare la parte assegnata al re di Spagna, ma don Gonzalo, impegnato nell'assedio di Casale, non protestava perché temeva un voltafaccia di Carlo Emanuele. L'assedio andava male per la fiera resistenza dei difensori, per la scarsità di forze in attacco e per gli errori di don Gonzalo.

A causa della rivolta di san Martino don Gonzalo fu costretto a rientrare in Milano. Molti, tra cui i Veneziani, pensavano che l'assedio a Casale sarebbe stato levato, anche perché la Rochella era finalmente caduta e i Francesi avevano ora le mani libere per intervenire in Italia. Pertanto don Gonzalo fu costretto a dimostrarsi oltremodo forte e risoluto, quindi fece grandi rimostranze col residente di Venezia per la questione di Renzo e della sua fuga. Ma tornato all'assedio di Casale si dimenticò presto della faccenda.

Corrispondenza epistolare tra Agnese e Renzo

Renzo intanto aveva un problema. Come aveva spiegato nello studio dell'Azzeccagarbugli, egli era in grado di leggere, ma non lo era di scrivere. Aveva bisogno di una persona colta e fidata per poter redigere una lettera e farla recapitare, cosa non facile in terra straniera. Una volta che l'ebbe trovata, scrisse varie lettere alle due donne nel tentativo di trovarle e sapere come stessero. Dall'altra parte Agnese, col supporto di suo cugino Alessio di Maggianico, rispose alle missive. Il problema principale risiedeva nel fatto che Renzo e Agnese, nel chiedere di scrivere i concetti da comunicare, utilizzavano alcuni termini, gli scrivani li correggevano in base a ciò che capivano e volevano metterci del loro. I concetti, poi, erano espressi in maniera un po' sibillina affinché non venissero compresi da estranei nel caso la lettera fosse andata smarrita, infine le lettere venivano lette ed interpretate. Insomma, non era semplice farsi capire!
Agnese raccontò a Renzo degli ultimi avvenimenti e del voto di Lucia alla Madonna. Gli fece pervenire anche i cinquanta scudi per chiudere la questione, ma il giovane li conservò gelosamente: non si voleva arrendere.

Donna Prassede si prende cura di Lucia

Intanto donna Prassede, nell'intento di far dimenticare Renzo a Lucia, le chiedeva in continuazione se ci pensasse ancora ottenendo, ovviamente, l'effetto contrario. Donna Prassede biasimava le giovani ragazze: se si staccavano da un bravo giovane lo dimenticavano presto, se invece era un mascalzone rimaneva nei loro pensieri. Perché Renzo, ne era certa, sicuramente ne aveva combinate di altre già nel suo paese.
Lucia difendeva Renzo per puro amore di giustizia, ma la gentildonna utilizzava queste argomentazioni per provare che lei pensava ancora a quel disgraziato.
Fortunatamente donna Prassede faceva del gran bene a molte altre persone e, per di più, si occupava delle cinque figlie, tre in convento e due maritate. Sia nei tre conventi che nelle due famiglie tutti cercavano attivamente di evitare i suoi suggerimenti, richieste e intromissioni. Ma era in casa sua dove tutti erano incondizionatamente soggetti alla sua autorità.

Gli studi di don Ferrante

L'unico immune all'influenza di donna Prassede era il marito, don Ferrante. Egli era un colto letterato con una biblioteca di trecento volumi. Era un noto esperto di astrologia e di storia della scienza. Era uno studioso di filosofia, seguace di Aristotele, e della filosofia naturale.
Si dilettava anche di magia e stregoneria.
Le sue conoscenze di storia e di politica, che considerava inscindibili tra loro, erano assai vaste. Ma la materia in cui si poteva considerare una vera autorità, tanto da essere spesso consultato in merito, era la scienza cavalleresca. Il Manzoni, non ritenendo di impegnare oltre il lettore con la rassegna dei volumi di don Ferrante, interrompe la descrizione degli studi del gentiluomo.
Nel 1629 rimasero tutti nei luoghi e nelle condizioni in cui si trovavano senza che accadessero avvenimenti degni di nota. Agnese e Lucia, in autunno, non riuscirono a vedersi, nonostante l'impegno preso, a causa di un avvenimento assai importante di cui questo fu solo un minimo effetto. Poi accaddero molti altri fatti che portarono cambiamenti notabili nella vita dei personaggi.

Analisi critica:

Il capitolo inizia con una digressione storica. Il Manzoni ci racconta della guerra in atto tra Spagnoli e Francesi. Si dilunga nella spiegazione degli schieramenti e pone l'attenzione su quanto riguarda don Gonzalo. Sembra che tale digressione sia finalizzata a raccontare le vicende riguardanti la caccia a Renzo, invece l'Autore prepara il terreno a un importante evento successivo dipendente dalla guerra, ovvero la discesa dei lanzichenecchi dalla Valtellina, portatori del morbo della peste.

Il racconto prosegue con la descrizione delle difficoltà incontrate da Renzo e Agnese a comunicare per via epistolare. Dopo vari tentativi, Renzo riesce a raccontare le proprie vicissitudini, mentre Agnese fa pervenire metà degli scudi dell'innominato e la spiegazione del voto di Lucia. La scarsa cultura è il vero ostacolo. Non si frappone tra loro solo la distanza fisica, ma soprattutto quella comunicativa che rischia di risultare insormontabile.

Lucia invece è ospite di donna Prassede che ha come missione la redenzione della ragazza. Insiste nel voler far dimenticare Renzo chiedendo tutti i giorni alla ragazza se ci pensa ancora, il che, ovviamente, genera il risultato opposto. Come già detto nel capitolo precedente, la convinzione che Lucia sia innamorata di un mascalzone è impossibile da scalzare dalla sua mente. La nobildonna si impiccia anche nella vita delle cinque figlie, tre monache e due sposate, e di tutti coloro che gravitano intorno a lei, escluso il marito che è impegnato nei suoi studi. Egli sfugge al controllo della moglie, ritagliandosi un ambito di neutralità, in quanto *'non gli piaceva né di comandare né di ubbidire'*. La cultura come mezzo non per conoscere l'universo, ma per sottrarsi alle bizzose angherie della moglie.

Il Manzoni si dilunga nella descrizione delle materie studiate acriticamente e delle convinzioni al limite della fede di don Ferrante. Costui studia fideisticamente la scuola filosofica di Aristotele e dei suoi seguaci, evitando accuratamente i suoi detrattori per non perdere tempo. La sua cultura è enciclopedica, e quindi specializzata in nulla se non in materie inutili e basate sulla superstizione come l'astrologia, la magia, la stregoneria e, in particolar modo, la scienza cavalleresca. Nonostante si professi istruito e colto, don Ferrante negherà la contagiosità della peste e di questo morbo ne morirà. I due coniugi, come già descritto precedentemente, sono il mezzo attraverso il quale il Manzoni, con tono ironico, mette alla berlina alcuni delle convinzioni e dei comportamenti a lui invisi.

Chiara è la contrapposizione tra la biblioteca di don Ferrante e quella Ambrosiana istituita dal cardinale Federigo Borromeo.

-- *** --

Digressioni storiche:

<u>La guerra per la successione di Mantova</u>: il Manzoni ritiene di approfondire l'argomento che era già stato parzialmente affrontato alla tavola di don Rodrigo e una delle cause della carestia.

Ironia manzoniana:

'Le guerre fatte senza una ragione sarebbero ingiuste': con questa affermazione il Manzoni sottolinea quale fosse il *casus belli* e ironizza sul fatto che le guerre debbano avere una ragione per essere dichiarate

'Che non credeste che nella guerra sia tutte rose': il Manzoni colpisce chi parla della guerra in toni positivi e trionfalistici

'[...] sia restato morto, smozzicato, storpiato qualche uomo di meno, e, ceteris paribus, anche soltanto un po' meno danneggiati i tegoli di Casale': qui si manifesta la totale avversione alle guerra dell'Autore

L'alleato lo aiutava troppo: con questa frase si indica che il duca di Savoia, già conquistata la porzione a lui spettante del Monferrato, incominciava ad occupare anche quella riservata agli Spagnoli.

La corrispondenza tra Agnese e Renzo: le difficoltà incontrate tra il giovane e la sua futura suocera di scambiarsi lettere vengono dettagliate da Manzoni. Al di là del momento buffo, l'Autore sottolinea come la scarsa cultura sia un grande ostacolo nelle comunicazioni e nella comprensione tra gli uomini

L'attenzione di donna Prassede: tutto il comportamento della nobildonna è permeato da una forte ironia, ma il culmine lo raggiunge quando chiede in continuazione a Lucia se ha dimenticato Renzo, impedendole paradossalmente di farlo.

La cultura di don Ferrante: l'uomo è un colto letterato in nulla. Manzoni non lo critica apertamente, ma la descrizione ironica dei suoi studi lascia poco spazio alle interpretazioni.

-- *** --

Proverbi e modi di dire:

Che non credeste che nella guerra sia tutte rose: ancora oggi si dice comunemente di qualcosa che non dà problemi che è tutta rose e fiori. Ovviamente vale anche all'opposto!

Capitolo XXVIII

Data: dall'11 novembre 1628 all'autunno 1629

Luoghi: il Ducato di Milano

Personaggi: don Gonzalo, i Lanzichenecchi

-- *** --

Riassunto:

La situazione di Milano dopo il tumulto – La discesa dei Lanzichenecchi

La situazione di Milano dopo il tumulto

Dopo la rivolta sembrava che l'abbondanza fosse tornata a Milano. Il pane c'era e a buon mercato. Ciò indusse i cittadini a comprare, a consumare e ad accumulare farina e pane più di prima, mettendo nuovamente a rischio non solo la sostenibilità di questo nuovo sistema, ma anche l'immediato funzionamento. Quindi il Ferrer emanò una grida che vietava l'accumulo di pane e farina. Per aumentare la sostenibilità dell'approvvigionamento si incominciò a mescolare la farina di riso a quella di frumento e si fissò un prezzo del riso ben al di sotto di quello di mercato. L'abbondanza a Milano attrasse dalla campagna una quantità di gente per comprare pane, il che indusse la redazione di una nuova grida atta a limitare l'uscita di pane dalla città.

Quello che la popolazione aveva ottenuto con la rivolta e il saccheggio e l'autorità con la forza e le impiccagioni, ovvero l'abbondanza a buon mercato, era una conseguenza, non sostenibile nel lungo periodo, della fissazione del prezzo del pane a un livello fuori mercato. La perdita di viveri durante la sommossa e il consumo smodato a buon prezzo intaccarono le scorte di derrate che avrebbero dovuto durare fino al raccolto successivo.

La carestia colpiva la popolazione che era in larga parte disoccupata e si aggirava a chiedere l'elemosina. Anche i ricchi e i nobili si erano ridimensionati nelle ostentazioni se non erano diventati poveri a loro volta. Anche molti *bravi* allontanati a causa delle ristrettezze dei loro padroni si aggiravano a mendicare per le vie. I più forti riuscivano a beneficiare della carità diffusa nella città, ma insufficiente, del cardinale Borromeo, ma i più ne erano esclusi. La gente moriva di stenti in strada. I morti venivano rimpiazzati da altri mendicanti e nelle campagne la situazione era persino più disperata.

La miseria e il numero dei decessi indusse il tribunale della sanità a porre l'attenzione su un possibile rischio di contagio. Si stabilì quindi, con il parere contrario di tale tribunale che temeva che il rischio aumentasse, che tutti i mendicanti, sani e malati, venissero ricoverati nel lazzaretto, un edificio accanto alla porta orientale della città. I questuanti vennero stipati a migliaia nell'edificio, anche con la forza, fino a raggiungere i diecimila. Vivevano ammucchiati a venti o trenta per stanza, i giacigli di paglia erano putridi, alcuni dormivano sotto i portici, il pane era scarso e di cattiva qualità. Le malattie ebbero buon gioco con una popolazione tanto debole, malnutrita e stipata. I morti furono centinaia ogni giorno.

La discesa dei Lanzichenecchi

Arrivò il nuovo raccolto e la carestia finì, ma un nuovo terribile evento colpì Milano. Il cardinale Richielieu, dopo aver vinto sugli Inglesi a la Rocchella, scese in Italia con un esercito per aiutare Carlo Gonzaga a cui il commissario imperiale conte di Nassau aveva imposto di lasciare la città di Mantova. I Francesi, ottenuto un accordo coi Savoia, imposero a don Gonzalo di abbandonare l'assedio di Casale e di ritirarsi.

Una volta che i Francesi tornarono oltralpe, un esercito di Lanzichenecchi di Ferdinando prese il canton dei Grigioni e la Valtellina e si preparò a scendere nel milanese per raggiungere Mantova. Fra le truppe tedesche allignava endemico il morbo della peste. L'esercito era composto principalmente da mercenari in cerca di saccheggio. Si trattava di ventottomila fanti e settemila cavalieri. Due medici della sanità, Alessandro Tadino e Senatore Settala, provarono a far proibire ogni contatto tra la popolazione e i soldati, ma la richiesta non venne presa in considerazione.

A causa del malgoverno e della disastrosa campagna militare, don Gonzalo venne rimosso, al suo posto arrivò Ambrogio Spinola che si era distinto nella guerra di Fiandra.

L'esercito tedesco impiegò otto giorni ad attraversare il Ducato di Milano e lungo la via praticò sistematicamente il saccheggiò e la distruzione. Chi poté tra gli abitanti andò sui monti, gli altri subirono la furia della soldataglia. Passata la prima ondata, arrivò una seconda squadra che, infuriata di non avere più nulla da saccheggiare, distrusse tutto il possibile. E questo per venti giorni, finché irruppero nel territorio di Lecco.

-- *** --

Analisi critica:

Questo capitolo è una unica, lunga digressione che prepara il lettore alla diffusione della peste nel milanese. Protagonista assoluta è la Storia.

Il racconto del Manzoni parte dal tumulto di San Martino e spiega come le soluzioni trovate dai governanti fossero dei palliativi se non addirittura perniciose. Altrettanto negative erano le azioni della popolazione cittadina. L'Autore evidenzia come il 'governo' e la 'moltitudine' siano due attori tra loro contrapposti, ma entrambi ciechi, incapaci di agire con discernimento.

La situazione si era ristabilita col nuovo raccolto, ma la discesa dei lanzichenecchi, saccheggiatori e portatori di malattie, aveva precipitato nuovamente il Ducato nel caos.

Ora il lettore è pronto a seguire le vicende dei protagonisti del romanzo calati nella nuova situazione.

Digressioni storiche:

<u>La carestia e la discesa dei Lanzichenecchi</u>: Manzoni descrive minuziosamente i fatti, spiegando quali fossero i presupposti della epidemia di peste

<u>Le disposizioni di don Gonzalo</u>: si richiamano quelle *gride* che avrebbero dovuto mitigare gli effetti della carestia.

-- *** --

Ironia manzoniana:

<u>*[...] il ducato di Milano doveva avere almeno tanta gente in mare, quanta ne possa avere ora la gran Bretagna*</u>: il Manzoni torna sulla grande inefficacia delle pene prescritte nelle *grida*. Se fossero state osservate, ci sarebbero state migliaia di persone a remare sulle galere, più di quante ne avesse la principale marina mondale, quella inglese

<u>*'[...] ecco se, anche nelle maggiori ristrettezze, i denari del pubblico si trovan sempre, per impiegarli a sproposito'*</u>: il Manzoni passa dall'ironia al sarcasmo quando stigmatizza uno spreco di denaro pubblico che avrebbe potuto essere utilizzato diversamente

<u>*'quale amministratore ha mai detto che si faccia e si dispensi roba cattiva?'*</u>: il sarcasmo si inasprisce quando commenta i provvedimenti che impongono qualità del cibo in tempi di penuria.

Capitolo XXIX

Data: autunno 1629

Luoghi: il paesaggio di Agnese, Perpetua e don Abbondio, la casa del sarto

Personaggi: don Abbondio, Perpetua, Agnese, il sarto

-- *** --

Riassunto:

Il terrore di don Abbondio – La vita dell'innominato dopo la conversione

Il terrore di don Abbondio

Don Abbondio era terrorizzato. Le frammentarie notizie sui lanzichenecchi lo atterrivano ed era risoluto a fuggire, ma vedeva ostacoli e pericoli da ogni parte. I monti non erano sicuri perché i soldati erano abilissimi a scalarli, il lago era grande, ma le poche barche rimaste traghettavano sull'altra sponda con grande pericolo. Nel territorio bergamasco erano stati mandati da Venezia dei soldati a proteggere il confine ed erano più pericolosi e spietati dei lanzichenecchi stessi. Inoltre non si riusciva più a trovare una cavalcatura o degli uomini disposti ad accompagnare lui, Perpetua e Agnese.

Perpetua preparò le gerle con le cose da portare via, nascose i beni di valore nei pertugi, seppellì i danari nell'orto ai piedi del fico. Agnese, che aveva con sé la parte restante degli scudi dell'innominato cuciti nel busto, propose al curato di recarsi da quel benefattore che li avrebbe accolti e protetti in quel castellaccio imprendibile. L'idea venne accettata di buon grado e il terzetto partì.

Don Abbondio durante il viaggio mentalmente inveiva contro il duca di Nevers che avrebbe potuto fare il signore in Francia invece che reclamare il ducato, contro l'imperatore che sarebbe rimasto tale indipendentemente da chi fosse seduto a Mantova, e contro il governatore che aveva voluto la guerra. Durante il tragitto arrivarono alla casa del sarto dove, tra mille feste, salutarono la famiglia.

La vita dell'innominato dopo la conversione

Si parlò di tanti argomenti, ma il principale fu la conversione dell'innominato. Egli infatti, rifuggendo quella violenza tanto abusata, girava ora senza armi, ma non per questo era meno riverito di prima. I nemici che prima lo avrebbero ucciso, ma avevano temuto la sua forza, ora provavano per lui un'ammirazione consolatoria invece che il desiderio di una feroce vendetta.

D'altro canto neanche i complici delle sue malefatte e gli sgherri che avevano lavorato per lui provarono odio. Incolpavano invece Federigo della conversione tanto dannosa per loro.

L'arrivo dei lanzichenecchi gli aveva dato l'opportunità di rendersi ulteriormente utile al prossimo. Radunata la servitù a lui rimasta, distribuì le armi non riservandosene una per sé e organizzò il castello al fine di poter accogliere chiunque avesse richiesto un rifugio.

-- *** --

Analisi critica:

I lanzichenecchi sono in arrivo e don Abbondio non perde l'occasione per mostrare la sua viltà. Mentre tutti sono indaffarati a preparare la fuga, egli si lamenta e si preoccupa unicamente della propria incolumità. In lui la paura causa una forte regressione allo stato infantile in cui si comporta da bambino impaurito attaccandosi alle gonne della sua serva.

Non potendo trovare aiuto in altri, parte con Agnese e Perpetua alla volta del castello dell'innominato che sembra essere il luogo più sicuro. Ancora una volta il Manzoni stigmatizza i sentimenti del sacerdote. Invece di fornire aiuto, come il suo ministero gli imporrebbe, ne richiede. Lungo il tragitto non manca di inveire contro tutti coloro che, a suo giudizio, avevano causato la situazione di pericolo in cui si trovava. Persino l'idea di riparare nel castello dell'innominato lo terrorizza. Questa volta la paura del curato lo isola dagli altri. Sia Agnese che Perpetua non lo abbandonano, ma, attivamente impegnate a organizzare la fuga, non riservano ai suoi lamenti l'attenzione che si sarebbe aspettato. Egli viene trattato, appunto, come un bambino piagnucoloso.

Questo non è l'unico momento di ironia nell'ambito del capitolo. Un altro ce lo regala il sarto che fa esercizio di cultura parlando con don Abbondio. Egli infatti risulta colto in rapporto con i suoi compaesani, ma in realtà la sua istruzione è veramente limitata. Egli è quindi colto per 'differenza' e cerca legittimazione sperando in un riconoscimento da parte di chi ha avuto una istruzione, don Abbondio. In realtà il curato, che era di bassa cultura anch'egli, non gli dà soddisfazione anche perché compreso unicamente nel suo terrore per l'imminente arrivo della soldataglia tedesca.

Si noti che la cultura del sarto, sebbene di gran lunga inferiore, risulta essere maggiormente apprezzata di quella di don Ferrante. Dal confronto tra quella limitata e caritatevole del sarto e quella ampia ma sterile del nobiluomo, la prima ne esce vincitrice.

Il finale di capitolo presenta un nuovo esempio della conversione dell'innominato che offre ospitalità nel suo castello agli sfollati. Egli concretamente dimostra che il passaggio alla nuova vita non è ascetico, bensì militante come quello di Federigo. In questo capitolo è interessante notare la totale differenza di atteggiamento tra don Abbondio e l'Innominato nei confronti del pericolo imminente. Quest'ultimo, inoltre, opera una carità disarmata: per la difesa del castello distribuisce armi ai suoi, ma non ne riserva per sé.

Ironia manzoniana:

<u>Il terrore di don Abbondio</u>: al curato viene offerta una nuova occasione di mostrare i suoi limiti di piccolo uomo prendendosela con chi non c'entra nulla con la sua condizione

<u>La cultura del sarto</u>: un piccolo momento comico che mette a confronto l'esibizione di (piccola) cultura del sarto con il terrore del curato.

Capitolo XXX

Data: autunno 1629

Luoghi: il castello dell'innominato, la canonica di don Abbondio

Personaggi: l'innominato, Agnese, don Abbondio, Perpetua

-- *** --

Riassunto:

L'innominato accoglie il terzetto - Il soggiorno al castello – Il rientro al paese

L'innominato accoglie il terzetto

A mano a mano che il terzetto che si era rimesso in viaggio si avvicinava al castello incontrava persone che, dai loro racconti, facevano ringraziare il Cielo per la fortuna a loro toccata. Tutti erano diretti alla dimora dell'innominato e Agnese era contenta perché nelle difficoltà è meglio essere in molti piuttosto che in pochi. Don Abbondio era invece spaventato: più gente voleva dire per i saccheggiatori più bottino. La torma di gente giunse alla dimora dell'innominato e venne accolta dal padrone di casa.

Don Abbondio raccomandò alle due donne di non offenderlo parlando di quello che era stato nel passato, che era un santo ma era ancora potente e non andava stuzzicato. I maggiori riguardi e il maggior affetto del padrone di casa vennero riservati ai tre nuovi ospiti. Egli era felice di vedere le persone che avevano cagionato la sua conversione e le accolse al meglio delle sue possibilità. In particolare era lieto di avere conosciuto Agnese a cui porse ancora delle scuse, la quale, a sua volta, lo ringraziò del dono degli scudi.

Il castellano era pronto ad affrontare la soldataglia nell'ipotesi che si fosse presentata alle loro porte, il che terrorizzò don Abbondio che sperava di essere arrivato in un luogo sicuro. Gli uomini armati del castello, agli ordini dell'innominato che girava disarmato, avevano già affrontato i saccheggiatori di un paesetto vicino tra i ringraziamenti della popolazione.

Il soggiorno al castello

Al castello la gente era tranquilla e si divideva in occupazioni per il bene della comunità. Chi aveva denaro scendeva a valle a comprare il cibo, chi non poteva o non voleva trovava sempre nel castello pane, vino e minestra. Al tavolo del padrone desinavano gli ospiti da lui scelti e tra loro sempre Agnese, don Abbondio e Perpetua. Il trio si fermò ventitré o ventiquattro giorni, in attesa che la situazione si normalizzasse. Le voci che arrivavano erano tante e contrastanti tra loro e don Abbondio, dal poggio del castello, scrutava a valle per cercare un sentiero senza pericoli. Passato l'esercito tedesco, le terre tornarono ad essere sicure e le persone ospitate nel castello incominciarono a tornare a casa. Don Abbondio volle essere tra gli ultimi a partire per paura di imbattersi in una qualche soldataglia isolata rimasta indietro.

Il rientro al paese

Il giorno della partenza l'innominato diede ancora degli scudi e un corredo di biancheria ad Agnese da dividere con la figlia. Il terzetto passò davanti alla casa del sarto e non mancò di salutarne la famiglia rapidamente, senza neanche sedersi. Quando giunsero alle proprie case trovarono la distruzione: nulla si era salvato. Le abitazioni erano lorde, i muri imbrattati, le porte sfondate, il mobilio usato per alimentare il focolare. I denari sepolti in giardino erano stati trovati e rubati. Perpetua fece ripristinare alla bell'e meglio la canonica con l'aiuto degli scudi presi a prestito da Agnese. Venne a conoscenza che l'abitazione del parroco era stata saccheggiata non solo dai soldati, ma anche da alcuni abitanti del villaggio. Perpetua incalzò don Abbondio, ma il curato si rifiutò di richiedere la restituzione delle proprie cose preferendo, per paura, rinunciarvici. E, sempre per paura, stava in casa sempre all'erta perché temeva che qualche lanzichenecco rimasto indietro potesse apparire prima o poi davanti alla sua porta.

-- *** --

Analisi critica:

Due sono gli elementi principali di questo capitolo.
Il primo è la figura dell'innominato convertito. Egli non ha perso la sua autorità. Questa ora però gli discende non più dalla pratica del terrore, ma dalla forza morale derivante dalla sua redenzione. Mette a disposizione quanto possiede per il bene di coloro che si rivolgono a lui fuggendo dalle scorribande dei mercenari tedeschi. I suoi agiscono armati scacciando piccoli gruppi di saccheggiatori, lui interviene completamente senza portare spada o pistola. I principali beneficiari dell'ospitalità del signorotto sono proprio Agnese, Perpetua e don Abbondio. Offre loro protezione, li accoglie al suo desco e dona ad Agnese altri scudi e un corredo per Lucia.
Alla azione discendente da una fede militante, fa da contraltare, nuovamente, la inetta codardia di don Abbondio che, per il suo ministero, avrebbe dovuto essere anch'egli fattivo promotore dell'aiuto agli sfollati. La sua paura lo porta fino alla involontaria bestemmia. Prima insinua che l'innominato possa non essere completamente convertito. Quando non riesce a convincere nessuno dei suoi timori nei confronti del signorotto, mette in dubbio la completa santità di tutti i santi. Pertanto si premura che nessuno offenda l'innominato perché comunque è sempre un potente e pertanto pericoloso.
Il curato, anche quando è ormai al sicuro, teme comunque un attacco da parte dei Lanzichenecchi, cerca nella valle una strada sicura su cui scappar via e abbandona il castello tra gli ultimi per maggiore prudenza, dopo un mese di permanenza.
Inoltre ritornato a casa e scoperto il saccheggio, rimprovera Perpetua di negligenza, salvo poi rifiutarsi, per paura, di chiedere indietro il proprio mobilio rubato da alcuni compaesani. Egli aspira a una vita tranquilla, da pensionato, con la sua serva, ma non sa che il destino gli ha riservato ben altro.

Ironia manzoniana:

<u>Le paure di don Abbondio</u>: il personaggio del curato è fedele a sé stesso e non perde occasione di essere bersaglio della riprovazione dell'Autore che si esprime, in questa parte del romanzo, con la malcelata sopportazione da parte di Agnese e Perpetua. Forse non si tratta più di ironia.

-- *** --

Proverbi e modi di dire:

<u>Mangiare pane a ufo</u>: essere a carico di qualcuno senza contraccambiare in alcun modo. Espressione assai valida ancora ai nostri giorni.

<u>Cadere in piedi</u>: con i denari e la biancheria donati dall'innominato, Agnese riteneva di essere caduta in piedi, ovvero avere limitato i danni.

Capitolo XXXI

Data: dall'autunno del 1629 al mese di maggio 1630

Luoghi: il Ducato di Milano

Personaggi: la peste

-- *** --

Riassunto:

La peste arriva a Milano – L'indifferenza delle autorità – La carità dei frati cappuccini - Gli untori

La peste arriva a Milano

Alla fine la peste, arrivata al seguito delle bande tedesche e tanto temuta dal tribunale della sanità, si manifestò. Il morbo colpì il milanesato, ma spopolò anche l'Italia intera. Il Manzoni, con questa digressione, dichiara di voler far conoscere quel grande fatto non solo perché coinvolse i protagonisti del romanzo, ma anche per far chiarezza su un pezzo di storia più famoso che conosciuto.

Mettendo a confronto le varie fonti dell'epoca, tutte quante incomplete e lacunose, il Manzoni ci racconta che lungo la via percorsa dai lanzichenecchi si era trovato qualche cadavere nelle case e qualche morto per le strade. Dopo poco incominciarono ad ammalarsi e morire famiglie intere con sintomi e segni che i vecchi, che avevano vissuto la peste di cinquantatré anni prima, detta di san Carlo, riconobbero come simili.

L'indifferenza delle autorità

Il dottor Lodovico Settala, che giovanissimo aveva curato quella peste, il 20 di ottobre riferì al tribunale della sanità che a Chiuso, ultimo paese prima del territorio bergamasco, era scoppiata l'epidemia, ma non venne preso alcun provvedimento. Altri casi simili a Lecco e Bellano indussero il tribunale ad inviare un commissario e un dottore per indagare, ma costoro riferirono che non si trattava di peste, bensì di emanazioni autunnali delle paludi e strapazzi sofferti dal passaggio della soldataglia. Altri casi fecero spedire il Tadino e un altro dottore a visitare i luoghi delle morti e vi trovarono l'epidemia ormai dilagante. Il tribunale chiese al governatore di riportare i fatti alla corona, ma costui era impegnato nella guerra e nell'organizzare i festeggiamenti per la nascita del primogenito del sovrano Filippo IV. Tali pubbliche feste furono inoltre terribili occasioni per diffondere ulteriormente il contagio. Ambrogio Spinola, inviato dalla corte di Spagna a raddrizzare le sorti della guerra e che

151

durante quella stessa guerra morì non per mano del nemico ma per le angherie, i tradimenti, i torti subiti da quella stessa corte di Madrid. Egli non si curò affatto della popolazione a lui affidata.

Neanche la cittadinanza voleva credere alla peste. Le notizie delle morti venivano attribuite alla carestia e alle angherie dei lanzichenecchi e chi menzionava il contagio veniva deriso e disprezzato.

Il cardinale Federigo prese invece con serietà i segnali di pericolo e ordinò alle parrocchie di invitare i fedeli a denunciare tali fatti e di consegnare oggetti ritenuti infetti o sospetti.

La peste, intanto, era entrata in Milano. La prima vittima presunta fu un fante italiano che si era recato in casa di parenti presso la porta orientale con un fagotto di vestiti comprato o rubato ai soldati tedeschi. Due inservienti e un frate che lo curarono morirono a loro volta, così come il padrone di casa. Gli altri abitanti furono condotti al lazzaretto dove i più si ammalarono e morirono. Questi accorgimenti, come anche bruciare il letto dove era morto, non furono sufficienti a fermare il contagio. Per tutto il 1629 e inizio del 1630 si accendevano occasionali focolai di malattia, il che alimentava la credenza, comune pure ad alcuni medici, che non si trattasse di peste. Per evitare di essere portati al lazzaretto, molti non denunciavano i malati, eludevano i controlli, compravano false attestazioni. Questo clima alimentava l'odio nei confronti del Tadino e di Senatore Settala, figlio del predetto Lodovico, il quale, professore universitario e grande benefattore, venne aggredito dalla folla a quasi ottanta anni mentre si recava a visitare degli ammalati.

La carità dei frati cappuccini

La dimensione del contagio fu tale che anche coloro che lo negavano furono costretti a mutare il giudizio. La popolazione del lazzaretto aumentò a dismisura, così come le spese per il suo mantenimento. La città fece fronte al maggior bisogno come poté con le casse mezze vuote. Nonostante la falcidia quotidiana della malattia, la situazione era diventata insostenibile. Si chiese aiuto ai frati cappuccini. Il padre commissario della provincia, che faceva le veci del padre provinciale che era morto, propose padre Felice Casati, uomo d'età e di carità. Egli, aiutato da altri padri cappuccini che presto presero posto in tutti i ruoli e funzioni del lazzaretto, comandò e amministrò fornendo senza tregua assistenza ai malati. Egli stesso si ammalò, guarì e torno ai suoi doveri con rinnovata lena. Molti dei suoi confratelli morirono con allegrezza.

Gli untori

Ormai anche i più restii tra la popolazione non potevano negare l'esistenza del contagio. Tuttavia, per non ammettere l'errore, erano più disposti a credere che non ci fosse una causa naturale, bensì che il contagio avvenisse tramite arti venefiche e congiure diaboliche.

Si attribuiva la peste a una vendetta di don Gonzalo o a emissari del cardinale Richelieu che voleva indebolire Milano per conquistarla. Si dava quindi la colpa a persone che venivano definite "untori" e chiunque sembrasse sospetto di diffondere il contagio veniva aggredito dalla folla o tratto in arresto.

Una mattina in molte parti della città, sulle porte e sulle mura, vennero rinvenute delle macchie di unto giallognolo o biancastro. Vennero fatti esperimenti con alcuni cani e la sostanza risultò innocua. Tuttavia i segni vennero comunque bruciati con paglia accesa. Tutti i forestieri, per il semplice fatto di esserlo, vennero ritenuti sospetti ed arrestati, ma non venne mai stabilito alcun collegamento tra costoro e le unzioni.

Analisi critica:

Il capitolo XXXI e il successivo sono una unica, lunga digressione sulla peste milanese. È il nocciolo principale del romanzo, quello che ha dato origine all'intera opera. Qui lo storico prende il sopravvento sul romanziere. L'intenzione di Manzoni è di raccontare quello che lui definisce un fatto storico *'più famoso che conosciuto'* e si avvale di diverse fonti che non assume acriticamente, ma vaglia e confronta tra loro.

Le prime avvisaglie dell'epidemia vengono ignorate dalle autorità che tacciono o minimizzano, i governanti se ne disinteressano impegnati nella guerra e nei festeggiamenti per la nascita dell'infante di Spagna. Anche la popolazione preferisce ignorare il pericolo e critica e aggredisce chi lancia l'allarme. Gli unici che si preoccupano della minaccia imminente sono alcuni dottori e il cardinale Borromeo. In realtà l'intervento del cardinale non è così come descritto da Manzoni, sembrerebbe essere stato mitizzato. La Chiesa si rende protagonista positiva, con abnegazione e sacrificio, grazie ai frati cappuccini nella gestione del lazzaretto, altrimenti abbandonato dalle autorità civili.

Quando ormai l'epidemia assume proporzioni tali che non può più essere negata da nessuno, si cerca la causa del contagio nell'azione di agenti stranieri interessati a indebolire Milano e in presunti soggetti dediti a magie e sortilegi diabolici.

Ancora una volta il giudizio di Manzoni è impietoso nei confronti della classe politica e dell'ignoranza popolare.

-- *** --

Digressioni storiche:

<u>La peste in Milano</u>: il Manzoni prende un grande spazio, che comprende oltre a questo capitolo anche il successivo, per raccontare la peste in Milano.

Capitolo XXXII

Data: dal mese di maggio al mese di agosto del 1630

Luoghi: il Ducato di Milano

Personaggi: la peste

-- *** --

Riassunto:

Il consiglio dei decurioni chiede l'intervento del governatore e del cardinale – L'intervento degli ecclesiastici – La diffusa credenza negli untori

Il consiglio dei decurioni chiede l'intervento del governatore e del cardinale

Divenuta la situazione insostenibile, il consiglio dei decurioni inviò una ambasciata al governatore Ambrogio Spinola che si trovava sul campo di battaglia. Mettendolo al corrente degli avvenimenti, gli venne rammentato l'editto di Carlo V durante la precedente peste che prevedeva la sospensione delle tasse, la presa in carico da parte del fisco delle spese necessarie, la comunicazione degli eventi e della loro evoluzione al sovrano e il blocco dei nuovi alloggiamenti militari che tanto danno avevano causato.

Il governatore rispose scrivendo una lettera in cui si dispiaceva di non essere a Milano e di confidare che il consiglio supplisse alla sua assenza. La corrispondenza andò avanti un bel po' senza che generasse risultati concreti. Quando il governatore trasferì al Ferrer la gestione del contagio, ormai questo aveva ucciso un milione di persone nel nord d'Italia.

Un'altra delle risoluzioni del consiglio fu di chiedere al cardinale Federigo una processione portando in città il corpo di san Carlo. L'alto prelato si dichiarò contrario: se fossero esistiti davvero gli untori si sarebbe data loro un'occasione unica di agire tra la folla, se invece come era plausibile gli untori non esistevano la gran concentrazione di gente avrebbe comunque aumentato il diffondersi del morbo.

La caccia agli untori rendeva la popolazione molto attenta ad atteggiamenti sospetti.

Capitò un fatto a un uomo quasi ottantenne che in chiesa, dopo aver pregato tanto in ginocchio e prima di sedersi, volle spolverare la panca. Venne aggredito, percosso e trascinato in prigione dagli altri fedeli che credevano che l'uomo stesse ungendo gli arredi. Stessa sorte capitò a tre francesi che avevano toccato i marmi del duomo.

Dopo numerose e ripetute richieste, Federigo dovette cedere e acconsentire alla processione.

Purtroppo i timori del cardinale si rivelarono fondati e i casi di malattia si moltiplicarono. Tuttavia la popolazione non attribuì la responsabilità alla troppa vicinanza tra le persone durante la processione, bensì all'opera degli untori facilitati da tanta concentrazione di folla.

L'intervento degli ecclesiastici

La popolazione del lazzaretto salì in pochi giorni da duemila a dodicimila unità. Le morti giornaliere giunsero a millecinquecento e si disse che la popolazione milanese fosse scesa a sessantaquattro mila unità contro le duecentocinquantamila di prima della peste.

Per far fronte al forte incremento di morti e infetti, vennero istituite tre figure pubbliche. I monatti che avevano il compito di caricare sui propri carri i cadaveri affinché venissero sepolti e di condurre i malati al lazzaretto. Gli apparitori avevano invece la funzione di suonare un campanello per avvisare, precedendoli, dell'arrivo dei carri dei monatti. I commissari avevano il compito di amministrare e sostituire i monatti, gli avvisatori e i medici del lazzaretto. Dovevano occuparsi di approvvigionare di medicine, vitto e quant'altro fosse di bisogno quel triste luogo. Tuttavia le risorse e gli uomini scarseggiavano tanto più ce ne era bisogno.

Alla scarsità di personale supplirono gli ecclesiastici. Per esempio padre Felice si offrì di ripulire la città dei cadaveri in quattro giorni giacché i monatti non erano più sufficienti. Oltre sessanta parroci morirono di peste fornendo il loro servizio. Lo stesso arcivescovo, nonostante fosse esortato a rifugiarsi isolato in campagna, non fece mancare il suo supporto diretto visitando i lazzaretti e portando conforto e assistenza alle persone barricate nelle case in città. Visse la pestilenza senza curarsi del pericolo e miracolosamente ne uscì illeso.

La diffusa credenza negli untori

Oltre alla peste, un altro flagello colpiva la città: chi si approfittava della disgrazia. I monatti rubavano nelle case dei morti, minacciavano di portare i sani al lazzaretto se non avessero pagato, chiedevano denaro per portare via i cadaveri. Altre persone si fingevano monatti per entrare nelle abitazioni e compiere le loro malefatte.

La convinzione dell'esistenza degli untori era assai diffusa. Alcuni contagiati, in preda al delirio della malattia, arrivavano ad accusare sé stessi raccontando storie fantasiose. Alcuni dotti attribuivano la responsabilità delle unzioni al passaggio di alcune comete qualche anno prima. Persino il Tadino dava credito ad alcuni racconti di persone che offrivano danari affinché diffondessero il contagio con un unguento.

Due scrittori attribuirono anche al cardinale Federigo tale credenza. I magistrati, infine, si occuparono del caso dei fratelli Girolamo e Giulio Monti che vennero arrestati perché colpevoli, a loro dire, di aver fabbricato veleno con materiale proveniente dal veneziano e in tale quantità da avere impiegato nella lavorazione ben quaranta persone. Il tutto sulla base di semplici sospetti.

-- *** --

Analisi critica:

Il racconto della peste a Milano si arricchisce di particolari e il numero dei morti fa comprendere l'entità della epidemia.

La critica feroce del Manzoni, anche qui, non risparmia il menefreghismo delle autorità pubbliche, il ruolo assente di Ambrogio Spinola, la guerra vista dalla storia ufficiale con l'occhio della classe dirigente che non badava alle sofferenze patite dalla gente, il popolo ignorante che impone una processione rivelatasi poi perniciosa e la diffusa credenza dell'esistenza degli untori anche tra le persone di cultura.

Con questo capitolo si chiude il racconto storico sulla peste che è la vera protagonista del romanzo, il *deus ex machina* che Manzoni utilizza per muovere gli altri personaggi e risolvere le situazioni nella parte finale del romanzo.

-- *** --

Digressioni storiche:

La peste in Milano: con questo capitolo Manzoni conclude la digressione storica sulla peste.

Capitolo XXXIII

Data: mese di agosto 630

Luoghi: la casa milanese di don Rodrigo, il paese nel bergamasco in cui è riparato Renzo, il paese natio di Renzo

Personaggi: don Rodrigo, il Griso, Renzo, Bortolo, Tonio, don Abbondio, un vecchio amico di Renzo

-- *** --

Riassunto:

Don Rodrigo è colpito dalla peste – Renzo torna al paese

Don Rodrigo è colpito dalla peste

Una notte, verso la fine di agosto, don Rodrigo rientrò nella sua casa di Milano dopo aver gozzovigliato con i suoi amici. Tra di loro ce ne erano sempre di nuovi e sempre meno. Quel giorno li aveva fatti ridere tanto con un beffardo elogio funebre del conte Attilio morto di peste due giorni prima. Era accompagnato dal Griso il quale lo vedeva col viso stravolto e con gli occhi lucidi. Don Rodrigo si sentiva stanco nelle gambe e nel respiro. Nel mettersi a letto il signorotto attribuì i sintomi alla stanchezza e al vino e il Griso lo assecondò sebbene se ne tenesse a debita distanza.

Don Rodrigo faticava molto ad addormentarsi oppresso dal caldo, dalle coperte e scosso come se qualcuno fosse venuto a svegliarlo. Il sonno fu agitato da incubi: si trovava in chiesa circondato da persone malate che gli venivano addosso. Mise la mano alla spada che, per colpa della calca che lo spingeva, gli sembrava essere salita su tanto che l'elsa gli dava fastidio sotto l'ascella. Tuttavia l'arma non c'era e, al tocco, provò una forte fitta. Strepitava e voleva urlare ancora più forte, ma non ci riusciva. A un tratto tutti voltarono lo sguardo verso il pulpito. Dalla balaustra fra Cristoforo lo ammoniva con il dito come quella volta durante il colloquio al palazzaccio. Si svegliò urlando. La luce del giorno lo infastidiva tanto quanto la fiamma della candela la sera precedente. Guardò dove aveva dolore e trovò un bubbone livido. Don Rodrigo comprese di essere malato e di non avere più scampo. Chiamò il Griso che giunse tenendosi a debita distanza dal letto. Facendo leva sulla fedeltà dell'uomo, gli chiese di convocare il dottor Chiodo, un medico che sapeva tenere il segreto. Il Griso si dileguò in un attimo per tornare invece in compagnia di due monatti. Don Rodrigo tentò inutilmente di prendere una pistola e sparare a quello che era stato il suo fido braccio destro, ma venne presto disarmato. Mentre uno dei monatti lo teneva, il Griso e l'altro saccheggiavano la stanza. Don Rodrigo lo maledisse e poi svenne. Venne portato al lazzaretto. Il Griso, nella foga del frugare, toccò gli abiti del suo padrone e il giorno successivo si ammalò: morì sul carro che lo portava nello stesso luogo in cui aveva fatto portare don Rodrigo.

Renzo torna al paese

Nel frattempo la situazione di Renzo si era normalizzata. A causa delle inimicizie sorte tra Milano e Venezia, il povero montanaro di Lecco non era stato più ricercato. Bortolo andò a riprenderselo e portarselo a casa. Renzo era molto abile ed era l'aiuto perfetto per un *factotum*: capace e volenteroso, ma non in grado di prenderne il posto perché non sapeva scrivere.

Dal canto suo Renzo fantasticava di farsi soldato nella speranza che Venezia invadesse Milano e quindi tornare a casa da vincitore. Oppure immaginava di andare da Agnese sotto mentite spoglie. Bortolo lo dissuase dalle sue fantasie.

Intanto l'epidemia aveva colpito il milanesato e aveva varcato le frontiere. Renzo si ammalò. Dopo alcuni giorni di agonia, in cui si curò da solo, guarì grazie alla sua robusta costituzione. Preoccupato della sorte di Lucia, giacché con la peste era più facile contrarre la malattia e morire che rimanerne indenni, decise di andarla a cercare. Salutò Bortolo dalla porta di casa, per preservarlo dal contagio, prese i suoi cinquanta scudi mandati da Agnese, qualche altro quattrino risparmiato e un coltellaccio, quindi partì alla volta di Milano. Era stato malato ed era guarito, pertanto non poteva contrarre il morbo una seconda volta. Durante il viaggio incontrò solo morte e desolazione. I campi erano incolti e gli alberi carichi di frutta che nessuno raccoglieva più.

Giunse al suo paese. Con circospezione si diresse verso la casa di Lucia e si imbatté in qualcuno che gli sembrava Gervaso, il testimone tonto del matrimonio a sorpresa. Invece si trattava del fratello Tonio, l'altro testimone, a cui la peste aveva tolto il vigore fisico e il ben dell'intelletto. Renzo incontrò poi don Abbondio da cui ottenne preziose informazioni: non sapeva dove fosse Lucia, Agnese aveva riparato da alcuni parenti in Valsassina, dove la peste era stata più clemente. Anche don Abbondio era stato miracolato: aveva avuto la peste ed era guarito come Renzo. Perpetua e molte altre persone e famiglie del villaggio non erano sopravvissute. Salutato il curato, andò a vedere le condizioni in cui versava casa sua, quindi decise di andare a trovare un suo amico a cui la peste aveva portato via tutta la famiglia. Questi lo accolse con gioia, lo ospitò e gli fornì qualche piccola informazione su dove cercare Lucia.

Il mattino successivo ripartì alla volta di Milano. All'altezza di Monza trovò un fornaio aperto e decise di entrare a comprare del pane. Il bottegaio gli intimò di stare fuori, di mettere i denari in una scodella con acqua e aceto e gli porse i pani con le molle. Il giorno dopo giunse in città a Porta Nuova.

-- *** --

Analisi critica:

Il primo personaggio del romanzo a essere colpito dalla peste è don Rodrigo. Di ritorno da un festino in cui aveva canzonato il cugino Attilio morto due giorni prima, si sente poco bene e si corica per la notte. L'incubo che ne segue, seppur breve, è uno dei passi meglio riusciti del romanzo. Quel dito agitato da fra Cristoforo era lo stesso del colloquio al castellaccio. Don Rodrigo già allora lo aveva percepito come un presagio negativo che ora si mostra in tutta la sua completezza.

Il signorotto, risvegliatosi e presa coscienza della sua condizione di infetto, chiama in aiuto il Griso che già subodorava la malattia. Costui, invece di cercare il medico, porta con sé due monatti per derubare il suo padrone che verrà portato al lazzaretto. Tuttavia l'avidità farà commettere una imprudenza al Griso a cui il giorno successivo toccherà la stessa sorte di don Rodrigo. Il giudizio del Manzoni è netto, entrambi privi di scrupoli e morale (don Rodrigo canzona il cugino morto e il Griso tradisce il suo benefattore) fanno una fine terribile, non tanto per la malattia, quanto per essere rimasti soli e abbandonati nell'ultimo momento della loro esistenza.

La seconda parte del capitolo riguarda invece un altro personaggio. La peste non risparmia Renzo al quale, però, lascia un dono. Chi contrae la malattia e guarisce, ne rimane immune. Pertanto il giovane decide di andare a cercare Lucia approfittando della confusione che regna nel ducato di Milano. Saluta Bortolo che nel mentre ha approfittato delle sue due qualità: eccellente lavoratore, ma sufficientemente ignorante da non potergli portare via il posto.

Arrivato senza difficoltà al paese natio scopre che sia Lucia che Agnese sono vive, ma altrove. Vivo è anche don Abbondio, anche se provato dalla malattia contratta e poi guarita. Morti sono Perpetua e Gervaso.

Tonio ha invece perso salute fisica e mentale per colpa della peste. La scena dell'eroe che, appena rientrato in paese dopo lungo tempo, si imbatte nello *scemo del villaggio* è tipica dei romanzi e delle opere teatrali dell'epoca. Ad esempio questo espediente letterario viene utilizzato nel *Waverly* di Sir Walter Scott a cui il Manzoni deve molto.

Don Abbondio invita Renzo a tornare nel bergamasco e a lasciar perdere il passato foriero di vecchi e nuovi guai. Renzo non è interessato alle paure del curato e dopo aver trovato rifugio e ristoro da un vecchio amico, si incammina verso Milano da dove erano arrivate le ultime notizie su Lucia.

Renzo ancorché fuggitivo e ufficialmente ricercato trova, a differenza di don Rodrigo e del Griso, conforto e aiuto nei suoi paesani.

-- *** --

Proverbi e modi di dire:

Prendere con le molle: sebbene il Manzoni non utilizzi direttamente l'espressione di 'prender con le molle' un qualcosa, ovvero alla lontana e con circospezione, probabilmente questo modo di dire è stato mutuato dal romanzo.

Capitolo XXXIV

Data: mese di agosto 1630

Luoghi: la città di Milano

Personaggi: Renzo, il passante spaventato, la donna imprigionata nella propria casa, la madre della bambina Cecilia, la vicina di casa di don Ferrante, i monatti

-- *** --

Riassunto:

Renzo entra in Milano – Renzo viene scambiato per un untore - Renzo regala i suoi pani a una donna imprigionata in casa sua – Una donna posa il corpo della sua figliola Cecilia sul carro dei monatti – La vicina di don Ferrante accusa Renzo di essere un untore – Renzo arriva al lazzaretto sul carro dei monatti

Renzo entra in Milano
Renzo aveva sentito dire che non si poteva entrare in Milano senza un certificato medico che sancisse l'assenza della malattia. Il giovane, sprovvisto di tale documento, intendeva provare ad entrare alla prima porta che avesse incontrato e, se fosse andata male, avrebbe riprovato con le altre, immaginando ingenuamente chissà quante porte avesse Milano. Da sotto le mura vedeva colonne di fumo provenienti dai roghi in cui venivano bruciati i vestiti, i letti e le suppellettili degli infetti. Arrivato alla porta vide una guardia stanca, sorretta dal suo moschetto. In quel momento i monatti stavano portando via il capo dei gabellieri caduto malato. Renzo allungò un mezzo ducatone alla guardia che lo fece passare.

Renzo viene scambiato per un untore
All'interno della città incontrò una persona a cui si avvicinò per chiedere un'informazione, togliendosi educatamente il cappello. Lo sconosciuto gli urlò contro e fuggì via terrorizzato, anche Renzo ne prese le distanze pensando che fosse mezzo matto. Costui, avendo mal interpretato il gesto di Renzo, da quel giorno in poi avrebbe raccontato di avere incontrato un untore e di averlo scacciato.

Renzo regala i suoi pani a una donna imprigionata in casa sua

Durante il suo girovagare Renzo venne richiamato da una donna affacciata a un balcone. Il giorno precedente lei e i suoi figli erano stati barricati dalla forza pubblica dentro casa loro, quando avevano portato via il marito malato, e da allora morivano di fame. Al giovane vennero in mente i due pani comprati in Monza: il darli alla donna gli sembrava più che aver pagato al legittimo proprietario quelli trovati per strada l'anno prima all'ingresso di Milano. La donna, nel ringraziarlo, gli chiese di trovare qualcuno che li liberasse e il giovane acconsentì. Renzo si addentrò nella città finché si imbatté nella macchina della tortura al centro di una piazza. Ormai diffuse in tutta Milano, venivano utilizzate con abbondanza per punire chi non ubbidiva. Giunse una carovana di carri carichi di cadaveri e a Renzo venne il pensiero atroce che tra quelli ci potesse essere quello di Lucia. Il giovane incontrò poi un prete da cui ottenne le indicazioni per la casa di don Ferrante che si trovava nella zona tra le più colpite dalla peste. Puzzo di cadaveri ovunque, morti per le strade, le abitazioni abbandonate da quei pochi abitanti sopravvissuti, silenzio di morte lacerato unicamente da gemiti, urla e rumore dei carri dei monatti. Al tocco della campana del duomo, che indicava il momento di recitare certe preghiere stabilite dall'arcivescovo, i pochi sopravvissuti si affacciavano alle finestre per mormorare in comune le preci.

Essendo morti almeno i due terzi degli abitanti, gli altri apparivano tutti strani nell'abbigliamento e nell'aspetto. Non più abiti lunghi e svolazzanti per evitare di toccare per terra e per rendere più difficile la vita agli untori, barbe lunghe e incolte da quando un barbiere era stato ritenuto uno dei più terribili diffusori della malattia, saluti da lontano anche tra amici fraterni.

Una donna posa il corpo della sua figliola Cecilia sul carro dei monatti

Renzo incontrava carri di monatti intenti a caricare corpi da alcune case. Dalla porta di una di esse uscì una donna con in braccio una bambina di nove anni di nome Cecilia. Costei, nonostante fosse morta, era abbigliata e pettinata per la festa. Un monatto si avvicinò per prendergliela con rispetto, ma la donna lo fermò e caricò lei stessa il corpicino sul carro dandole appuntamento per la sera quando avrebbero caricato anche lei. Quindi, rientrata in casa, si affacciò alla finestra con un'altra bambina al collo con anch'essa gli evidenti segni della malattia. A Renzo sorse spontanea una invocazione a Dio.

Poco dopo una penosa processione di uomini, donne e fanciulli malati spinti dagli insulti dei monatti che andava verso il lazzaretto incrociò il cammino di Renzo.

La vicina di don Ferrante accusa Renzo di essere un untore

Giunto alla casa di don Ferrante bussò alla porta col battacchio. Si aprì una finestra da cui si affacciò una donna. Con voce incerta Renzo chiese di Lucia. La donna riferì che era stata portata al lazzaretto perché malata di peste e richiuse la finestra, prima che il giovane potesse chiedere ulteriori dettagli. Renzo bussò nuovamente con insistenza appendendosi al battacchio. Un'altra donna, vedendolo, additò Renzo alla folla come un untore. Un gruppo di persone gli si raccolse intorno per prenderlo. Il giovane sfoderò il coltellaccio, ma si sentì in trappola. All'improvviso prese una decisione: saltò su un carro di monatti di passaggio che stava trasportando cadaveri. La folla tentò lo stesso di catturarlo, ma un monatto strappò un cencio da un morto e cominciò ad agitarlo: gli inseguitori si dispersero.

Renzo arriva al lazzaretto sul carro dei monatti

I monatti plaudirono a Renzo: lo reputavano veramente un untore e per questo avevano avuto il piacere di salvarlo. I monatti erano odiati dalla popolazione e quindi incitavano alla moria della gente di Milano. Appena poté Renzo ringraziò i suoi salvatori, saltò giù dal carro e si diresse deciso al lazzaretto dove i segni della follia erano ancora più accentuati.

-- *** --

Analisi critica:

Alessandro Manzoni utilizza l'espediente di far cercare a Renzo la sua promessa Lucia all'interno di Milano per poter descrivere quanto stava accadendo a causa della peste. Egli fa incontrare al giovane persone e situazioni che rendono vivo il dolore, la disperazione e la follia dell'epidemia.

Nella città regna l'anarchia. Renzo riesce ad entrare grazie a una mancia a una guardia mentre viene portato via dai monatti il capo gabelliere. Il primo incontro è con un cittadino che lo scambia per un untore, così accade con l'ultimo episodio quando una donna lo addita alla folla perché si aggrappa ripetutamente al battacchio della porta.

Durante il suo peregrinare Renzo trova morte e disperazione. Dalla donna barricata all'interno della propria casa a cui dona i suoi pani acquistati a Monza, e così moralmente si sdebita con la Provvidenza per quelli raccolti per strada durante il tumulto dell'anno precedente, ai carri carichi di cadaveri.

Il momento più alto del capitolo è quello di Cecilia, una bambina morta di peste, che viene agghindata a festa dalla madre prima di essere caricata sul carro. Persino i monatti hanno un rispetto inusuale nel confronti del corpicino. La madre non dà un addio alla bambina, ma un arrivederci alla sera stessa in quanto anche l'altra figlia più piccola mostrava i segni della malattia. Questo è l'episodio più commovente di tutto il romanzo in cui la pietà di Renzo fa sgorgare dal suo cuore una preghiera per la donna. Il dolore composto e la fede in Dio la sorreggono e influenzano anche i monatti. Tale episodio, peraltro vero e raccontato dal Borromeo nel capitolo VIII del suo *De pestilentia*, è talmente importante nell'economia del romanzo che Manzoni lo fa rappresentare dal Gonin nel frontespizio del libro.

Nella città colpita dall'epidemia tutto è sovvertito: l'amicizia e la solidarietà sono scomparse, le persone sane sono rinchiuse a forza nelle proprie abitazioni, gli abitanti guardano con sospetto tutti gli sconosciuti, i monatti sono odiati dalla cittadinanza e quindi inneggiano alla peste e a coloro che si crede la diffondano. La follia descritta nel presente capitolo sarà persino maggiore di quella raccontata nel successivo dedicato al lazzaretto.

-- *** --

Ironia manzoniana:

Le porte di Milano: il Manzoni ironizza sulla visione sempliciotta della città da parte di un contadinotto ignorante. Renzo si figura che le porte di Milano siano numerosissime

Proverbi e modi di dire:

'*Ma era come dire al muro*': anche oggi si dice così quando l'interlocutore non ascolta o fa finta di non ascoltare le nostre parole

'*Dagli all'untore!*': questa invocazione espressa dalla donna affacciata alla finestra della casa di don Ferrante, viene talvolta citata per indicare quando qualcuno incita la folla, o biasimo popolare, contro una persona.

Capitolo XXXV

Data: mese di agosto 1630

Luoghi: il lazzaretto

Personaggi: Renzo, fra Cristoforo, don Rodrigo

-- *** --

Riassunto:

La desolazione nel lazzaretto – Renzo incontra fra Cristoforo – Fra Cristoforo e Renzo al capezzale di Don Rodrigo

La desolazione nel lazzaretto

Nel lazzaretto sedicimila malati erano ricoverati nella confusione più totale: tra le baracche un viavai di gente, cappuccini e secolari, malati sdraiati ovunque, gemiti e urla. Camminando tra gli appestati Renzo guardava i volti alla ricerca di Lucia. Egli si avvide che dove si trovava lui non vi erano donne e quindi cambiò quartiere. Si imbatté in una zona dove le balie davano da mangiare a bambini orfani di madre. Le balie erano lì per carità, per danaro o perché avevano a loro volta perso i loro figli a causa della peste. Anche alcune capre davano il loro latte ai bambini direttamente dalle loro mammelle.

Renzo incontra fra Cristoforo

Mentre avanzava fra le capanne, vide un uomo che somigliava a fra Cristoforo dare conforto ai degenti. Era infatti il prelato che però aveva ora le spalle incurvate e il viso smorto. Egli non si era mosso da Rimini fino a quando tre mesi prima aveva avuto la dispensa di venire a Milano ad assistere i malati nel lazzaretto. Il frate non aveva avuto più notizie di Renzo e Lucia da quando era stato allontanato da Pescarenico, se non il bando da Milano del giovane. Renzo lo aggiornò sugli ultimi avvenimenti e gli chiese dove potesse trovare le donne malate nel lazzaretto. Padre Cristoforo spiegò che era vietato entrare nei quartieri delle donne se non per chi avesse delle incombenze. Tuttavia suggerì a Renzo di osservare se ci fosse Lucia tra coloro che erano guariti e che avrebbero sfilato da lì a poco in compagnia di padre Felice. Altrimenti gli indicò i quartieri femminili e lo autorizzò a spendere il suo nome qualora fosse stato necessario.

Fra Cristoforo e Renzo al capezzale di don Rodrigo

Renzo si disse fiducioso di trovarla, ma se ciò non fosse accaduto, avrebbe cercato don

Rodrigo per ucciderlo se non lo avesse già fatto la peste. Fra Cristoforo si adirò contro il giovane per i suoi propositi di vendetta e per non confidare nella Provvidenza. Il giovane si vergognò, si scusò per i suoi pensieri e promise che se si fosse imbattuto in don Rodrigo lo avrebbe perdonato e avrebbe pregato per lui. Il padre allora lo prese saldamente per mano e lo condusse dentro una capanna. C'erano quattro malati. Uno di costoro era, appunto, don Rodrigo. Era sdraiato su un materasso, con lo sguardo nel vuoto, le macchie nere sul viso e il respiro affannoso. Sembrava morto se non fosse stato per qualche spasmo. Era ricoverato lì da quattro giorni in stato non cosciente. Il frate suggerì al giovane che forse Dio voleva concedere a don Rodrigo un'ora di ravvedimento, ma non prima del perdono di Renzo. Entrambi si inginocchiarono al capezzale a pregare. Dopo pochi minuti scoccò la campana, segnale che annunciava il passaggio dei ricoverati guariti. Renzo si accomiatò dal frate e andò a guardarli.

-- *** --

Analisi critica:

Il Manzoni, con il viaggio di Renzo alla ricerca di Lucia, ci racconta l'inferno della peste dentro il lazzaretto. L'edificio è una città dentro la città. Sedicimila sono i ricoverati e nuovi malati arrivano ogni giorno. Le condizioni disperate in cui versano i degenti sono terribili e sono solo in parte alleviate dalla carità degli ecclesiastici. Tra i vari episodi colpiscono i bambini orfani che vengono allattati a balia da donne spinte dalle più diverse motivazioni e persino da caprette direttamente dalle loro mammelle.
Renzo ritrova fra Cristoforo, stanco e molto provato. Lo spirito di sacrificio e il desiderio di espiazione del padre cappuccino lo avevano indotto a richiedere il trasferimento da Rimini per poter assistere i malati in Milano.
L'incontro tra Renzo e il frate, dopo venti mesi, fornisce all'Autore numerose occasioni per esprimere la propria capacità narrativa ed educativa. Per esempio, all'inizio del colloquio fra i due, padre Cristoforo chiede a un certo padre Vittore di sostituirlo e di avvertirlo nel caso in cui un certo malato avesse dato qualche segno di coscienza. In questo brevissimo passaggio il Manzoni menziona padre Vittore da Milano che storicamente assistette ai malati e al quale si deve la raccolta delle cronache dei religiosi all'interno del lazzaretto, tra le quali quelle di un certo fra Cristoforo da Cremona, il personaggio storico a cui è ispirato l'omonimo personaggio del romanzo. Inoltre il Manzoni, menzionando il malato incosciente, prepara il lettore all'incontro con don Rodrigo, ovvero il destino di Renzo.
Altro esempio della maestria dell'Autore è la discussione tra Renzo e il padre cappuccino. Fra Cristoforo è provato solo nel corpo e non nello spirito: non perde l'occasione per rimproverare Renzo per i suoi desideri di vendetta nei confronti di don Rodrigo. Lo scontro tra i due sembra ricalcare banalmente quelli all'inizio del romanzo, ma così non è. Ora Renzo è un uomo, le sue non sono più fantasticherie, il suo è un piano di vendetta ben preciso e determinato. È consapevole che l'epidemia ha spazzato via il sistema sociale su cui si basava il potere di don Rodrigo. Adesso sono sullo stesso piano, pertanto la sua vendetta potrà essere messa in pratica con successo. Il frate lo rimprovera di fargli perdere tempo mentre i malati sono bisognosi del suo aiuto. Lo richiama alla sua pochezza di essere umano soggetto completamente e unicamente al volere di Dio. Si augura che Lucia sia viva, ma al contempo gli rammenta che, se fosse, l'Onnipotente non l'avrebbe certo risparmiata per lasciarla a lui

che cova intenti di vendetta. Infine gli spiega che non esiste mai una buona ragione per odiare e desiderare la morte di qualcuno. Egli avrebbe voluto trovarne una in trent'anni per sé stesso. Quando il giovane comprende di avere sbagliato, viene accompagnato dal frate al capezzale del suo acerrimo nemico, vivo ma privo di conoscenza da giorni. I due pregano per lui e in questo episodio si legge la possibilità per il signorotto di potersi redimere dopo aver ricevuto il perdono da Renzo, ma soprattutto il dono al giovane di poter perdonare il suo vessatore quando è ancora in vita. Un dono che a fra Cristoforo era stato negato. Don Rodrigo morente è occasione di redenzione sia per sé stesso, che per il giovane montanaro. Qui e in questo modo si completa la conversione di Renzo.

Una ulteriore occasione per Manzoni di esprimere la propria visione etica è il monito di fra Cristoforo a Renzo relativamente all'ingresso del giovane nella parte del lazzaretto riservata alle donne. Il padre cappuccino rammenta a Renzo il divieto che viene fatto agli uomini di recarsi in quella zona. Egli non lo fa certo per bigottismo: aveva già infranto la regola di far entrare nel convento di Pescarenico Agnese e Lucia dopo l'orario consentito. Il frate intende ricordare la legge che era fondamentale per il rispetto di un ordine in un luogo che altrimenti sarebbe inesorabilmente e definitivamente scivolato nel caos assoluto. Solo in virtù della purezza dell'intento del giovane, tale regola poteva essere trasgredita.

Capitolo XXXVI

Data: mese di agosto 1630

Luoghi: il lazzaretto

Personaggi: Renzo, fra Felice, Lucia, fra Cristoforo

-- *** --

Riassunto:

Renzo incontra i malati guariti – Renzo trova Lucia – Fra Cristoforo scioglie il voto

Renzo incontra i malati guariti

Renzo era incredulo. Fino a qualche ora prima non avrebbe mai immaginato che avrebbe potuto avere il cuore diviso tra Lucia e don Rodrigo. Ogni preghiera che formulava per ritrovare la sua amata terminava con quella che aveva cominciata ma non conclusa davanti al capezzale del signorotto.

Intanto venne padre Felice con gli appestati guariti. Dopo una predica con cui si ringraziava Dio della guarigione e si esortava di dare aiuto a chi guarito non era, la piccola folla sfilò in processione, ma Renzo non riuscì a scorgere Lucia. L'ultima sua speranza era di trovarla tra i malati.

Renzo trova Lucia

Entrò nel quartiere delle donne e, per girare indisturbato tra i malati, si attaccò alla caviglia un campanello come quello dei monatti. Dopo avere visitato molte capanne, un commissario lo fermò e, scambiandolo per monatto a causa del campanello, chiese il suo aiuto. Renzo fece cenno di avere capito e di ubbidire, ma appena poté scomparve alla sua vista e si appoggiò con la schiena a una capanna per togliersi il campanello. Stando in quella posizione sentì la voce di Lucia. Con un balzo entrò nella capanna e la vide. Anche lei come Renzo si era ammalata, ma era poi guarita. Lucia era disperata: Renzo l'aveva cercata nonostante sapesse del voto e mostrava di non volersene curare. Il giovane le rivelò di avere visto padre Cristoforo e che forse era malato in quel momento. Le raccontò anche dell'incontro con don Rodrigo. Renzo esortò Lucia di andare da padre Cristoforo a raccontare del voto e a sentire il suo parere. La ragazza si rifiutò e scacciò Renzo chiedendogli di non tornare mai più, quindi si accasciò accanto al letto di un'altra inferma. Questa era una mercantessa di trent'anni la quale aveva perso marito e figli per la peste, poi si era ammalata lei stessa. Finì ricoverata nella stessa capanna di Lucia e costei, quando stette meglio, incominciò ad accudire la donna che anch'essa era sulla via della guarigione. Tra le due donne era nata una profonda amicizia.

Fra Cristoforo scioglie il voto
Renzo si recò da fra Cristoforo a cui racconto della sua promessa e del di lei voto alla Madonna. Insieme tornarono dalla ragazza. Fra Cristoforo sciolse Lucia dal voto, in quanto quella promessa alla Madonna impegnava non solo lei ma anche Renzo. La vedova degente si offrì di ospitare Lucia prima che tornasse al paese, non appena fosse tornata in forze, e le promise in regalo il corredo per le nozze. Il frate saluta i promessi con un saluto che ha il sapore dell'addio per sempre. Regala loro il pane del perdono affinché lo diano ai loro figli, se ne avranno, che verranno in un mondo triste e doloroso come il loro. I due uomini si accomiatarono, quindi Renzo se ne andò dal lazzaretto salutando per l'ultima volta il padre cappuccino.

-- *** --

Analisi critica:

Con questo capitolo il Manzoni conclude il suo viaggio all'interno della peste. Renzo è ormai convertito ed in cuor suo è combattuto tra la speranza di trovare Lucia e il perdono a don Rodrigo. Renzo non perde la fede nella Provvidenza quando non vede Lucia tra i guariti. Si addentra nei quartieri delle donne e alla fine la trova, guarita, ma determinata a tenere fede al voto alla Madonna. La fede di Lucia, la promessa fatta al cielo non può essere in alcun modo infranta specie dopo essere stata graziata dal morbo. Lucia è felice di vedere Renzo vivo, ma nel contempo gli chiede di andarsene e di dimenticarla. Il giovane non demorde. Le ricorda la promessa di matrimonio, racconta l'incontro con fra Cristoforo, menziona il perdono a don Rodrigo. Arriva a dire che lui conosce la Madonna meglio e più della devota Lucia. Il dialogo è serrato caratterizzato da battute e controbattute, con un linguaggio tipico del teatro dell'epoca. Alla determinazione della ragazza, Renzo contrappone l'ostinazione che gli farà condurre fra Cristoforo al cospetto di Lucia. Il padre cappuccino scioglie quel voto. Ne loda le intenzioni, ma ravvisa un vizio che lo rende nullo: la promessa impegna anche Renzo che quel voto non aveva pronunciato. I tre si dividono per l'ultima volta: Renzo parte per tornare al paese ad organizzare il rientro di Lucia e il matrimonio, Lucia rimane per assistere una mercantessa sulla via della guarigione, fra Cristoforo completa il suo percorso di espiazione ammalandosi e morendo mentre fornisce assistenza agli infermi nel lazzaretto.

Capitolo XXXVII

Data: mesi di agosto e settembre 1630

Luoghi: la strada per il paese, il paese natale di Renzo e Lucia, Pasturo, il paese del bergamasco

Personaggi: Renzo, Agnese, don Abbondio, Bortolo

-- *** --

Riassunto:

La pioggia purificatrice – Renzo fa avanti e indietro da Pasturo con Agnese – Lucia esce dal lazzaretto

La pioggia purificatrice
Renzo lasciò il lazzaretto e partì in direzione del suo paesello. Scoppiò un fortissimo temporale. Nessuno sapeva, tantomeno Renzo, che quella pioggia avrebbe spazzato via l'epidemia e che il contagio si sarebbe fermato. Il giovane era lieto in mezzo al diluvio: aveva lasciato la sua Lucia viva e libera dal voto, aveva incontrato padre Cristoforo e aveva perdonato don Rodrigo in punto di morte. Gli unici nei erano di trovarsi ancora in mezzo alla peste, l'incertezza riguardo ad Agnese e le condizioni del frate. A Sesto acquistò due pani e proseguì sotto la pioggia battente. Arrivò alla casa dell'amico che gli accese un bel fuoco per asciugarlo e gli preparò una polenta. Renzo lo mise a parte di quanto accaduto.

Renzo fa avanti e indietro da Pasturo con Agnese
Renzo il giorno dopo si mise in cammino verso Pasturo dove sembrava fosse alloggiata Agnese in attesa che la peste finisse. E lì la trovò. Lei stava bene e non aveva preso la peste. Si sedettero sulle panche nell'orto dietro la casa, tenendo la distanza per precauzione. Discorsero a lungo, le raccontò gli ultimi avvenimenti e le spiegò che intendeva sposare Lucia appena fosse rientrata da Milano e che tutti e tre sarebbero andati a vivere nel bergamasco. Renzo si accomiatò da colei che considerava essere la sua nuova mamma e tornò da Bortolo. Lo trovò in buona forma e anche la situazione generale era migliorata. Nessuno si ammalava più e i padroni delle filande erano in cerca di buoni operai, ora che ce ne era bisogno e ce ne erano meno. Renzo cambiò casa con una più grande e la arredò. Intaccò i cinquanta scudi, ma non molto perché di cose in vendita ce ne erano in abbondanza e a buon prezzo. Quindi passò a prendere Agnese a Pasturo e tornarono al loro paese. Ripristinarono la casa di Agnese e Lucia, e Renzo andò ad aiutare il suo amico contadino nei lavori della campagna.

Il giovane e don Abbondio si tenevano a debita distanza. Il curato temeva che il giovane gli parlasse nuovamente di matrimonio, ma lui aveva ancora negli occhi da una parte don Rodrigo con i suoi *bravi* e dall'altra il cardinale. Renzo invece intendeva attendere per evitare che il parroco avesse il tempo di inventarsi degli ulteriori impedimenti.

Lucia esce dal lazzaretto

Lucia era uscita dal lazzaretto in compagnia della vedova e con lei aveva trascorso la quarantena. Sempre insieme si misero in viaggio verso il paese natio di Lucia. La ragazza venne a sapere dalla sua nuova amica che Gertrude era stata sospettata di atroci fatti e fatta trasferire su ordine del cardinale in un monastero di Milano dove si era ravveduta. Seppe anche che padre Cristoforo era morto di peste aiutando il prossimo nel lazzaretto, come egli aveva desiderato. Prima di partire Lucia volle far visita alla casa che l'aveva ospitata. Lì venne a sapere che sia donna Prassede che don Ferrante erano morti di peste. Quest'ultimo ne aveva sempre negata l'esistenza. Con ragionamenti basati sull'astronomia e sulla filosofia aveva dimostrato che il contagio era bugia e così facendo aveva condannato tutta la famiglia.

-- *** --

Analisi critica:

Terminata la vicenda principale, sconfitti definitivamente i nemici ed eliminati tutti gli ostacoli, gli ultimi due capitoli hanno il compito di tirare le fila delle ultime questioni rimaste in sospeso.

La vicenda riprende da dove era rimasta nel capitolo precedente, ovvero quando Renzo lascia il lazzaretto. Una forte pioggia purificatrice dilava la città portando via il morbo. Da quel giorno il contagio perde virulenza. La pioggia è un agente atmosferico che, pur avendo una connotazione naturale, proviene dal cielo e quindi sembra essere espressione divina. Con la conversione del giovane e lo scioglimento del voto la peste non ha più ragione di essere, il *deus ex machina* del romanzo può ritirarsi.

Tutti i tasselli del mosaico vanno al loro posto: Renzo torna prima al paese per organizzare il matrimonio, poi recupera Agnese da Pasturo dove aveva trovato rifugio, torna nel bergamasco dove ritrova Bortolo guarito. Prende casa e la arreda per andarci a vivere con moglie e suocera dopo il matrimonio.

Non solo: l'Autore ci racconta il destino di alcuni dei personaggi secondari. Lucia rientra al paese e porta notizie su Gertrude e fra Cristoforo. L'atroce segreto della monaca viene scoperto e lei viene rinchiusa in un altro convento per espiare una dura e crudele penitenza volontaria. Fra Cristoforo invece è morto assolvendo al suo compito di servizio per gli umili e i bisognosi. Nel capitolo successivo si saprà dell'Azzeccagarbugli, anch'egli morto di peste e sepolto in una tomba comune in aperta campagna.

La morte di don Ferrante, causata dalla sua presuntuosa ed erronea convinzione che il contagio non esistesse, chiude il capitolo. Ormai tutto è pronto affinché i promessi sposi celebrino il loro matrimonio.

Capitolo XXXVIII

Data: dall'autunno del 1630 fino a qualche anno dopo

Luoghi: il paese di Renzo e Lucia, la canonica, il castello di don Rodrigo, il paese del bergamasco

Personaggi: Renzo, Lucia, Agnese, la mercantessa, don Abbondio, il marchese, Bortolo

-- *** --

Riassunto:

Don Abbondio continua a rifiutare il matrimonio – Arriva il marchese – Il matrimonio si fa – Il sugo di tutta la storia

Don Abbondio continua a rifiutare il matrimonio

Una sera Agnese sentì un carro fuori dalla porta: era Lucia in compagnia della sua nuova amica, la vedova. Renzo giunse poco dopo. Il giovane, dopo i primi festosi convenevoli, si recò da don Abbondio per concordare il matrimonio. Costui aveva ancora paura che don Rodrigo potesse tornare e punirlo per aver celebrato le nozze tra Renzo e Lucia. Fece difficoltà al giovane, in particolar modo lo metteva in guardia dal farsi tanta pubblicità con quel mandato di cattura pendente sulla sua testa. Per rassicurare il curato, Renzo gli raccontò di aver visto don Rodrigo morente. Il parroco non si mostrò maggiormente disponibile. Il giovane tornò a casa afflitto. Su proposta della vedova, le tre donne fecero un altro tentativo. Dopo pranzo si presentarono davanti a don Abbondio. Il curato adduceva impedimenti dovuti alla latitanza di Renzo e suggeriva che forse sarebbe stato meglio se si fossero sposati direttamente nel bergamasco.

Arriva il marchese

Nel mentre giunse la notizia che nel castellaccio di don Rodrigo era arrivato un marchese, una brava persona, che era l'erede del precedente e temuto proprietario. La conferma da parte del sagrestano Ambrogio sulla morte del signorotto rassicurarono don Abbondio che fissò la cerimonia per la domenica stessa, insieme ad altri tre sposalizi. La fine della pestilenza aveva fatto rinascere la voglia di vivere e il numero dei matrimoni era in forte aumento, anche a seguito delle nuove vedovanze. Don Abbondio indagò se anche la vedova e Agnese avessero dei 'mosconi' che ronzavano loro intorno. Inoltre si rammaricò per la morte di Perpetua perché anche lei, in quel momento, avrebbe trovato finalmente marito.

Renzo colse l'occasione per rimproverare al curato quell'uso del latino fatto apposta per ingannare gli ignoranti come lui.

Il giorno successivo arrivò in paese il marchese erede di don Rodrigo. Incontrò il parroco a cui chiese dei due giovani che gli erano stati segnalati dal cardinale Federigo. Conoscendo le malefatte di suo cugino e avendo egli avuto, a causa della peste, tre grosse eredità, intendeva far loro del bene. Don Abbondio suggerì di acquistare le terre dei promessi sposi, affinché emigrassero con un buon gruzzoletto. Inoltre chiese che a Renzo fosse tolta quella segnalazione dovuta ai moti di Milano. Il marchese accondiscese e i due si recarono in visita a Renzo e alle tre donne.

Il matrimonio si fa

Il giorno delle nozze, del tutto lieto a parte per la mancanza di fra Cristoforo, il marchese comprò le terre al prezzo fatto da don Abbondio moltiplicato per due, fingendo di aver capito male. Offrì il pranzo di nozze al castello che fu di don Rodrigo e servì al tavolo degli sposi, ma si rifiutò di fare un unico desco: gli sposi, Agnese e la mercantessa a un tavolo, lui e don Abbondio a un altro.

Renzo, Lucia e Agnese quindi partirono alla volta del bergamasco con dolore per il distacco dei monti del lecchese, ma già con l'amore verso la nuova patria.

Anche lì Renzo ebbe dei dispiaceri. Il primo fu che in molte persone vi fu la delusione di vedere Lucia. Renzo ne aveva parlato tanto e in termini di bellezza che tutti si aspettavano una radiosa fanciulla, non una semplice contadina. Anzi, qualcuno la trovò pure brutta. Renzo si offese e divenne sgarbato con tutti, non sapendo quali fossero i critici di sua moglie e quali no. La situazione stava per degenerare quando Bortolo trovò a comprare un filatoio alle porte di Bergamo da un erede di un morto di peste. Non avendo abbastanza denaro, chiese a Renzo di formare una società. La nuova famiglia si trasferì. Dopo i primi momenti di difficoltà, grazie anche a un editto di Venezia che esentava dalle tasse per dieci anni tutti i forestieri che venivano ad abitare nella Repubblica, le cose andarono a gonfie vele. Prima dell'anno di matrimonio nacque una bambina, che ebbe il nome Maria, poi non si sa quanti altri per la gioia degli sposi e di nonna Agnese.

Il sugo di tutta la storia

Renzo fece studiare tutti i suoi figli e amava raccontare loro le sue avventure e ciò che aveva imparato per non trovarsi nei guai: a non mettersi nei tumulti, a non parlare in piazza, a stare attenti con chi si discorre, a non bere troppo, e così via. Lucia non si trovava d'accordo: lei non aveva fatto nulla e i guai erano venuti comunque. Quindi Renzo concluse che anche la condotta più cauta non scansa i guai, ma quando questi vengono, cercati o piovuti, la fiducia nella Provvidenza li rende più dolci e utili per una vita migliore.

Con questo insegnamento il Manzoni si accomiata dal suo pubblico sperando di non averlo annoiato. In caso contrario si scusa, affermando di non averlo fatto apposta.

-- *** --

Analisi critica:

Questo capitolo è quello del lieto fine, sebbene ancora un ostacolo si frapponga alle nozze. Don Abbondio non intende celebrare il matrimonio non essendo certo della morte di don Rodrigo.

La viltà del curato non si smentisce. Solo la notizia portata dal marchese della effettiva dipartita del signorotto rende disponibile don Abbondio al matrimonio. Per la prima volta è positivo, allegro. Scherza con le donne, insinua spasimanti per la vedova e Agnese. Tra il serio e il faceto, immagina un matrimonio anche per Perpetua, se fosse sopravvissuta alla peste. Parla al marchese senza quella riverenza dettata dal timore verso il potere. La sua reazione alla morte di don Rodrigo è di gioia, loda la peste per avere fatto pulizia. Ben differente da quella di Renzo che se ne dispiace. La conversione è piena nel giovane montanaro, mentre invece non arriva a lambire il curato. Quindi il giudizio del Manzoni è sempre e comunque negativo.

Il marchese è di pasta ben diversa dal suo predecessore e oltremodo ricco a seguito di tre eredità ricevute in seguito alla peste. Egli intende riparare al torto operato da don Rodrigo nei confronti dei due giovani di cui aveva sentito parlare dal cardinale Federigo Borromeo. Compra loro a caro prezzo case e terre (il doppio della richiesta), fa revocare il mandato di cattura contro Renzo, paga le spese per il matrimonio e li ospita nel castello per il ricevimento. Tuttavia il Manzoni non risparmia una ultima elegante stoccata ironica e velenosa al marchese: il nobile serve il ricevimento agli sposi, così come nel Vangelo di Luca il padrone aiuta a servire i servi, ma pranza a un tavolo differente, a sottolineare che comunque non sono suoi pari.

La storia si conclude con un lieto fine, ma l'Autore esce dai canoni degli *happy ending* classici della sua epoca. I nostri eroi superano tutti gli ostacoli, che non sono pochi né banali (don Rodrigo, la peste, ecc.), raggiungono il loro obiettivo, coronano il loro sogno d'amore, mettono su una numerosa famiglia, ottengono una stabilità economica invidiabile (gli scudi dell'innominato, le case e le terre vendute a caro prezzo al marchese, l'acquisto di una filanda in società con Bortolo), ma non tornano a casa. Il rientro al paese natio di tutti i personaggi, dove si sarebbe dovuta svolgere tutta la loro vita, è solo temporaneo, è funzionale solo alla celebrazione delle nozze e a mettere in ordine i propri affari. Non c'è alcuna necessità di andarsene, anche perché il marchese ha fatto ritirare il mandato di cattura, non c'è più pericolo. Il Manzoni attribuisce a quel filatore diventato massaio una spinta imprenditoriale che lo spinge a cercare una migliore condizione di vita sebbene a casa sua non gli mancherebbe nulla. Si tratta del seme della nuova mentalità borghese che incomincia a germogliare negli anni del Manzoni e che l'Autore riflette nella decisione finale dei suoi protagonisti. Renzo diventa addirittura un padrone acquistando un filatoio.

Il lieto fine ha una connotazione amara: gli abitanti del paese del bergamasco in cui vanno a vivere non ravvisano in Lucia la bellezza tanto decantata da Renzo. Questo giudizio contraria il giovane che diventa sgarbato con tutti e si crea molti nemici. Il Manzoni vena l'episodio con la sua consueta ironia, ma probabilmente si tratta di un racconto autobiografico: anch'egli era tornato a casa, a Milano, con una moglie straniera (Enrichetta Blondel di nazionalità svizzera) che aveva sposato in Francia e che aveva fino a quel momento unicamente descritto. Evidentemente pure l'Autore aveva sofferto delle chiacchiere malevole dei milanesi.

Il sugo della storia, secondo Manzoni, è che anche la condotta più prudente e innocente non tiene distanti i problemi e i guai, ma se ci si affida a Dio tutto diventa più dolce.

Alla fine si accommiata dai suoi venticinque lettori, scusandosi nel caso in cui li avesse fatti annoiare.

Ironia manzoniana:

<u>La morte di Perpetua:</u> se la sua serva non fosse morta, dice don Abbondio, avrebbe trovato anche lei marito. Insomma, occorreva un evento tragico ed epocale come la peste per far sposare Perpetua!

<u>Il pranzo di nozze:</u> il marchese era umile, ma non abbastanza da fare un unico tavolo per il pranzo di nozze.

<u>La bellezza di Lucia:</u> le lodi tessute da Renzo sulla bellezza di Lucia non trovano riscontro nei giudizi dei bergamaschi quando finalmente la videro

<u>I venticinque lettori:</u> l'Autore si accomiata dai suoi ipotetici venticinque lettori sperando di non averli annoiati. In caso contrario, si scusa con loro.

-- *** --

Proverbi e modi di dire:

<u>*'La patria è dove si sta bene'*</u>: Don Abbondio cita Cicerone.

Elenco dei personaggi in ordine alfabetico

(i personaggi principali in grassetto)

AGNESE: madre di Lucia, nel corso del romanzo diventa anche la madre putativa di Renzo che è orfano sin da bambino. Decisionista e dispensatrice di buoni consigli, come nell'organizzazione del matrimonio a sorpresa, rappresenta l'esperienza e la saggezza popolare. Tuttavia risulta essere anche pettegola e impicciona, come nel caso del primo incontro con Gertrude, e i suoi piani non vanno quasi mai a buon fine.

AMBROGIO: sagrestano di don Abbondio, allertato dalle urla del curato nella notte, corre a suonare le campane che sventeranno sia il matrimonio a sorpresa che il rapimento di Lucia.

AZZECCAGARBUGLI: avvocato in decadenza che si mette al servizio dei potenti. Lo troviamo infatti alla tavola di don Rodrigo. In grado di piegare le *gride* a suo uso e consumo, rappresenta la zona 'grigia' disposta a compiacere i ricchi prepotenti. Non appena comprende che Renzo è il vessato e don Rodrigo il potente contro cui si era messo, scaccia il giovane in malo modo. Farà una brutta fine, morto di peste e sepolto in una tomba anonima e sconosciuta.

BETTINA: ragazzina del paese che viene mandata da Renzo a chiamare Lucia mentre si sta preparando per le nozze con le sue amiche

BORTOLO: cugino di Renzo che si è trasferito nel bergamasco. Nel passato gli aveva proposto di andare da lui e quando Renzo, fuggitivo da Milano lo raggiunge, lo accoglie a braccia aperte e gli trova casa e lavoro. In realtà si approfitta in parte di Renzo che era un ottimo lavoratore, ma non in grado di soffiargli il posto di factotum perché quasi analfabeta. Alla fine del romanzo, con i soldi di Renzo, ne diventa socio rilevando una filanda.

CAPITANO DI GIUSTIZIA: il capitano di giustizia giunge al *forno delle grucce* e tenta di sedare la folla con la mediazione e le parole. Affacciato alla finestra, mentre parla viene colpito leggermente alla fronte da una pietra lanciata da un rivoltoso.

CAPPELLANO CROCIFERO: il cappellano accompagna il cardinale Federigo Borromeo durante la visita pastorale ai paesi del lecchese. Egli vorrebbe impedire all'innominato di parlare al cardinale, non comprendendo il miracolo della conversione in atto.

CONTADINO AMICO DI RENZO: personaggio anonimo che però è amico di Renzo e lo ospita quando ritorna la prima volta dal bergamasco. In cambio Renzo lo aiuta nel lavoro dei campi.
CONTE ATTILIO: cugino e compagno di malefatte di don Rodrigo. Con lui scommette che non

riuscirà a fare sua la giovane Lucia. È una anima nera che mai avrà un tentennamento nel compimento delle sue azioni malvagie. Si fa ambasciatore presso il conte zio per aiutare don Rodrigo nel liberarsi di fra Cristoforo. Morirà di peste.

CONTE ZIO: zio di don Rodrigo e del conte Attilio. Si tratta di un uomo politico assai influente che, con poco sforzo, fa allontanare fra Cristoforo. Utilizza il suo potere unicamente a favore proprio o della propria famiglia. Rappresenta l'arroganza e la prevaricazione dei potenti sugli umili.

DON ABBONDIO: curato del paese di Renzo e Lucia, primo personaggio ad apparire nel romanzo. Si tratta di un uomo di mezza età che è diventato religioso per fare una vita serena e lontano dai pericoli, protetto dall'abito talare. Pronto ad adulare ed ubbidire senza riserve ai potenti, si mette al servizio del più forte anche se questo va contro il suo compito pastorale. Il suo unico fine è preservare la propria incolumità. Vile, codardo, egoista e, con la sua serva Perpetua, prepotente.
All'inizio del romanzo rifiuta di celebrare il matrimonio tra i due promessi sposi e mantiene la sua posizione finché, nell'ultimo capitolo non è del tutto certo della morte di don Rodrigo. Durante tutta la vicenda si fa governare dalla paura e dalla diffidenza. Viene sfiorato dalla conversione quando il cardinale Borromeo lo rimprovera, ma immediatamente dopo ritorna a prevalere la propria indole.
Il Manzoni ne fa una figura comica e caricaturale. Grazie a don Abbondio inserisce intermezzi buffi che spezzano la drammaticità della storia, ma nel contempo ne stigmatizza e condanna senza pietà i difetti, anche perché lui è un religioso e da lui ci si attende un comportamento moralmente superiore al resto delle altre persone.

DON FERRANTE: marito di donna Prassede, don Ferrante è un uomo di vasta cultura che preferisce 'sparire' tra i suoi studi per evitare di essere coinvolto nell'attività di impicciona della moglie. La sua cultura però è derivata da studi acritici e ricchi di pregiudizi. Egli è esperto in materie inutili e dannose quali la magia, la stregoneria, l'astrologia e la scienza cavalleresca. La sua falsa cultura lo porterà ad affermare che il contagio non esiste e questo farà sì che lui e tutti i suoi famigliari moriranno di peste.

DON RODRIGO: personaggio malvagio, signorotto locale a cui è soggetto il paese di Renzo e Lucia. Vero e proprio *villain* del romanzo, scommette col cugino conte Attilio che riuscirà a fare sua Lucia. Pur essendo immune alle leggi del Ducato, non è abbastanza potente per allontanare fra Cristoforo e rapire Lucia dal convento da solo. Si rifugia in Milano quando il cardinale Borromeo visita le sue terre e lì contrae il morbo. Viene tradito dal suo fido *bravo* Griso e portato al lazzaretto dove, in punto di morte, riceve il perdono di Renzo.
È un'anima nera, ma, a differenza del conte Attilio, viene sfiorato dalla conversione. Tuttavia non la vuole cogliere.

DONNA PRASSEDE: moglie di don Ferrante, è una nobildonna ricca e annoiata. Venuta a conoscere la vicenda di Lucia dopo il rapimento ad opera dell'innominato, la prende presso la sua casa per proteggerla e per fargli dimenticare Renzo che credeva essere un poco di buono. Donna dalle poche idee e sbagliate, nel tentativo di fare del bene causa danni ancora maggiori.
È solita impicciarsi, oltre che degli affari di casa sua, anche di quelli delle case delle tre figlie maritate e dei conventi delle due figlie monache. Riesce a disporre di tutti tranne di don Ferrante che svicola nel suo studio. Muore a causa della peste e delle false convinzioni del

marito.

EGIDIO: giovane vizioso e senza scrupoli, è colui che corrompe Gertrude e con cui ha una relazione clandestina per la quale non esita a uccidere una conversa. Compagno di scorribande e complice dell'innominato, è lo strumento col quale costui riesce a portare a termine il rapimento di Lucia.

FEDERIGO BORROMEO: personaggio storico, è vescovo di Milano come suo zio San Carlo. Uomo dalle grandi virtù umane e religiose, professa e pratica la propria missione religiosa con spirito attivo e pratico. Sempre dalla parte dei più deboli, non è solo uomo di chiesa, ma letterato e mecenate. A sue spese fonda l'Accademia Ambrosiana, che studia e insegna le arti, e l'annessa biblioteca gratuita. È molto attivo anche durante la peste milanese. A lui si deve il compimento della conversione dell'innominato e la inutile reprimenda a don Abbondio.

FERRER: personaggio storico, è il Gran Cancelliere dello Stato di Milano. Promulga numerose *gride* che affrontano la carestia e fissano il livello dei prezzi del pane. Particolarmente apprezzato dalla popolazione per questo motivo, e da Renzo in particolare, durante il tumulto di San Martino spende la sua popolarità per calmare la folla rabbiosa e salvare il Vicario di provvisione dal linciaggio

FRA CRISTOFORO: padre cappuccino del convento di Pescarenico. Figlio di un mercante arricchito che lo ha educato da nobile, il giovane, il cui vero nome è Lodovico, mostra sentimenti e comportamenti improntati alla giustizia e alla nobiltà d'animo. Un giorno si scontra contro un prepotente per motivi futili e lo uccide in duello. Pentito per l'accaduto prende i voti per espiare il delitto. Diviene il padre confessore di Lucia e la aiuta nella questione con don Rodrigo. Il conte Attilio, grazie all'intercessione del conte zio, riesce a farlo allontanare da Pescarenico, ma tornerà per morire mentre assiste i malati nel lazzaretto. Sarà colui che scioglierà il voto di Lucia. Determinato e dotato di un grande senso di giustizia, non ha paura di affrontare i potenti, ma si rimette obbediente agli ordini del suo padre provinciale. Egli, nel romanzo, rappresenta più volte la Provvidenza.

FRA GALDINO: frate del convento di Pescarenico che ha il compito di chiedere l'elemosina. Al primo incontro dispensa il racconto di un miracolo e riceve molte noci per fare l'olio in cambio di un'ambasciata a fra Cristoforo. Il secondo incontro avviene tra lui e Agnese che cerca fra Cristoforo al convento, ma è già stato trasferito. In entrambi i casi si percepisce che, al contrario del suo confratello, vive la sua missione pastorale passivamente, senza nessuna spinta morale.

GERTRUDE: personaggio storico, seppure sotto altro nome, figlia di un importante nobile locale, sin da bambina viene avviata alla vita monastica. Sebbene di controvoglia accetta il proprio destino ed entra nel convento di Monza. Lì conosce un giovane scellerato, Egidio, con cui intrattiene una relazione amorosa per la cui segretezza è disposta ad accettare l'omicidio di una conversa. Quando viene scoperta, va incontro a un'orribile fine: murata viva dentro una cella. Nel romanzo Gertrude accoglie Lucia nel convento, ma, su ordine di Egidio, rende possibile il rapimento della ragazza. Per un momento ha la possibilità di salvarla, e con lei sé stessa, ma alla fine cede al ricatto dell'amato.

GERVASO: fratello tonto di Tonio, viene convinto da Tonio stesso a fare da testimone al matrimonio a sorpresa in cambio di una cena in osteria.

GRISO: braccio destro di don Rodrigo, è l'uomo d'azione di cui il signorotto si avvale. È un'anima nera priva di morale e scrupoli. L'unico tentennamento lo mostra quando viene inviato dal suo padrone a Monza a indagare: in quella città pende un mandato di cattura su di lui. Organizza e conduce il fallito rapimento di Lucia nel paese natio della ragazza. Non esita a tradire il suo padrone quando costui si ammalerà, ma pagherà il suo gesto con la morte: toccando gli abiti per derubare don Rodrigo, contrarrà il letale morbo. Egli è anche la dimostrazione vivente del potere del suo padrone: mettendosi al servizio di don Rodrigo è immune al mandato di cattura per l'omicidio da lui commesso nel passato.

INNOMINATO: personaggio storico, seppure sotto altro nome, è un malfattore di professione che ha come scopo nella vita sottomettere il prossimo, possibilmente potente a sua volta, e a sfidare l'ordine costituito. Quando viene bandito da Milano, se ne va in pompa magna e continua a gestire i suoi affari dell'esilio dove aveva nel mentre sottomesso i signorotti locali. Arrogante e prepotente, a lui si rivolge a malincuore don Rodrigo per rapire Lucia dal convento. Egli riesce nell'intento, ma viene toccato nel cuore dalla giovane e in lui si opera la conversione. Da quel momento cambia vita: libera Lucia e mette il suo potere al servizio del bene. Ripara ai torti della ragazza regalando tramite Agnese ben 100 scudi d'oro e un corredo e offre protezione e ospitalità agli abitanti minacciati dai lanzichenecchi. Memorabile è l'incontro col cardinale Federigo Borromeo che completa il suo percorso di conversione.

LUCIA MONDELLA: protagonista femminile del romanzo, è la promessa sposa di Renzo. La ragazza è oggetto della scommessa tra don Rodrigo e il conte Attilio. Lucia è una contadina semplice e ignorante, e anche molto religiosa. Infatti non intenderebbe partecipare al matrimonio a sorpresa perché lo considera un sotterfugio e affida sé stessa alla Madonna in cambio della sua salvezza durante il rapimento operato dall'innominato. Lucia si dona completamente alla Provvidenza in cui ha assoluta fiducia. Ma è anche una ragazza di grande forza morale, grazie alla quale affronta le sue disavventure, e di grande pudore. Durante i vari incontri con Gertrude, la moglie del sarto e donna Prassede mantiene una riservatezza che scioglie unicamente, e con fatica, con fra Cristoforo e con la madre.

MADRE DI CECILIA: protagonista dell'episodio più commovente del romanzo, la donna veste a festa la figlioletta Cecilia appena morta di peste, la bacia e la appoggia delicatamente sul carro dei monatti. Quindi le dà appuntamento al giorno successivo. Infatti poco dopo si affaccia alla finestra di casa con in braccio un'altra bambina malata.

MARCHESE: erede di don Rodrigo, è di pasta diversa dal suo predecessore. Prende possesso del castello e si adopra a porre rimedio ai torti patiti dai due promessi sposi di cui ha già sentito parlare. Su suggerimento di don Abbondio acquista a prezzo rincarato le case e le terre di Renzo e Lucia, fa rimuovere il mandato di cattura a Renzo e offre il rinfresco di nozze nel castello. A tale ricevimento aiuta a servire in tavola, ma comunque, a sottolineare la differenza di classe, pranza in un tavolo separato.

MENICO: ragazzo mezzo parente di Agnese, sveglio e capace, che viene inviato per una ambasciata a fra Cristoforo in cambio di qualche moneta. Di ritorno dal convento viene catturato dai bravi intenti nel rapimento fallito di Lucia e subito liberato. Porta il messaggio del padre cappuccino ai nostri eroi di fuggire dal paese e di recarsi al convento.
MARCHESE: erede di don Rodrigo, è di pasta diversa dal suo predecessore. Prende possesso

del castello e si adopera per porre rimedio ai torti patiti dai due promessi sposi di cui ha già sentito parlare. Su suggerimento di don Abbondio acquista a caro prezzo le case e le terre di Renzo e Lucia, fa togliere il mandato di cattura a Renzo e offre il rinfresco di nozze nel castello. A tale ricevimento aiuta a servire in tavola, ma comunque, a sottolineare la differenza di classe, pranza in un tavolo separato.

MERCANTESSA: donna milanese che è ricoverata nella stessa capanna di Lucia. Unica sopravvissuta della sua famiglia, diventa amica della giovane che la assisterà fino alla completa guarigione. Insieme andranno al paese di Lucia per le nozze.

MOGLIE DEL SARTO: la buona donna del paese che viene mandata insieme all'innominato e a don Abbondio al castello per liberare Lucia e a fornirle la prima assistenza. Costei accoglie la ragazza a casa sua, le offre da mangiare e conforto morale fino all'arrivo di Agnese.

NOTAIO CRIMINALE: si tratta del magistrato che raccoglie la denuncia dell'oste su Renzo. Il mattino seguente si presenta nella camera del giovane per trarlo in arresto con le buone. Infatti è preoccupato dalla folla. Non appena sceso in strada con il montanaro ammanettato, questi chiama in aiuto i passanti che son ben lieti di liberare chi aveva partecipato al tumulto del giorno precedente.

NIBBIO: braccio destro dell'innominato e quindi complice e attore delle sue nefandezze. È colui che porta a termine il rapimento di Lucia, ma nel contempo si commuove per il pianto della giovane. Non ci è dato di sapere se la conversione ha avuto luogo in lui.

OSTE DELLA LUNA PIENA: proprietario di una osteria milanese, quando vede entrare Renzo accompagnato dalla spia che conosceva comprende che il montanaro è spacciato. Quindi si industria a carpirgli nome e provenienza senza risultato. Lo mette a letto perché ubriaco e corre a denunciarlo. Il suo unico scopo è fare affari e non avere problemi, non si cura delle persone che vengono nella sua osteria e delle loro motivazioni.

OSTE DEL PAESE DI RENZO E LUCIA: tale oste è più disposto ad aiutare i bravi che Renzo e i suoi altri compaesani. Per lui la brava gente è, a prescindere da ogni altra considerazione, quella che paga senza creare problemi.

OSTE DI GORGONZOLA: Renzo, giunto nel paese di Gorgonzola, chiede all'oste la strada per l'Adda che segnava il confine con la Repubblica di Venezia. L'uomo comprende che il giovane intende scappare all'estero e quindi Renzo smette di fare domande.

PADRE FELICE: frate cappuccino che all'interno del lazzaretto si occupa di organizzare le persone guarite dalla peste. Renzo lo incontra mentre cerca Lucia tra i volti dei miracolati.

PADRE GUARDIANO: è il frate cappuccino di Monza a cui fra Cristoforo indirizza Agnese e Lucia. Sarà lui a presentare le due donne a Gertrude. La sua massima preoccupazione è di non essere visto in compagnia delle due donne per evitare pettegolezzi.

PADRE PROVINCIALE: padre a capo della congregazione dei cappuccini. Uomo di potere, non esita nell'acconsentire alla richiesta del conte zio di allontanare fra Cristoforo e mandarlo a Rimini.

PERPETUA: serva di don Abbondio, rappresenta la parte pensante del parroco che tratta come un bambino piagnucoloso. Pettegola e semplicicotta, ma dotata di buon senso, ha raggiunto la quarantina senza aver trovato marito perché nessuno l'aveva voluta secondo la voce popolare, per propria scelta secondo la sua versione. Morirà di peste.

PESCATORE: Renzo sulla riva dell'Adda al mattino presto chiama un pescatore che con la sua barca è in mezzo al fiume per farsi traghettare sull'altra sponda. L'uomo, comprendendo che si tratta di aiutare un fuggitivo, si accerta di non essere visto, quindi lo carica a bordo certo di una ricompensa in denaro. Non è la prima volta che trasporta qualcuno attraverso l'Adda senza porre a costui alcuna domanda.

PODESTÀ: personaggio al servizio di don Rodrigo anziché della autorità costituita. Lo troviamo alla tavola del signorotto.

RENZO (LORENZO) TRAMAGLINO: protagonista maschile del romanzo, viene rappresentato come un giovane filatore di seta avveduto e dal sangue un po' caldo. Semplicciotto ed ignorante, durante il romanzo consegue una maturazione che gli conferisce determinazione e saggezza. Egli non intende cedere al sopruso di don Rodrigo e in più occasioni manifesta intenti di violenta vendetta finché fra Cristoforo nel lazzaretto non lo convince a perdonarlo sul letto di morte. Incarna il prototipo dell'uomo nuovo, imprenditore e borghese, che acquista col cugino Bortolo un filatoio nel bergamasco.

SARTO: ospita in casa sua Lucia dopo il rapimento. Si tratta di un uomo buono e generoso, pronto alla carità. Ha anche una certa cultura per il ceto sociale a cui appartiene. Memorabile è l'incontro col cardinale Borromeo.

SPIA: a seguito del discorso tenuto da Renzo alla folla dopo il tumulto, una persona gli si avvicina e cerca di trarlo in arresto con l'inganno. Non riuscendoci, cerca di carpirgli nome e provenienza facendolo ubriacare presso l'*Osteria della Luna Piena*. Ottenute tali informazioni, corre a riferirle al palazzo di giustizia.

TONIO: amico di Renzo, si offre di fare il testimone delle nozze a sorpresa in cambio delle venticinque lire che deve al curato per un vecchio debito. Procura il secondo testimone portando il fratello Gervaso. La peste lo colpisce: si salva ma gli rimane offeso il cervello.

VECCHIA SERVA DELL'INNOMINATO: alla vecchia, vedova di uno dei bravi dell'innominato, viene affidato il compito di assistere Lucia mentre è prigioniera nel castello. La donna obbedisce controvoglia e non prova, neanche per un momento, pietà o compassione per la prigioniera. Cerca inutilmente di blandirla per farla mangiare e dormire. L'unica sua preoccupazione è di non venire punita dal suo padrone.

VECCHIO SERVO DI DON RODRIGO: si tratta di un vecchio servitore al soldo del padre di don Rodrigo prima che morisse. Succeduto gli il figlio, di tutt'altra pasta del padre, costui licenziò tutta la servitù tranne quell'unico domestico perché a conoscenza delle usanze e del galateo da tenere nella casa. Oggetto di scherno da parte di tutti i bravacci e del suo padrone, per salvare la propria anima si offre di aiutare fra Cristoforo rivelandogli i piani segreti di don Rodrigo.

VICARIO DI PROVVISIONE: funzionario del Ducato che viene considerato tra i responsabili della penuria di pane. La folla assalta la sua abitazione, ma l'intervento di Ferrer gli salva la vita. Si ritirerà a vita privata.

Elenco dei personaggi in ordine di apparizione

(i personaggi principali in grassetto)

DON ABBONDIO: curato del paese di Renzo e Lucia, primo personaggio ad apparire nel romanzo. Si tratta di un uomo di mezza età che è diventato religioso per fare una vita serena e lontano dai pericoli, protetto dall'abito talare. Pronto ad adulare ed ubbidire senza riserve ai potenti, si mette al servizio del più forte anche se questo va contro il suo compito pastorale. Il suo unico fine è preservare la propria incolumità. Vile, codardo, egoista e, con la sua serva Perpetua, prepotente.

All'inizio del romanzo rifiuta di celebrare il matrimonio tra i due promessi sposi e mantiene la sua posizione finché, nell'ultimo capitolo non è del tutto certo della morte di don Rodrigo. Durante tutta la vicenda si fa governare dalla paura e dalla diffidenza. Viene sfiorato dalla conversione quando il cardinale Borromeo lo rimprovera, ma immediatamente dopo ritorna a prevalere la propria indole.

Il Manzoni ne fa una figura comica e caricaturale. Grazie a don Abbondio inserisce intermezzi buffi che spezzano la drammaticità della storia, ma nel contempo ne stigmatizza e condanna senza pietà i difetti, anche perché lui è un religioso e da lui ci si attende un comportamento moralmente superiore al resto delle altre persone.

PERPETUA: serva di don Abbondio, rappresenta la parte pensante del parroco che tratta come un bambino piagnucoloso. Pettegola e sempliciotta, ma dotata di buon senso, ha raggiunto la quarantina senza aver trovato marito perché nessuno l'aveva voluta secondo la voce popolare, per propria scelta secondo la sua versione. Morirà di peste.

RENZO (LORENZO) TRAMAGLINO: protagonista maschile del romanzo, viene rappresentato come un giovane filatore di seta avveduto e dal sangue un po' caldo. Sempliciotto ed ignorante, durante il romanzo consegue una maturazione che gli conferisce determinazione e saggezza. Egli non intende cedere al sopruso di don Rodrigo e in più occasioni manifesta intenti di violenta vendetta finché fra Cristoforo nel lazzaretto non lo convince a perdonarlo sul letto di morte. Incarna il prototipo dell'uomo nuovo, imprenditore e borghese, che acquista col cugino Bortolo un filatoio nel bergamasco.

LUCIA MONDELLA: protagonista femminile del romanzo, è la promessa sposa di Renzo. La ragazza è oggetto della scommessa tra don Rodrigo e il conte Attilio. Lucia è una contadina semplice e ignorante, e anche molto religiosa. Infatti non intenderebbe partecipare al matrimonio a sorpresa perché lo considera un sotterfugio e affida sé stessa alla Madonna in cambio della sua salvezza durante il rapimento operato dall'innominato. Lucia si dona completamente alla Provvidenza in cui ha assoluta fiducia. Ma è anche una ragazza di grande forza morale grazie alla quale affronta le sue disavventure e di grande pudore. Durante i vari incontri con Gertrude, la moglie del sarto e donna Prassede mantiene una riservatezza che scioglie unicamente, e con fatica, con fra Cristoforo e con la madre.

BETTINA: ragazzina del paese che viene mandata da Renzo a chiamare Lucia mentre si sta preparando per le nozze con le sue amiche

AGNESE: madre di Lucia, nel corso del romanzo diventa anche la madre putativa di Renzo che è orfano sin da bambino. Decisionista e dispensatrice di buoni consigli, come nell'organizzazione del matrimonio a sorpresa, rappresenta l'esperienza e la saggezza popolare. Tuttavia risulta essere anche pettegola e impicciona, come nel caso del primo incontro con Gertrude, e i suoi piani non vanno quasi mai a buon fine.

AZZECCAGARBUGLI: avvocato in decadenza che si mette al servizio dei potenti. Lo troviamo infatti alla tavola di don Rodrigo. In grado di piegare le *gride* a suo uso e consumo, rappresenta la zona 'grigia' disposta a compiacere i ricchi prepotenti. Non appena comprende che Renzo è il vessato e don Rodrigo il potente contro cui si era messo, scaccia il giovane in malo modo. Farà una brutta fine, morto di peste e sepolto in una tomba anonima e sconosciuta.

FRA GALDINO: frate del convento di Pescarenico che ha il compito di chiedere l'elemosina. Al primo incontro dispensa il racconto di un miracolo e riceve molte noci per fare l'olio in cambio di un'ambasciata a fra Cristoforo. Il secondo incontro avviene tra lui e Agnese che cerca fra Cristoforo al convento, ma è già stato trasferito. In entrambi i casi si percepisce che, al contrario del suo confratello, vive la sua missione pastorale passivamente, senza nessuna spinta morale.

FRA CRISTOFORO: padre cappuccino del convento di Pescarenico. Figlio di un mercante arricchito che lo ha educato da nobile, il giovane, il cui vero nome è Lodovico, mostra sentimenti e comportamenti improntati alla giustizia e alla nobiltà d'animo. Un giorno si scontra contro un prepotente per motivi futili e lo uccide in duello. Pentito per l'accaduto prende i voti per espiare il delitto. Diviene il padre confessore di Lucia e la aiuta nella questione con don Rodrigo. Il conte Attilio, grazie all'intercessione del conte zio, riesce a farlo allontanare da Pescarenico, ma tornerà per morire mentre assiste i malati nel lazzaretto. Sarà colui che scioglierà il voto di Lucia. Determinato e dotato di un grande senso di giustizia, non ha paura di affrontare i potenti, ma si rimette obbediente agli ordini del suo padre provinciale. Egli, nel romanzo, rappresenta più volte la Provvidenza.

DON RODRIGO: personaggio malvagio, signorotto locale a cui è soggetto il paese di Renzo e Lucia. Vero e proprio *villain* del romanzo, scommette col cugino conte Attilio che riuscirà a fare sua Lucia. Pur essendo immune alle leggi del Ducato, non è abbastanza potente per allontanare fra Cristoforo e rapire Lucia dal convento da solo. Si rifugia in Milano quando il cardinale Borromeo visita le sue terre e lì contrae il morbo. Viene tradito dal suo fido *bravo* Griso e portato al lazzaretto dove, in punto di morte, riceve il perdono di Renzo.
È un'anima nera, ma, a differenza del conte Attilio, viene sfiorato dalla conversione. Tuttavia non la vuole cogliere.

CONTE ATTILIO: cugino e compagno di malefatte di don Rodrigo. Con lui scommette che non riuscirà a fare sua la giovane Lucia. È una anima nera che mai avrà un tentennamento nel compimento delle sue azioni malvagie. Si fa ambasciatore presso il conte zio per aiutare don

Rodrigo nel liberarsi di fra Cristoforo. Morirà di peste.

PODESTÀ: personaggio al servizio di don Rodrigo anziché della autorità costituita. Lo troviamo alla tavola del signorotto.

VECCHIO SERVO DI DON RODRIGO: si tratta di un vecchio servitore al soldo del padre di don Rodrigo prima che morisse. Succedutogli il figlio, di tutt'altra pasta del padre, costui licenziò tutta la servitù tranne quell'unico domestico perché a conoscenza delle usanze e del galateo da tenere nella casa. Oggetto di scherno da parte di tutti i bravacci e del suo padrone, per salvare la propria anima si offre di aiutare fra Cristoforo rivelandogli i piani segreti di don Rodrigo.

TONIO: amico di Renzo, si offre di fare il testimone delle nozze a sorpresa in cambio delle venticinque lire che deve al curato per un vecchio debito. Procura il secondo testimone portando il fratello Gervaso. La peste lo colpisce: si salva ma gli rimane offeso il cervello.

GRISO: braccio destro di don Rodrigo, è l'uomo d'azione di cui il signorotto si avvale. È un'anima nera priva di morale e scrupoli. L'unico tentennamento lo mostra quando viene inviato dal suo padrone a Monza a indagare: in quella città pende un mandato di cattura su di lui. Organizza e conduce il fallito rapimento di Lucia nel paese natio della ragazza. Non esita a tradire il suo padrone quando costui si ammalerà, ma pagherà il suo gesto con la morte: toccando gli abiti per derubare don Rodrigo, contrarrà il letale morbo. Egli è anche la dimostrazione vivente del potere del suo padrone: mettendosi al servizio di don Rodrigo è immune al mandato di cattura per l'omicidio da lui commesso nel passato.

GERVASO: fratello tonto di Tonio, viene convinto da Tonio stesso a fare da testimone al matrimonio a sorpresa in cambio di una cena in osteria.

OSTE DEL PAESE DI RENZO E LUCIA: tale oste è più disposto ad aiutare i bravi che Renzo e i suoi altri compaesani. Per lui la brava gente è, a prescindere da ogni altra considerazione, quella che paga senza creare problemi.

AMBROGIO: sagrestano di don Abbondio, allertato dalle urla del curato nella notte, corre a suonare le campane che sventeranno sia il matrimonio a sorpresa che il rapimento di Lucia.

MENICO: ragazzo mezzo parente di Agnese, sveglio e capace, che viene inviato per una ambasciata a fra Cristoforo in cambio di qualche moneta. Di ritorno dal convento viene catturato dai bravi intenti nel rapimento fallito di Lucia e subito liberato. Porta il messaggio del padre cappuccino ai nostri eroi di fuggire dal paese e di recarsi al convento.

PADRE GUARDIANO: è il frate cappuccino di Monza a cui fra Cristoforo indirizza Agnese e Lucia. Sarà lui a presentare le due donne a Gertrude. La sua massima preoccupazione è di non essere visto in compagnia delle due donne per evitare pettegolezzi.

GERTRUDE: personaggio storico, seppure sotto altro nome, figlia di un importante nobile locale, sin da bambina viene avviata alla vita monastica. Sebbene di controvoglia accetta il proprio destino ed entra nel convento di Monza. Lì conosce un giovane scellerato, Egidio, con cui intrattiene una relazione amorosa per la cui segretezza è disposta ad accettare l'omicidio di una conversa. Quando viene scoperta, va incontro a un'orribile fine: murata viva dentro una cella. Nel romanzo Gertrude accoglie Lucia nel convento, ma, su ordine di Egidio, rende possibile il rapimento della ragazza. Per un momento ha la possibilità di salvarla, e con lei sé stessa, ma alla fine cede al ricatto dell'amato.

EGIDIO: giovane vizioso e senza scrupoli, è colui che corrompe Gertrude e con cui ha una relazione clandestina per la quale non esita a uccidere una conversa. Compagno di scorribande e complice dell'innominato, è lo strumento col quale costui riesce a portare a termine il rapimento di Lucia.

CAPITANO DI GIUSTIZIA: il capitano di giustizia giunge al *forno delle grucce* e tenta di sedare la folla con la mediazione e le parole. Affacciato alla finestra, mentre parla viene colpito leggermente alla fronte da una pietra lanciata da un rivoltoso.

VICARIO DI PROVVISIONE: funzionario del Ducato che viene considerato tra i responsabili della penuria di pane. La folla assalta la sua abitazione, ma l'intervento di Ferrer gli salva la vita. Si ritirerà a vita privata.

FERRER: personaggio storico, è il Gran Cancelliere dello Stato di Milano. Promulga numerose *gride* che affrontano la carestia e fissano il livello dei prezzi del pane. Particolarmente apprezzato dalla popolazione per questo motivo, e da Renzo in particolare, durante il tumulto di San Martino spende la sua popolarità per calmare la folla rabbiosa e salvare il Vicario di provvisione dal linciaggio.

SPIA: a seguito del discorso tenuto da Renzo alla folla dopo il tumulto, una persona gli si avvicina e cerca di trarlo in arresto con l'inganno. Non riuscendoci, cerca di carpirgli nome e provenienza facendolo ubriacare presso l'*Osteria della Luna Piena*. Ottenute tali informazioni, corre a riferirle al palazzo di giustizia.

OSTE DELLA LUNA PIENA: proprietario di una osteria milanese, quando vede entrare Renzo accompagnato dalla spia che conosceva comprende che il montanaro è spacciato. Quindi si industria a carpirgli nome e provenienza senza risultato. Lo mette a letto perché ubriaco e corre a denunciarlo. Il suo unico scopo è fare affari e non avere problemi, non si cura delle persone che vengono nella sua osteria e delle loro motivazioni.

NOTAIO CRIMINALE: si tratta del magistrato che raccoglie la denuncia dell'oste su Renzo. Il mattino seguente si presenta nella camera del giovane per trarlo in arresto con le buone. Infatti è preoccupato dalla folla. Non appena sceso in strada con il montanaro ammanettato, questi chiama in aiuto i passanti che son ben lieti di liberare chi aveva partecipato al tumulto del giorno precedente.

OSTE DI GORGONZOLA: Renzo, giunto nel paese di Gorgonzola, chiede all'oste la strada per l'Adda che segnava il confine con la Repubblica di Venezia. L'uomo comprende che il giovane intende scappare all'estero e quindi Renzo smette di fare domande.

MERCANTE: nella osteria di Gorgonzola giunge un mercante proveniente da Milano. Gli sfaccendati del paese gli chiedono informazioni sul tumulto del giorno precedente. Il mercante racconta della rivolta e di un capopopolo che era sfuggito alla cattura non sapendo che sta parlando di Renzo e che lui è presente nell'osteria. Il racconto del mercante è viziato dalla sua visione legata unicamente ai suoi interessi senza valutare le ragioni dei rivoltosi.

BORTOLO: cugino di Renzo che si è trasferito nel bergamasco. Nel passato gli aveva proposto di andare da lui e quando Renzo, fuggitivo da Milano lo raggiunge, lo accoglie a braccia aperte e gli trova casa e lavoro. In realtà si approfitta in parte di Renzo che era un ottimo lavoratore, ma non in grado di soffiargli il posto di factotum perché quasi analfabeta. Alla fine del romanzo, con i soldi di Renzo, ne diventa socio rilevando una filanda.

PESCATORE: Renzo sulla riva dell'Adda al mattino presto chiama un pescatore che con la sua barca è in mezzo al fiume per farsi traghettare sull'altra sponda. L'uomo, comprendendo che si tratta di aiutare un fuggitivo, si accerta di non essere visto, quindi lo carica a bordo certo di una ricompensa in denaro. Non è la prima volta che trasporta qualcuno attraverso l'Adda senza porre a costui alcuna domanda.

CONTE ZIO: zio di don Rodrigo e del conte Attilio. Si tratta di un uomo politico assai influente che, con poco sforzo, fa allontanare fra Cristoforo. Utilizza il suo potere unicamente a favore proprio o della propria famiglia. Rappresenta l'arroganza e la prevaricazione dei potenti sugli umili.

PADRE PROVINCIALE: padre a capo della congregazione dei cappuccini. Uomo di potere, non esita nell'acconsentire alla richiesta del conte zio di allontanare fra Cristoforo e mandarlo a Rimini.

INNOMINATO: personaggio storico, seppure sotto altro nome, è un malfattore di professione che ha come scopo nella vita sottomettere il prossimo, possibilmente potente a sua volta, e a sfidare l'ordine costituito. Quando viene bandito da Milano, se ne va in pompa magna e continua a gestire i suoi affari dell'esilio dove aveva nel mentre sottomesso i signorotti locali. Arrogante e prepotente, a lui si rivolge a malincuore don Rodrigo per rapire Lucia dal convento. Egli riesce nell'intento, ma viene toccato nel cuore dalla giovane e in lui si opera la conversione. Da quel momento cambia vita: libera Lucia e mette il suo potere al servizio del bene. Ripara ai torti della ragazza regalando tramite Agnese ben 100 scudi d'oro e un corredo e offre protezione e ospitalità agli abitanti minacciati dai lanzichenecchi. Memorabile è l'incontro col cardinale Federigo Borromeo che completa il suo percorso di conversione.

NIBBIO: braccio destro dell'innominato e quindi complice e attore delle sue nefandezze. È colui che porta a termine il rapimento di Lucia, ma nel contempo si commuove per il pianto della giovane. Non ci è dato di sapere se la conversione ha avuto luogo in lui.

VECCHIA SERVA DELL'INNOMINATO: alla vecchia, vedova di uno dei bravi dell'innominato, viene affidato il compito di assistere Lucia mentre è prigioniera nel castello. La donna obbedisce controvoglia e non prova, neanche per un momento, pietà o compassione per la prigioniera. Cerca inutilmente di blandirla per farla mangiare e dormire. L'unica sua preoccupazione è di non venire punita dal suo padrone.

CAPPELLANO CROCIFERO: il cappellano accompagna il cardinale Federigo Borromeo durante la visita pastorale ai paesi del lecchese. Egli vorrebbe impedire all'innominato di parlare al cardinale, non comprendendo il miracolo della conversione in atto.

FEDERIGO BORROMEO: personaggio storico, è vescovo di Milano come suo zio San Carlo.

Uomo dalle grandi virtù umane e religiose, professa e pratica la propria missione religiosa con spirito attivo e pratico. Sempre dalla parte dei più deboli, non è solo uomo di chiesa, ma letterato e mecenate. A sue spese fonda l'Accademia Ambrosiana, che studia e insegna le arti, e l'annessa biblioteca gratuita. È molto attivo anche durante la peste milanese. A lui si deve il compimento della conversione dell'innominato e la inutile reprimenda a don Abbondio.

MOGLIE DEL SARTO: la buona donna del paese che viene mandata insieme all'innominato e a don Abbondio al castello per liberare Lucia e a fornirle la prima assistenza. Costei accoglie la ragazza a casa sua, le offre da mangiare e conforto morale fino all'arrivo di Agnese.

SARTO: ospita in casa sua Lucia dopo il rapimento. Si tratta di un uomo buono e generoso, pronto alla carità. Ha anche una certa cultura per il ceto sociale a cui appartiene. Memorabile è l'incontro col cardinale Borromeo.

DONNA PRASSEDE: moglie di don Ferrante, è una nobildonna ricca e annoiata. Venuta a conoscere la vicenda di Lucia dopo il rapimento ad opera dell'innominato, la prende presso la sua casa per proteggerla e per fargli dimenticare Renzo che credeva essere un poco di buono. Donna dalle poche idee e sbagliate, nel tentativo di fare del bene causa danni ancora maggiori.
È solita impicciarsi, oltre che degli affari di casa sua, anche di quelli delle case delle tre figlie maritate e dei conventi delle due figlie monache. Riesce a disporre di tutti tranne di don Ferrante che svicola nel suo studio. Muore a causa della peste e delle false convinzioni del marito.

DON FERRANTE: marito di donna Prassede, don Ferrante è un uomo di vasta cultura che preferisce 'sparire' tra i suoi studi per evitare di essere coinvolto nell'attività di impiccona della moglie. La sua cultura però è derivata da studi acritici e ricchi di pregiudizi. Egli è esperto in materie inutili e dannose quali la magia, la stregoneria, l'astrologia e la scienza cavalleresca. La sua falsa cultura lo porterà ad affermare che il contagio non esiste e questo farà sì che lui e tutti i suoi famigliari moriranno di peste.

CONTADINO AMICO DI RENZO: personaggio anonimo che però è amico di Renzo e lo ospita quando ritorna la prima volta dal bergamasco. In cambio Renzo lo aiuta nel lavoro dei campi.

MADRE DI CECILIA: protagonista dell'episodio più commovente del romanzo, la donna veste a festa la figlioletta Cecilia appena morta di peste, la bacia e la appoggia delicatamente sul carro dei monatti. Quindi le dà appuntamento al giorno successivo. Infatti poco dopo si affaccia alla finestra di casa con in braccio un'altra bambina malata.

PADRE FELICE: frate cappuccino che all'interno del lazzaretto si occupa di organizzare le persone guarite dalla peste. Renzo lo incontra mentre cerca Lucia tra i volti dei miracolati.

MERCANTESSA: donna milanese che è ricoverata nella stessa capanna di Lucia. Unica sopravvissuta della sua famiglia, diventa amica della giovane che la assisterà fino alla completa guarigione. Insieme andranno al paese di Lucia per le nozze.

MARCHESE: erede di don Rodrigo, è di pasta diversa dal suo predecessore. Prende possesso del castello e si adopra a porre rimedio ai torti patiti dai due promessi sposi di cui ha già sentito parlare. Su suggerimento di don Abbondio acquista a prezzo rincarato le case e le terre di Renzo e Lucia, fa rimuovere il mandato di cattura a Renzo e offre il rinfresco di nozze nel castello. A tale ricevimento aiuta a servire in tavola, ma comunque, a sottolineare la differenza di classe, pranza in un tavolo separato.

I PROMESSI SPOSI IN PILLOLE

38 pillole + 1.

Una pillola di romanzo per ogni capitolo + l'introduzione.

La mappa concettuale e il riassunto di ogni singolo capitolo.

E molto altro ancora!

Una guida compatta per prepararsi a interrogazioni e verifiche!

Acquista subito il manuale che può DAVVERO salvarti la vita a scuola!

I PROMESSI SPOSI

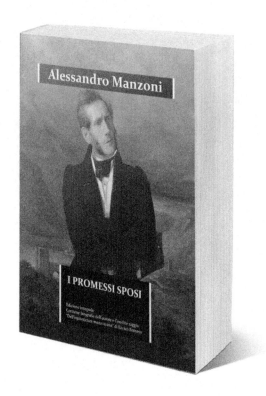

Il romanzo che ha cambiato una lingua, una nazione, un'epoca.

L'hai mai letto DAVVERO?

Acquista la versione curata da Enrico Ferraris, corredata da una biografia dettagliata e dal saggio critico inedito *Dell'equivalenza manzoniana*!

I PROMESSI SPOSI
PRIMA EDIZIONE DEL 1827

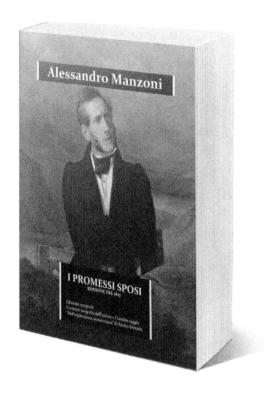

I promessi sposi che studiamo a scuola è la seconda edizione rivista e corretta del 1840. Ma il romanzo uscì la prima volta nel 1827, con un linguaggio non attuale per l'epoca.

Era davvero così diversa la prima edizione?

Acquista la prima edizione del 1827, corredata da una biografia dettagliata e dal saggio critico inedito *Dell'equivalenza manzoniana*!

FERMO E LUCIA

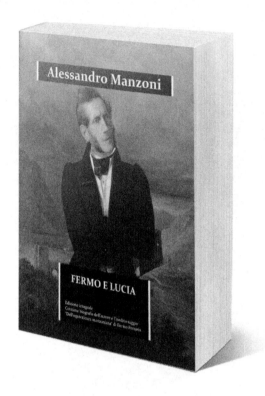

La primissima versione de *I promessi sposi* scritta per alcuni amici.

È davvero così diversa dal romanzo definitivo?

Acquista la versione del romanzo quando Renzo si chiamava ancora Fermo, corredata da una biografia dettagliata e dal saggio critico inedito *Dell'equivalenza manzoniana*!

IL CONTE DI CARMAGNOLA

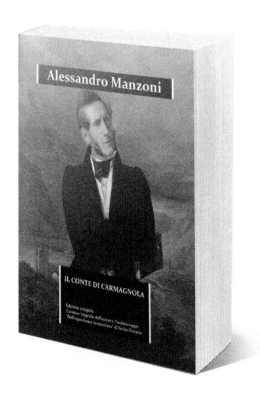

Un condottiero vittorioso accusato di tradimento dalla nazione per cui combatte. Questa è in breve la trama della prima tragedia scritta dal Manzoni.

Tu lo sapevi che lo scrittore lombardo avesse scritto delle tragedie?

Acquista e conosci un'opera meno famosa, ma non meno importante, di Alessandro Manzoni, corredata da una biografia dettagliata e dal saggio critico inedito *Dell'equivalenza manzoniana*!

ADELCHI

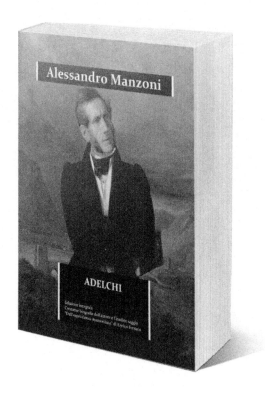

Il figlio del re dei Longobardi si oppone alla discesa di Carlo Magno in Italia. Questa, in breve, la trama della seconda tragedia-capolavoro dello scrittore lombardo.

Hai mai avuto l'occasione di vederla a teatro?

Non perderti l'opera con cui Manzoni ha stravolto le regole delle tragedie, corredata da una biografia dettagliata e dal saggio critico inedito *Dell'equivalenza manzoniana*!

Printed in Great Britain
by Amazon

25744109R00112